La memoria

933

DELLA STESSA AUTRICE

Una stanza tutta per gli altri
Vita sentimentale di un camionista
Giorni d'amore e inganno
Dove nessuno ti troverà
Exit

LE INDAGINI DI PETRA DELICADO

Giorno da cani
Messaggeri dell'oscurità
Morti di carta
Riti di morte
Serpenti nel Paradiso
Un bastimento carico di riso
Il caso del lituano
Nido vuoto
Il silenzio dei chiostri
Gli onori di casa

Alicia Giménez-Bartlett

Segreta Penelope

Traduzione di
Maria Nicola

Sellerio editore
Palermo

2006 Prima edizione «Il contesto»

2013 Prima edizione «La memoria»

Questo volume è stato stampato su carta Palatina prodotta dalle Cartiere di Fabriano con materie prime provenienti da gestione forestale sostenibile.

Giménez-Bartlett, Alicia <1951>

Segreta Penelope / Alicia Giménez-Bartlett ; traduzione di Maria Nicola. - Palermo : Sellerio, 2013.
(La memoria ; 933)
Tit. orig.: Secreta Penélope.
EAN 978-88-389-3087-4
I. Nicola, Maria.
863.64 CDD-22 SBN Pal0257348

CIP - *Biblioteca centrale della Regione siciliana «Alberto Bombace»*

Titolo originale: *Secreta Penélope*

Segreta Penelope

1

Sto scrivendo nella mia casa. Vivo in un appartamento su due piani. Lavoro al piano di sopra, di sotto c'è un mio amico. Se ne sta seduto, solo, davanti al televisore. È una situazione strana, del tutto insolita per me. Gabriel mi ha chiesto di poter vedere un video perché lui non ha il videoregistratore né ce l'avrà mai. Si rifiuta di comprare elettrodomestici che non abbiano una chiara ragione di esistere, e un videoregistratore, secondo lui, di ragioni di esistere non ne ha, tranne che in rare occasioni, come oggi. Oggi deve vedere le riprese di alcuni quadri destinati a una mostra su cui gli hanno chiesto di scrivere qualcosa. L'ho lasciato nel soggiorno con una tazza di caffè. Mi fa piacere che sia qui, è un amico ritrovato. Non ci vedevamo da molto tempo. È rimasto uguale, lui è dei pochi che sono rimasti uguali. Probabilmente si sente invecchiato, o intristito, o forse meno capace di destreggiarsi nella realtà, ma in apparenza la vita non gli ha lasciato troppi segni sulla pelle. Continua a sorridere di tutto, a cominciare dall'arte e dagli artisti. Collabora con diversi giornali, ha curato diverse esposizioni. Si guadagna da vivere così, non so con quale fortuna, dopo tutto questo tempo non so se viva bene o male. Qualcosa deduco dai suoi discorsi, qualcosa me l'ha detto lui, nel suo stile un po' frettoloso, esattamente come faceva in gioventù. L'età lo ha cambiato nell'aspetto, lui è di quelli che si conservano bene. In gioventù era un ragazzo trasandato e bohémien. Adesso ha i capelli pieni di fili bianchi, ma poco di più. Gli occhi gli brillano della stessa luce smorzata di un tempo, la luce di chi non crede quasi in nulla. Negli anni sono arrivata a pensare che noi scettici invecchiamo meglio. Nemmeno io me la cavo troppo male. Sono ancora magra, gambe forti e schiena diritta, posso ancora spogliarmi in pubblico senza troppe preoccupazioni. Non è il caso di aspirare a maggiori beltà quando si sfiorano i cinquanta.

Ci siamo incontrati il mese scorso al funerale di Sara. Non mi aspettavo di trovarlo lì. Non pensavo a lui, e quando l'ho visto fra la gente mi è parso strano che si fosse lasciato attrarre da un'occasione convenzionale e grave come quella. Non ricordavo nemmeno se rientrasse nella cerchia più intima delle amicizie di Sara. Credo di no, ma non posso sapere se loro due fossero giunti a qualche genere di intimità non registrata negli annali della nostra anarchica gioventù. In ogni caso, Gabriel ha voluto rendere un ultimo omaggio all'amica morta nel pieno della maturità. Forse voleva sapere che cosa fosse rimasto del suo mondo, vedere quale genere di cadavere avesse lasciato dietro di sé quella pazza di Sara, se la sua salma fosse bella e radiosa come le sacre spoglie di chi muore prima del tempo dopo una vita di sfrenatezze carnali e piaceri intellettuali. Povera Sara! Per lei non è stato così, ho l'impressione che neppure la tunica di cui l'avevano rivestita fosse sua. Doveva averla comprata sua sorella all'ultimo momento, dopo aver rovistato nell'eterogeneo guardaroba della morta senza trovare nulla di adatto per presentarsi con decoro nell'Aldilà. I morti vestiti con abiti di tutti i giorni sono strani, come se si preparassero a uscire di casa per sbrigare qualche faccenda di cui a nessuno importa più nulla.

Gabriel si è risposato per la terza volta solo qualche mese fa. Io non sapevo neppure del suo secondo matrimonio, ma la cosa non mi ha stupita, ha sempre avuto successo con le donne, malgrado il suo aspetto trascurato e lontano da ogni civetteria. A me non è mai parso bello, né attraente, né sexy. Aveva dei begli occhi, questo sì, ma non l'ho mai visto come un uomo desiderabile, solo come un amico asessuato col quale ridevo molto. Era divertente e chiassoso, si prendeva gioco di tutto. Sapeva fare splendide imitazioni dei nostri professori, dei compagni di studi e dei personaggi famosi, astratte e sgangherate fino alla farsa, un Papa che impartiva l'*urbi et orbi*, un kamikaze giapponese due secondi prima di saltare dall'aereo. Il suo pezzo forte era la madre di Franco sul punto di partorire il futuro dittatore. Rovesciava gli occhi, gridava frasi patriottiche e si dimenava a gambe aperte con movimenti osceni. Ora tutto questo mi pare ridicolo e idiota, ma allora mi piaceva, piaceva a tutti noi, ci divertiva.

La terza moglie di Gabriel è una giovane pittrice thailandese della quale si è innamorato senza incrinature.

Così dice lui. Ha promesso di presentarmela. Dice che è bellissima, che sulla sua pelle è impossibile scoprire la più piccola imperfezione, anche se la guardi da vicino, anche se è giorno, anche se le accendi una lampada sulla faccia. Trovo buffo che ne parli come di un vaso di porcellana privo di difetti. Dev'essere così, come una porcellana nuova e luminosa. Io non ho mai avuto una pelle perfetta, mi spuntava sempre un'infinità di lentiggini sugli zigomi, sul naso, qualcuna anche sulle guance. È curioso, ma non ho un ricordo nitido di come fossi allora. Immagino che a quel tempo non dessimo importanza alla nostra bellezza e gioventù. Peccato, perché forse era il momento giusto per preoccuparsi di questo tipo di cose. Allora, non dopo.

Sara era sempre stata piuttosto bella, una bellezza di tipo ebraico. Non sarà stata davvero ebrea? Portava sempre i ricci raccolti sulla nuca, l'henné li tingeva di riflessi rosso fuoco. A me piaceva molto il suo fisico, era franco, definito, travolgente, nulla a che vedere con la sua personalità, che non sapeva imporsi agli altri, quegli stessi altri che poi l'hanno fatta coscienziosamente a pezzi per una vita intera.

Sara pensava che il nostro modo di vivere di allora fosse tutto quanto c'era al mondo: gli studi, l'amicizia... non esisteva un futuro per lei, lei si muoveva sul piano dell'astrazione, non aveva progetti concreti. In realtà quello non sarebbe stato che un periodo, il suo periodo di splendore. Poi, tutto sarebbe stato decadenza. Chi mai avrebbe potuto pensarlo? Finisce sempre così per tutti? Non lo so, per Sara è stato così. Sara aveva raggiunto il massimo fulgore a venticinque anni, e poi aveva cominciato a declinare. Quando, quando fu il punto di inflessione? Fu la prima volta in cui accettò un consiglio, credo. Lì sbagliò.

Io ero insolente, viziata, prepotente, sicura di me fino alla nausea, ma cercavo sempre un alibi intellettuale per muovermi e continuare a vivere. Per questo ammiravo tanto Sara, che non aveva bisogno di modelli, di idee, di giustificazioni. Lei agiva e basta. Era l'essere più caotico del creato, il più libero, il più indifferente alle norme, alla logica, alla morale. Lei non si interrogava sui motivi né sulle ragioni, né si preoccupava di quel che gli altri potevano pensare di lei, e nemmeno di quel che lei stessa avrebbe potuto pensare di sé, che è il giudizio più difficile da accettare, a conti fatti.

Io stavo a guardarla affascinata. Capivo che era straordinaria, che sfuggiva alle regole del branco, di qualsiasi branco. Non solo non seguiva la corrente, ma neppure andava controcorrente. Io, Gabriel, tutti gli amici e gli amici degli amici, non avevamo che due vie fra cui scegliere: a favore o contro. Lei no, lei partiva per la tangente, scartava di lato e non si collocava da nessuna parte. Era libera come fumo, mentre noi facevamo la parte del fuoco divoratore, consumandoci inutilmente, bruciando a poco a poco nel gran falò generale, trovando sempre meno materiale da bruciare. Una volta, quando era già molto depressa e le sue difese psichiche avevano cominciato a cedere, mi disse: «Credo che tutti i problemi che sto attraversando siano dovuti a un calo ormonale. A noi donne gli ormoni cadono mentre camminiamo per la strada, così. Di colpo ti giri, guardi per terra e vedi quattro o cinque ormoni che sono appena caduti giù». Era una spiegazione meravigliosa, inaudita; soprattutto mi sembrava incredibile che a quel punto del suo declino, quando già aveva gettato la spugna mille volte e incespicato altre mille, avesse ancora voglia di cercare una spiegazione, fosse pure quella sua strana teoria pseudoscientifica, di ormoni che cadono come foglie dagli alberi.

Aveva sempre avuto una vita segreta che sfuggiva al controllo degli altri. Sapevo che conosceva un gruppo di ragazze strambe, di ambienti emarginati, che non aveva mai voluto presentare nella società intellettualoide di cui facevamo parte noi studenti. Come le aveva conosciute? Inutile domandarglielo. Sorrideva, come quando ne aveva combinata una delle sue, e rispondeva: «E io che ne so? In giro!». Quelle ragazze erano una sfida per me. Alcune si lasciavano maltrattare dagli uomini fino al limite del tollerabile. Ogni volta che Sara ne parlava, ero stupita che lei non giudicasse in alcun modo quei fatti. Si limitava a riferirmeli e si divertiva nel vedermi scandalizzata. Erano ragazze senza istruzione. Io dicevo alla mia amica: «Perché non cerchi di aiutarle, di dir loro che non devono lasciarsi umiliare così?». E lei mi rispondeva: «Vuoi che le riporti sulla retta via? Che metta su una comunità di beghine?» e rideva a crepapelle. Rideva delle mie buone intenzioni che, probabilmente, rivelavano la mia profonda ignoranza su tutto quanto si estendeva al di là della mia ridotta esperienza.

Alcune delle sue amiche misteriose si facevano pagare per andare a letto con gli uomini, ma solo quando erano a corto di soldi. Un'altra aveva un fidanzato in galera. Una, la sola che ebbi occasione di conoscere, si strappava i capelli a ciocche davanti allo specchio quando le cose le andavano male. Si chiamava Yolanda. Un giorno che andai a trovare Sara nel suo disastroso appartamento, la trovai lì. Stavano prendendo il caffè. Pensai che Sara sarebbe stata restia a lasciarmi partecipare ai loro discorsi, che avrebbe fatto di tutto per buttarmi fuori il prima possibile o per allontanare la sua amica, e invece non batté ciglio. Yolanda era affascinante. Era sboccata, ma lo era con indifferenza, non con la ferocia che mettevamo noi nel turpiloquio, per apparire trasgressivi, ma con vera volgarità e rabbia contenuta. Raccontò una storia strana, di certa gente che l'aveva assoldata per fare un inchiesta per la strada.

– Ci tenevano lì ai semafori, sotto il sole. Bisognava chiedere alla gente da dove passava per andare al lavoro. Era agosto e faceva un caldo boia, ma non ci lasciavano bere, nemmeno andare a pisciare. Una tipa è quasi svenuta e non volevano saperne di darle un po' d'acqua. E così sono andata dal capo e gli ho detto: «Senti un po', tu, cosa cazzo ti sei creduto, che siamo delle bestie? Dalle dell'acqua o vedi». Quel figlio di puttana mi ha tirato un cazzotto in faccia. «Se non ti va hai solo da andartene» mi ha detto. Ho dovuto incassare, altrimenti non mi pagavano, ed erano più di cinque ore che sgobbavo, ma lo stronzo poi l'acqua gliel'ha data.

Era molto di più di quanto avessi mai sentito in materia di realismo. Da dove saltava fuori quell'eroica Giovanna d'Arco che, a dispetto del suo eroismo, però si faceva riempire di botte dal suo uomo senza fiatare? Quando se ne fu andata tempestai Sara di domande, ma non riuscii a cavarne nulla: «Non darle troppo retta...» mi disse, «... magari se l'è inventata sul momento. Ha tanta immaginazione».

Anni dopo, la nostra amica Ramona, ormai diventata psichiatra, mi parlò della tendenza di Sara a frequentare gente emarginata: «Lo fa per sentirsi superiore, per cercare una normalità che non riesce a raggiungere con il buon senso, è completamente priva». Era una spiegazione plausibile, ma molto dura, una dimostrazione della crudeltà con cui Sara veniva trattata, e che l'ha trascinata a fare questa fine, il mese scorso. Un suicidio senza grandezza. Pastiglie buttate giù con l'alcol. Proprio adesso che pareva rassegnata a una vita senza smalto e senza ragioni, ma sufficientemente tranquilla per non soffrire. Sara stava svanendo a poco a poco. In realtà aveva già perso ogni contorno e ombreggiatura, ogni tratto e ogni colore della donna che era stata e, giunta a quel punto, aveva preso la decisione di cancellarsi una volta per tutte, quando ormai nessuno se lo sarebbe più aspettato.

L'hanno sepolta un mese fa e non so ancora se la sua morte mi rattristi. Immagino di no, alla nostra età è troppo tardi perché un suicidio possa considerarsi un atto di ribellione. Avrebbe potuto benissimo tirare avanti, invecchiare come facciamo tutti noi.

Scendo in soggiorno per domandare a Gabriel se vuole un altro caffè. Ho la sensazione di non essermi occupata di lui, di averlo un po' abbandonato, pensando di farlo sentire a suo agio. Ora però si è addormentato. Si è avvolto nel plaid che tengo sul divano. Ha un aria infantile. Mi permetto di stare a guardarlo. Anche se è strano vederlo dormire. Di solito vediamo dormire solo le persone con cui abbiamo un rapporto intimo. Per questo mi turba sempre un po' vedere qualcuno che si assopisce in autobus o in metropolitana.

Stranamente Gabriel, dopo il nostro ultimo incontro, non ha cercato di giustificarsi con me per la sua vita passata. Si è mostrato così com'è, con naturalezza, lasciandomi trarre le conclusioni che desidero, e io non desidero trarne nessuna. Continuo a baloccarmi con l'idea che sia rimasto identico a com'era da ragazzo, anche se so che non è possibile. Ha attraversato due matrimoni e due divorzi, non è riuscito a diventare l'artista che avrebbe voluto essere, si è limitato ad attività che ruotano intorno all'arte. Come potrebbe essere uguale a prima? Ma forse lui è fra i fortunati che sanno dimenticare quello che hanno vissuto e, soprattutto, quello che un tempo avevano in mente di vivere. Uno di quei rari esseri umani che vivono ben installati nel presente come se fosse la loro sola casa. Come Sara. Ma a Sara non l'hanno permesso. Perché a lui sì? Forse lui ci ha saputo fare. Ha giocato bene le sue carte e si è preoccupato più degli aspetti pratici della vita che dei talenti che presumeva di avere. Una strategia intelligente, le carte vengono distribuite a tutti i giocatori in parti uguali, i talenti no.

L'altro giorno, in cucina, mi ha confessato che la sua seconda moglie l'aveva abbandonato. La prima, l'aveva abbandonata lui. Faceva su e giù con la testa in un assenso universale e rideva sottovoce. «Il mercato amoroso è fatto così, ma bisogna riconoscere che alla fine si arriva sempre a una certa parità. Non ci sono sorprese, sai? Se vedi un bell'uomo in coppia con una donna brutta, o vecchia, o monca, puoi star sicura che quella donna ha le qualità per stare con lui da pari a pari. Sarà forse molto ricca, o molto intelligente, o un angelo di dolcezza e di bontà. Non c'è mai grande disparità in una coppia. Lo stesso vale per il disamore, oggi ferisci tu, domani ti ferisce qualcun altro. Pari e patta».

So che non lo pensa veramente, perché se lo pensasse non si sarebbe risposato con una donna così giovane. Parla con freddezza delle questioni sentimentali eppure sembra molto innamorato. Dev'essere confortante per un cinquantenne vedere accanto a sé al risveglio un volto su cui non si scorge la più piccola macchia, anche se vi batte il sole. Eppure, nel mese che è trascorso dal funerale di Sara, mi sono domandata più volte come mai venga tanto spesso a trovarmi, e perché lo faccia sempre da solo, con l'aria lievemente annoiata di chi non ha nient'altro da fare. L'altro giorno mi ha dato una risposta senza che io gli avessi domandato nulla. La thailandese non solo dipinge, ma lavora in un supermercato orientale per qualche ora al giorno.

– Uno di quei negozi dove si riforniscono i proprietari dei ristoranti etnici: salsa di soia, alghe liofilizzate, involtini primavera... che ne so io. Come pittrice, non ha ancora il successo che meriterebbe. Be', almeno è riuscita a smettere di lavorare a tempo pieno, e sposando me ha risolto i suoi problemi con il permesso di soggiorno.

Quando me l'ha detto ho pensato che forse la sua teoria sulla parità in amore funziona davvero, e che quella ragazza ha trovato in lui la stabilità necessaria per vivere serenamente. Ma cosa sarebbe successo quando i suoi quadri avessero cominciato a vendersi bene? Quando avesse ottenuto il successo che desidera nel mondo dell'arte? Forse Gabriel avrebbe cominciato a sentirsi meno bene, si sarebbe ricordato delle proprie aspirazioni accantonate o, in altre parole, fallite. In genere, da questo punto in poi, le cose cominciano ad andare molto male in una coppia. Un mattino lei avrebbe potuto svegliarsi e vedersi legata a un vecchio leone senza branco e senza aspirazioni. Forse quel giorno la loro parità sarebbe andata all'aria.

L'ho lasciato dormire e me ne sono tornata al piano di sopra. Era soltanto una teoria, una teoria sull'amore, l'unico argomento su cui la gente non smette mai di teorizzare. Sara non lo faceva.

Era vissuta per qualche mese con un ecuadoriano bellissimo e senza un soldo. Uno di quei satelliti che comparivano di tanto in tanto nel firmamento della facoltà di lettere senza che si sapesse da dove fossero spuntati. Fuggivano dalla repressione, per dirlo con le parole di quel ragazzo, ma non si iscrivevano mai a nessun esame, non venivano a lezione, si limitavano a vagare per l'università e, se avevano la fortuna di trovare qualcuno che li accogliesse in casa, si fermavano per un po'. Sara si era scelta l'ecuadoriano e l'aveva adottato. Il problema di Sara non era che s'innamorasse troppo in fretta, o degli uomini sbagliati. Il problema di Sara non esisteva, a lei, semplicemente, piaceva scopare. E naturalmente l'ecuadoriano si impegnò a dovere. Scopavano di continuo. L'appartamento di Sara non era mai stato un modello di ordine e pulizia, ma nel periodo dell'ecuadoriano il disastro crebbe in misura esponenziale. Si accumulavano montagne di piatti da lavare, i panni sporchi erano sparsi ovunque. Lui le aveva regalato un poncho, e Sara non se lo toglieva mai, lo portava anche sopra il pigiama. A me tutto l'insieme lasciava sbalordita. Ammiravo una donna capace di vivere nel caos più assoluto pur di scopare bene. Io ero molto più tradizionale, e nel mio appartamento condiviso con due amiche si facevano le pulizie generali una volta alla settimana, si cambiavano le lenzuola, la cucina veniva rassettata. Certo, nessuna di noi scopava tanto e così bene come Sara con il suo ecuadoriano. E né a me né alle mie compagne di appartamento era mai venuto in mente di raccogliere un paria e di dargli un piatto caldo in cambio di sesso. Ma a me piaceva che Sara lo facesse, mi pareva il colmo dell'originalità, il massimo della liberazione. E lo era.

Lei non si vantava della sua audacia, credo non sentisse alcun bisogno di vantarsene, non la riteneva una conquista personale, né un'impresa memorabile sul cammino della rivoluzione sessuale. L'ecuadoriano era felice. Aveva trovato l'ideale in quella bella bruna dall'aspetto ebraico che non gli chiedeva nulla e gli dava tutto. Ma, come mi raccontò Sara, dopo un po' il suo entusiasmo aveva cominciato a scemare.

– Dice che non lo ascolto, che non gli do retta e non lo considero.

– Ed è vero?

– Ma cosa vuole? Parla sempre tanto! A me non piace che gli altri mi raccontino la loro vita. Va bene, lo capisco, ha voglia di sfogarsi e di ricordare la gente che ha lasciato al suo paese. E allora, che parli! Io non dico nulla, non lo interrompo, non metto il muso. Che altro posso fare?

La diagnosi psichiatrica di Ramona, anni dopo, fu che Sara mancava di umanità. Certo, bisogna riconoscere che Sara non era disposta a fare molte delle cose che di solito gli altri si aspettano da un partner. Ma perché mai avrebbe dovuto farle se ne offriva altre a piene mani, e proprio quelle che nessuno è disposto a dare? Quell'ecuadoriano viveva come un re in casa di Sara. Mangiava, beveva, scopava, e fumava perfino sigarette americane a scrocco, visto che lei non gli rimproverava mai nulla. Perché diavolo pretendeva che si mostrasse interessata o innamorata, quando lui la annoiava a morte?

Quanto a umanità, tutti noi siamo tutti un po' deboli, non è giusto che soltanto Sara venisse giudicata in base a questo criterio e gli altri no. Diceva sempre:

«Io sono la mia musa», e aveva ragione, lei si autoispirava, metteva una gioia speciale in tutto quel che faceva nella sua anomala esistenza. Se l'avessero lasciata continuare così, tutto sarebbe stato diverso. Perché non avrebbe dovuto farlo? Era proprio necessario che a partire da una certa età si trasformasse in una donna patetica? Immagino che se l'avessero lasciata in pace avrebbe introdotto dei cambiamenti nel suo modo di vivere, forse avrebbe scopato di meno, o non avrebbe scopato affatto, ma avrebbe trovato la sua strada, ne sono certa. Lei non era preparata per affrontare gli scogli della vita. E chi lo è? Ho la sensazione che tutti cominciamo la nostra vita come se fossimo i primi in assoluto a popolare il pianeta. Per questo non siamo mai preparati ad affrontare gli scogli, che sono sempre gli stessi, non si prendono neppure il disturbo di cambiare. Se non altro Zeus tentava diverse metamorfosi prima di catturare le sue vittime. Non c'è da stupirsi che fosse riuscito a trascinare via Europa per aria, impigliata nelle sue corna come uno straccetto. Ma nulla di tutto questo è necessario nel mondo dei mortali, Sara è stata trascinata via mille volte dallo stesso toro e non se ne è nemmeno resa conto. Neanch'io sapevo dell'inganno, ma nel mio caso è diverso, io non avevo mai aspirato alla libertà assoluta, né mi trovavo nelle condizioni in cui si trovava lei per imporre regole indifferenti alla morale.

Un altro dei suoi ragazzi era un gagliego logorroico espulso dalla facoltà di medicina per motivi politici. Uno che non era mai di cattivo umore. Gli piaceva posare come modello fotografico per Sara. Le loro sedute erano lunghe. Sara lasciava che assumesse le posizioni che voleva, e lui dava libero sfogo alla sua fantasia celtica. Soprattutto gli piaceva afferrarsi il pene a due mani ed esibirlo davanti all'obiettivo. Aveva un pene enorme, turgido e sano come una pianta carnosa dal grosso stelo. Ma la mia amica non si vantava delle sue conquiste, si limitava a prendere parte a quelle cerimonie anarchiche che avrebbero voluto attuare una grande rivoluzione sessuale frammentata in mille casi differenti. E tuttavia la realtà era ben lontana dagli ideali. Io andavo a letto con Pedro, e il nostro solo contributo alla rivoluzione sessuale degli anni Settanta fu la mancanza di sensi di colpa nello scopare allegramente. I nostri amici facevano perlopiù lo stesso, non c'era tanta promiscuità, il sesso era temperato dai sentimenti e zavorrato dalla teoria. Interminabili discussioni teoriche e scopate fameliche, questo era il risultato, più o meno soddisfacente della nostra rivoluzione. Per questo mi affascinava la facilità con cui Sara collezionava cazzi senza ricorrere ad alibi intellettuali.

Tutto questo andava molto bene, ma una cosa era assistervi da fuori, alla distanza consentita dal racconto e dalle visite occasionali, e un'altra, ben diversa, avvicinarvisi abbastanza da viverlo in prima persona. Abitai con Sara soltanto una volta, per un periodo di tre mesi. Fu un'esperienza terribile. La cosa peggiore fu dover riconoscere che non ero fatta per la vita di bohème, e che riuscivo a muovermi solo entro coordinate molto più tradizionali. Ero delusa di me stessa, ma non era facile imbattersi a ogni ora del giorno con i resti e gli indizi dell'originalità innata di Sara. Lei metteva i maglioni nel congelatore perché le avevano detto che così non si formavano le palline di lana. Buttava i fondi di caffè nei vasi che languivano sul balcone perché le avevano detto che facevano benissimo alle piante. Mangiava quando le pareva. Riceveva le sue amiche sottoproletarie e offriva loro riso bollito con salsa di pomodoro. Tanto i suoi libri quanto le sue mutandine erano disseminati dappertutto. Di tanto in tanto accoglieva qualche gatto randagio e gli dava il diritto di pasteggiare liberamente. Apriva il frigorifero, quasi vuoto, e gli mostrava i pochi viveri che avevamo a disposizione. «Cosa ti piace?» gli domandava, e la prima cosa a cui il gatto avvicinava il naso finiva fra le sue fauci. Appese in casa alle pareti del soggiorno ingiallivano le fotografie del gagliego con l'arma sguainata. I piatti li lavava una volta alla settimana.

Per tutto quel periodo Sara me la ricordo avvolta nel poncho ecuadoriano eredità del suo amante a tempo determinato. Girava per la casa come se fosse sempre indaffarata, anche se non riuscivo mai a capire cosa combinasse. A un certo punto mi domandai da dove fosse venuta fuori una ragazza simile. Chi più, chi meno, provenivamo tutti da famiglie molto normali, ma Sara pareva uscita da un ambiente selvaggio dove nessuno le avesse mai trasmesso le regole fondamentali della vita. Nulla di più lontano dalla realtà. Era figlia di un notaio di Toledo e aveva una sfilza di fratelli e sorelle. Rimasi stupefatta quando me lo disse. Un notaio di

Toledo. Ma il suo modo obliquo di raccontare non rispettava la scansione abituale, in premessa, nodo, scioglimento della storia. Diceva le cose a pezzi e bocconi. I suoi genitori erano così osservanti che avevano messo una tendina davanti al crocifisso in camera da letto. Così, se avevano un rapporto sessuale la chiudevano in segno di rispetto. Era vero? Poteva bastare per farmi un'idea dell'atmosfera che regnava in casa sua? Lei si piegava in due dal ridere quando raccontava queste cose. Per la faccia che facevo, immagino.

«Ho un fratello gesuita, il più grande. Una volta mi ha detto che il suo sogno ricorrente era che venisse scaricato un camion di puttane nel convento».

Solo molto tempo dopo quella spruzzata di aneddoti inclassificabili mi rivelò il nucleo centrale della sua storia. A sedici anni era scappata di casa. Se ne era andata con un ragazzo, ma era stata una fuga ridicola che non aveva nulla a che vedere con il sesso. Volevano andare fino ad Amsterdam in autostop, unirsi al movimento hippy e vivere in una comune. Erano tornati a casa tre giorni dopo, scoraggiati e affamati, senza essersi spinti oltre Madrid, con un senso di fallimento enorme e le tasche vuote.

– Figurati il casino che è scoppiato. Mio padre aveva avvertito la Guardia Civile. C'erano due preti ad aspettarmi. Erano venuti per confessarmi, ma visto che nessuno si fidava troppo di quel che dicevo, mia madre mi fece fare una visita ginecologica per assicurarsi che fossi ancora vergine. E nemmeno quando il medico disse che lo ero si calmarono. Avevano paura che potessi dare il cattivo esempio ai miei fratelli, e così mi mandarono a studiare a Madrid. All'inizio stavo in un collegio di suore. Mi cacciarono. Poi in un altro. Al terzo collegio, mio padre si stufò. Potevo fare quello che volevo: mi avrebbero dato un tanto al mese fino ai miei venticinque anni, e poi basta. L'unica condizione era che scrivessi a casa una volta al mese per dire come stavo e che non mi facessi più vedere, a meno che non mi fossi decisa a cambiare vita.

– E tu hai scritto?

– All'inizio sì, poi mi sono stancata. Ma scrivo una volta all'anno per Natale.

– Non li hai più rivisti?

– No.

– Nemmeno i tuoi fratelli?

– No, per cosa? I miei avrebbero dato di matto se avessero scoperto che ci vedevamo di nascosto, non valeva la pena. Mio padre mi risponde tutti gli anni. Stanno tutti bene.

Era la figlia ribelle di una famiglia bigotta, benpensante, dura. Ma era davvero una ribelle? Non lo so. Poteva sembrarlo, perché faceva sempre l'opposto di quel che si considerava corretto, di quel che le si chiedeva. Eppure, ribelle è qualcuno che si oppone, e Sara non si opponeva. Semplicemente andava per la sua strada, viveva fuori dal gregge, ignorava le norme sociali. Ma non si opponeva. Non la sentii mai lamentarsi del rapporto con i suoi genitori, della severità di sua madre, con la quale non aveva più scambiato una parola e che nemmeno firmava le lettere annuali scritte dal notaio di Toledo. Io, molto più passionale e dogmatica, a quei tempi, criticavo l'atteggiamento dei suoi ogni volta che lei me ne parlava. Dicevo che erano dei farisei, dei fanatici, degli ipocriti, degli schifosi. Sara stava ad ascoltare tutti questi complimenti rivolti al sangue del suo sangue con un sorrisetto di soddisfazione, le piaceva vedermi sul pulpito. Però stava zitta.

Che non si lasciasse andare a imprecazioni contro la sorte avversa mi sembrava una bella cosa, era come se non si abbassasse mai al livello degli altri, come se fosse sempre al di sopra della situazione. In fin dei conti una madre è un elemento accidentale nella nostra vita, una formalità ginecologica necessaria per entrare nel mondo. Se si fosse messa a piangere per le vicende da romanzo d'appendice del suo passato, mi sarebbe parso un brutto segno. Che non rinvangasse i traumi familiari dimostrava in lei una superiorità aristocratica, un'anima forte e indipendente, un autentico *savoir faire*. Noi eravamo la generazione che rinnegava sistematicamente i padri, padri che avevano perso la guerra e tacevano, o che l'avevano vinta dimostrandosi ancora più abietti.

Ma non riuscivo ad accettare che Sara non attribuisse alcun fondamento ideologico al suo modo di vivere. Non c'era nulla da perdere a compiacere di tanto in tanto la dea ragione. Sarebbe stato facile, e io gliene offrivo il destro, ma lei non si lasciò mai catturare dalla mia tela di ragno progressista. Scopava come scopava perché le piaceva. Se ne era andata di casa perché non aveva potuto fare diversamente. Conduceva una vita fuori da ogni norma perché quello era il suo modo di vivere. Non riuscii mai a smuoverla di lì. E non ci provai neppure troppo. Anch'io ero stanca di applicare sempre gli stessi balsami a identiche ferite. Ma non posso negare che il suo modo così naïf di condurre un'esistenza che era pura dinamite mi lasciava in bocca il sapore amaro della frustrazione. Penso che se fossi stata capace di vivere come viveva lei, avrei fatto stampare un pamphlet con la mia biografia e l'avrei distribuito all'ingresso dell'università.

I tre mesi che passai a casa sua mi parvero lunghissimi. Non ero all'altezza della sua personalità. Era difficile riuscire a fare qualunque cosa accanto a lei, studiare, leggere, dormire. La musica suonava di continuo, a volume altissimo. Veniva sempre gente a trovarla. Era la gente la cosa più dura da sopportare. Sara accoglieva chiunque in qualunque momento. Veniva una vicina col bambino piccolo, una donna ignorante e timorosa sposata con un viaggiatore di commercio che non c'era mai. Si sedeva nel soggiorno e leggeva libri di storia mentre suo figlio scorrazzava in giro. Veniva anche gente della facoltà, amici, compagni di corso... Sara apriva la porta a tutti, li faceva entrare, lasciava che restassero quanto volevano, anche se non si sentiva tenuta a offrire loro nulla o a intrattenerli. Se poi si aggiungono a quella fauna variabile tutti i ragazzi che Sara si scopava e che passavano a trovarla o piantavano le tende per un po', è facile immaginare quale genere di allegro e pittoresco porto di mare fosse casa sua.

Naturalmente me ne andai, e lei fu comprensiva, così com'era comprensiva con tutti, senza stare troppo a indagare. Eppure, malgrado la nostra convivenza fosse stata breve e burrascosa, mi era piaciuto stare con lei per un po'. Mi era servito per capire che tutto ciò che lei era, lo era davvero. Nessuna finzione, nessuna giustificazione, nessun bisogno di integrarsi a forza di alibi nel mondo intellettuale. Tutto senza rete, tutto realtà.

E poi, era stato divertente. Può sembrare impossibile, ma qualche volta riuscimmo anche a stare da sole. Mi pare di ricordare che facessimo colazione la domenica mattina sul terrazzino interno dell'appartamento, al sole, fra piante che non erano mai state innaffiate e pile di giornali vecchi induriti dalla pioggia. In quelle occasioni parlare con lei era un piacere, si lasciava andare. Io cercavo di farla parlare dei suoi amanti, e lei mi accontentava, dopo aver accampato qualche falsa protesta. Grazie a quei racconti capii fino a che punto le piacessero gli uomini. Aveva della bellezza maschile un'idea fresca e per nulla contaminata dai luoghi comuni che affollano la testa delle donne. Per lei un bell'uomo era un bell'uomo, punto.

– Quando si spogliano mi fanno morire. Bisogna guardarli di nascosto, perché si imbarazzano. Appena si tolgono la camicia si diffonde il loro odore. Mi piacciano i peli che hanno intorno ai capezzoli piccoli piccoli. Mi piace l'ombelico, che è sempre come quello dei bambini. Ma la cosa più bella è quando si tolgono le mutande. Se ce l'hanno duro è divertente, perché sembra una di quelle scatole a sorpresa con il pupazzo a molla. Ma preferisco quando ce l'hanno a riposo. Vedi il cazzo ancora nel suo nido, rannicchiato e addormentato. Poi si stacca e pende un po'. Ah, sarei capace di uccidere pur di vedere questa cosa. Non mi stanca mai, te lo assicuro, non mi stanca.

Si alzava in piedi e cominciava a saltare su e giù per il terrazzo, ridendo come una matta.

– L'unica cosa che mi secca è che un giorno tutto questo finisca, perché di sicuro verrà il giorno che sarò vecchia e non troverò più nessuno.

– Manca ancora molto.

– Sì, molto, ma verrà. E allora cosa farò? Dimmi, cosa farò?

– Non lo so, potrai vivere di ricordi.

– Sedermi in poltrona a ricordare le scopate del passato? Ah, no, manco per sogno! Magari me ne andrò in Nuova Zelanda ad allevare pecore.

Era una buona idea, allevare pecore in Nuova Zelanda, molto meno assurda di quanto possa sembrare. Scapparsene agli antipodi quando ormai non c'è più nulla da aspettarsi in questa metà del mondo, arcinota e scontata. Darsi a una nuova attività fra bestiole docili e soddisfatte. Era un raggio di speranza, sì, con tutta l'irrazionalità che ogni speranza deve avere. Ma non gliel'hanno lasciato fare. Sara non ha mai allevato pecore, né in Nuova Zelanda né altrove, non è diventata vecchia, non le era nemmeno rimasta la voglia di vedere gli uomini nudi, e questa è la parte più tragica del suo destino.

Capì perfettamente che me ne volessi andare da casa sua. Io avevo bisogno di studiare, di leggere, di sapere in quanti ci saremmo seduti a tavola all'ora di cena. Avevo bisogno di cenare ogni sera. E poi c'era Pedro. Pedro non si sarebbe mai abituato a fare l'amore con me mentre il bambino della vicina girava per casa. E non solo questo. Mi ero resa conto che confondersi nel numero degli uomini che venivano da noi per scopare non gli piaceva affatto. Doveva sentirsi come una specie di fuco, uno dei tanti dell'alveare, uno che non viene preso sul serio, come un ragazzo a pagamento. Sara non le era antipatica, anzi, la trovava divertente. Si facevano delle belle chiacchierate, loro due. È vero che Pedro preferiva non approfondire la conoscenza dei miei amici, li considerava una specie di magma indistinto caratterizzato dall'allegra follia degli studenti di lettere. Non gli andava di indagare oltre. Ma sarebbe eccessivo dire che io avessi una doppia vita: Pedro da una parte e la facoltà dall'altra. E sarebbe anche semplicistico. In realtà cercavo di avere molte vite, più ne avevo meglio era, ma tutte si limitavano all'osservazione, di rado mi lasciavo coinvolgere pienamente. Preferisco osservare.

Con Pedro intravedevo un futuro pieno di speranze. Lui avrebbe progettato meravigliosi edifici di pubblica utilità: ospedali, scuole, asili e tutto il resto, mentre io avrei scritto opere immortali. Saremmo stati felici, insieme, anche se a quel tempo si parlava poco di felicità. Ciò non toglie che mi piacesse ficcare il naso in altri mondi. Davo uno sguardo alla gente più impegnata politicamente, indagavo sulle ragioni degli studenti più convenzionali e ligi all'ordine, mi mescolavo a chi faceva vita di bohème. Quella bohème di emarginati e cani sciolti mi attirava. Molti erano impostori, illusi e snob, ma nel complesso erano meno noiosi di altri. C'era chi lavorava al romanzo totale, altri coltivavano progetti bizantini senza capo né coda. Qualcuno si dava alle droghe. Falsi marchesi si facevano stampare biglietti da visita con stemmi gentilizi e li distribuivano fuori delle aule... Un circo in piena effervescenza che si guadagnava giorno per giorno il sospetto generale. Sara apparteneva a questa tribù? Credo di no. Lei teneva sempre un piede nella realtà, faceva perfino degli sforzi per inserirsi nel mondo normale. Uno di questi sforzi era rappresentato da me, dalla nostra amicizia intermittente. E dalle altre due amiche comuni: Berta e Ramona.

Berta non rientrava in nessuna tendenza definita, ma si teneva vicina all'establishment. Era bella e sicura di sé, decisa, positiva, dal giudizio rapido e chiaro. Aveva una risposta per ogni domanda e una soluzione per ogni problema. Non si tirava mai indietro. Voleva fare la carriera universitaria, diventare docente di inglese, e c'è riuscita. Voleva condurre una vita utile e trasparente, e c'è riuscita. L'unico punto oscuro della sua biografia era il fidanzato, un eterno studente di medicina col quale alla fine si era sposata. Che cosa c'entrava quel ragazzo così banale, neanche tanto intelligente, nella vita di una donna che voleva mangiarsi il mondo? Eppure lui c'era, dava e ridava gli esami senza successo, e aveva sempre una cartellina di appunti sotto il braccio quando veniva a prenderla dopo le lezioni. Alla fine riuscì a laurearsi e si mise a esercitare come medico generico in un comune fuori città. Cinque anni dopo il matrimonio, Berta si separò. In quei cinque anni aveva preparato i concorsi da ricercatrice e li aveva vinti. Aveva avuto due figli.

Berta era rapida, possedeva quel tipo di intelligenza che vale la pena avere perché si applica alle cose pratiche ottenendo buoni risultati. Nulla a che vedere con l'intelligenza speculativa e sterile allora tanto diffusa, oggi considerata una zavorra indesiderabile. Lei ed io ci vedevamo spesso per studiare. Perfino nel modo di disporre sul tavolo i libri e gli appunti, di sottolinearli e consultarli, dimostrava fino a che punto arrivasse la sua efficienza. Spesso pensavo che mi sarebbe piaciuto essere come lei. Stranamente, il suo matrimonio finì malissimo. Fu uno di quei finali incomprensibili che non hanno nulla a che fare con il resto della storia, come se un romanzo poliziesco si concludesse con l'arrivo dei marziani. Suo marito, il poco brillante medico condotto, cercò di strangolarla. Proprio così, strangolarla, per quanto possa apparire strano nella vita di una coppia del tutto normale.

Quando avvenne il fatto, io vivevo da due anni con Pedro. Fu proprio Sara a raccontarmelo. A quanto pare era successo un venerdì sera all'ora di cena. Avevano mangiato le lenticchie. Non ho mai capito come mai Sara fosse a conoscenza di un simile particolare. Bene, nel corso di quella che avrebbe potuto essere una rilassante serata di fine settimana, doveva essere scoppiata una lite. Sala non seppe dirmi il motivo che l'aveva scatenata. In ogni caso, la lite era giunta a un tale livello di violenza che Berta fu aggredita. Suo marito cercò di ucciderla o, almeno, perse il controllo al punto da stringerle la gola lasciandovi un segno che ci mise giorni a scomparire.

– È stato nel bel mezzo della cena, non sono neanche arrivati al secondo, arrosto di maiale con patate, che è rimasto intatto in cucina – precisò Sara.

In primo luogo era sorprendente che Sara avesse raccolto informazioni gastronomiche così complete sulla cena dei due contendenti, e che al tempo stesso non avesse la minima idea del motivo che aveva provocato la contesa. Anche se, conoscendola bene, non c'era da stupirsi che proprio queste fossero le precisazioni che aveva chiesto a Berta. Poi mi colpì, certo, l'eccesso rappresentato da un simile incidente in un ambiente civile, democratico e rispettoso delle norme come quello dei due coniugi. La mia mente, spinta da un'insana curiosità, si lanciò in speculazioni azzardate. Berta era stata infedele a suo marito? Proprio lei, che sapeva sempre cosa voleva e lo faceva senza esitare? Sembrava assurdo, da parte di una che aveva sopportato per tanti anni quell'inetto fidanzato e l'aveva perfino sposato. Ma Berta non sembrava disposta a svelare il segreto, né a me né ad altri. Eppure non tenne nascosta l'aggressione, non ebbe paura di critiche o ironie. Andò a denunciare il marito. A quanto diceva, la sua esperienza in questura era stata ancora peggiore del tentativo di assassinio.

– Mi hanno affidata a un'unità speciale per la violenza contro le donne, e due poliziotte mi hanno bersagliata di domande. È stato orribile, in sala d'attesa c'erano delle tizie spaventose. Una aveva un braccio al collo, l'altra piangeva, singhiozzava come una subnormale. Hanno cercato di fare amicizia con me, come se fossimo tutte sulla stessa barca. Per poco non mi veniva un attacco isterico. Ma mi sono controllata, e sono riuscita a mettere in chiaro che il mio caso era ben diverso.

Strana conclusione quella di Berta. Pensai che non intendesse dire esattamente questo, e invece no, sapeva benissimo quel che diceva. Solo che non si rendeva conto che la vera assurdità è un marito medico che tenta di strangolare la moglie docente universitaria.

Sara parlò con lei dopo l'incidente, molto a lungo, cosa che servì soltanto a chiarire altri particolari inutili.

– Mi ha detto che quando lui ha cercato di strangolarla, gli ha dato uno spintone tale che è finito per terra. Poi ha preso le lenticchie rimaste nella pentola e gliele ha buttate in faccia. Pare che ne avesse ancora nelle orecchie quando l'hanno chiamato in questura.

Non la finivo più di ridere, non perché quella lite spaventosa mi divertisse, ma per come Sara la raccontava. Una cosa simile, in bocca a lei, era immediatamente smitizzata, ridotta all'assurdo, che forse era la sua unica vera dimensione.

Neppure in quell'incontro fra Sara e Berta furono menzionate le ragioni della disputa. Qualche giorno dopo, Berta ci fece sapere che aveva ritirato la denuncia contro suo marito per non danneggiarlo nella professione. In cambio, lui si impegnava a concordare immediatamente le condizioni del divorzio, ottemperando a tutte le sue richieste.

In seguito a quella vicenda Berta acquistò per me un'aura di mistero, e la sua vita, per il resto abbastanza lineare, mi divenne incomprensibile. Come può scatenarsi una simile zuffa, con conseguente divorzio, fra due coniugi all'apparenza così normali? Come possono due persone abituate a risolvere i conflitti parlando, giungere a simili livelli di violenza? La nostra generazione, è vero, aveva passato tanto di quel tempo a parlare che ormai le parole sembravano aver perso ogni significato. Ma fino a questo punto?

Inutile dire che, anni prima prima, quando non si sarebbe mai sognata che quel fidanzato un po' tonto avrebbe potuto un giorno prenderla per il collo come una prostituta di quart'ordine, Berta non vedeva affatto di buon occhio la vita sregolata di Sara. Non le piaceva, e glielo faceva capire. La sgridava perché secondo lei perdeva tempo, non andava a lezione e non studiava mai (qualcosa avrà pur studiato però, perché alla fine un diploma l'aveva preso). Cercava di convincerla a mettere giudizio ripetendole che una donna deve essere in grado di guadagnarsi da vivere. E mi rendeva partecipe di tutte le preoccupazioni che Sara le suscitava.

– Va bene che non prenda le cose sul serio, d'accordo, lei è fatta così, ma non potrebbe almeno sforzarsi un po'? Cercare di essere più ordinata? Lei se ne frega di tutto! Pensa forse di andare avanti così per sempre? Cosa farà quando tutti noi avremo finito gli studi, quando lavoreremo e avremo la nostra vita? Rimarrà in quell'appartamento che cade in pezzi a ciarlare con le vicine, ad adottare gatti rognosi, ad andare a letto ogni notte con il primo che capita?

Anche se metteva sullo stesso piano l'anarchica e fiorente attività sessuale di Sara con la sua tendenza ad accogliere in casa gatti randagi, io sapevo bene qual era la cosa che più le dava fastidio, quella che secondo lei era la causa di tutti i mali della nostra amica: la sua promiscuità, quello era il punto. Berta non era una bacchettona e non si scandalizzava facilmente, ma il suo carattere pratico la portava a considerare il disordine come una fonte di dispiaceri e di inutili perdite di tempo. E fra tutti i tipi di disordine del mondo, riteneva che quello sessuale fosse il più destabilizzante. Tanta gente la pensa così, anche se nessuno sa dire perché essere promiscui debba essere più rischioso di altre attività.

Avvertivo, nelle lamentele di Berta, nelle sue preoccupazioni da amica, il tono inequivocabile di chi penalizza il sesso più di ogni altra cosa. E capivo che, parlando con me dell'argomento, mi muoveva un rimprovero indiretto. Quale? Io non criticavo gli amanti di Sara. Quindi non la mettevo in guardia contro i pericoli che poteva correre, non la rimproveravo né cercavo di influire su di lei affinché, come diceva Berta, almeno stesse attenta e non si lasciasse ingannare. Io non potevo farlo, perché a me la collezione di cazzi di Sara andava benissimo. Nulla mi induceva a pensare che qualcuno di quegli amanti temporanei potesse ingannarla. A volte era evidente che cercavano solo la sua ospitalità, o un piatto caldo, o l'atmosfera divertente di casa sua. Ma cosa cercava in loro, Sara? Godere della loro bellissima verga e vederli girare per il soggiorno con l'allegria del maschio soddisfatto. Si ingannavano forse a vicenda? No. Sara accoglieva gatti randagi e prodigava loro affetto e premure. I gatti volevano solo poter mangiare qualcosa ed essere adottati come animali da compagnia per qualche giorno, e poi sparivano senza lasciare traccia. Cercavano forse di ingannarla, i gatti? Certamente no, fra loro vi era una reciprocità senza impegni.

Io sapevo bene quanto Sara godesse degli uomini che si davano il turno nel suo letto. Sapevo per di più che non era una donna fatale e che non si vantava delle sue conquiste. Perché non lasciarla in pace, dunque?

– Ma li hai mai guardati quelli lì? – mi diceva Berta. – Se li cerca sempre tutti uguali, sembrano fatti con lo stampino, tutti senza un soldo e senza un'idea in testa, degli incapaci che non combineranno mai nulla e non sanno prendersi un impegno.

Poteva essere vero, ma non lo era. Non tutti erano così. C'era stato Andy, l'inglese venuto per una ricerca oceanografica che Sara aveva conosciuto in un bar. Mi piacque non appena lo vidi, aveva classe ed era un uomo speciale. E poi non assomigliava fisicamente agli altri. Gli uomini che Sara preferiva erano in genere molto maschili, bruni e atletici. Andy invece era biondo, alto e magro, dinoccolato e infantile. Lo trovavo divertente, un po' più vecchio di noi, più equilibrato, gentile e affabile.

Guardava Sara come chi ha trovato un gioiello. I capelli neri e gli occhi di giada della mia amica dovevano sembrargli la cosa più esotica che avesse mai visto. Se la guardava instupidito. Era un uomo intelligente e sensibile, non uno di quegli animali senza emozioni con cui lei usciva di solito. Parlava uno spagnolo accettabile e conosceva la poesia di Quevedo, di Lorca, il teatro di Valle-Inclán.

Nel periodo in cui Sara stava con lui, andavo più spesso a trovarla. Chiacchieravamo. Andy mi parlava del suo lavoro, mi spiegava tante cose sui pesci, la flora marina, le catene alimentari. Collaborava con l'università, e quel che faceva non sembrava noioso, ma stimolante e pieno di creatività.

Come mi stavo rendendo conto a poco a poco, Andy si innamorò di Sara. Era cotto, pazzo di lei, preso da morire. Bastava guardarlo per accorgersene. Appena usciva dal laboratorio correva da lei. Le portava dei regali, la viziava. Faceva perfino le pulizie e riempiva la lavatrice. Sara sembrava non accorgersi neppure di tante attenzioni, ma se ne accorgeva, eccome. Al punto che un giorno mi confidò di sentirsi soffocata dall'inglese.

– È pesante. Non so cosa pensare. Ha cominciato a domandarmi quali progetti ho per il futuro. Vorrebbe che andassi a vivere Londra con lui.

– E tu?

– Io, cosa?

– Ci andresti?

Si strinse nelle spalle e fece una smorfia sardonica, forse cinica. Mi parve che volesse assumere un'aria falsamente ingenua.

– Non ho neanche pensato a questa possibilità.

– È innamorato di te.

– Lo so, ma cosa vuoi che faccia? Non ha il minimo senso che io lasci tutto quanto per andare a Londra.

– E se lui rimanesse qui?

– Ma cosa dici? Non so nemmeno quanto durerà questa storia. Perché pensare al futuro?

In quel momento ebbi una specie di premonizione di quel che poteva succedere nella vita di Sara, e commisi l'errore enorme di darle un consiglio. Fu un piccolo consiglio da nulla, ma Sara lo prese come un'offesa personale.

– Che io rimanga con Andy per tutta la vita? Ma sei matta? Da dove la tiri fuori quest'idea? Non so perché diavolo dovrei mettermi in testa una simile assurdità. E i miei studi all'università, e...? Dài, non dire fesserie!

Non disse mai: non lo amo, per la semplice ragione che non era mai stata sfiorata dall'idea di innamorarsi, né di lui né di nessun altro. Questa era la sua forza, il suo talismano, la sua blindatura stagna, e tutti noi, perfino io, quella volta, insistevamo come se fossimo i suoi peggiori nemici affinché scoprisse il suo tallone d'Achille.

Andy, che non per nulla era britannico, e che come ogni buon cittadino britannico era capace di agire con tutta la forza di una passionalità a lungo inibita, finì per diventare davvero soffocante. La perseguitava, le muoveva rimproveri dolorosi, la accusava di essere insensibile, disumana, vedeva rivali e infedeltà dappertutto. Si innamorò fino al midollo, un midollo inglese tutt'altro che fatalista, convinto che a forza di insistenza avrebbe potuto piegare la volontà della mia amica.

Una delle particolarità di Sara era che lei non si sentiva affatto lusingata all'idea di poter suscitare un amore di quelli anteguerra. Al contrario, viveva la situazione come una grandissima seccatura, una contrarietà, un imprevisto che non aveva calcolato e al quale non sapeva come sottrarsi. Scappava di casa. Passò qualche notte a casa mia, dove si presentava così com'era, senza neanche portarsi un pigiama.

– Dovresti parlargli.

– È inutile. L'unica cosa che riesce a dire è che mi ama.

– E tu gli hai detto che non lo ami?

– Non c'è bisogno di essere una lince per capirlo. Gli ho detto tutto quel che mi è venuto in mente, che ho intenzione di andare a stare in un kibbutz dopo la laurea, che ho un trauma infantile e non mi posso sposare.

Scoppiai a ridere. Come tante altre volte quando parlavo con lei, questo era il finale: matte risate. Mi sbalordiva la sua incapacità di capire le norme che regolano i rapporti fra le persone. Aveva i propri parametri, ma nessuno sapeva quali fossero. Nulla a che vedere con i valori morali, ideologici o esistenziali condivisi da tutti. Sara era viva, e oggi ho la sensazione che, di tutti noi, fosse la sola a esserlo davvero.

La storia di Andy finì, naturalmente, e male. L'insieme assunse un'aria da farsa tragica con risvolti da teatro dell'assurdo. Una sera, probabilmente perché non ne poteva più, Sara organizzò una festa a casa sua. Non seppi mai chi fossero gli invitati, ma posso immaginarmelo: un campionario della fauna marginale che lei frequentava. Il fatto è che quando Andy rientrò tardi dal lavoro, trovò la porta chiusa da dentro. Suonò il campanello venti volte, e nessuno gli rispose. Sul pianerottolo giungeva il chiasso di notevoli bagordi e lui, esasperato, cominciò a prendere a pugni la porta. I vicini uscirono a protestare, lo fecero smettere. Andò in un bar. Bevve come un cosacco dopo una battaglia vinta, ma con l'animo del perdente. Di tanto in tanto tornava in strada e guardava le finestre di Sara, sempre più sbronzo, sempre più convinto che quella fosse la fine.

Alle tre del mattino, con lo stato d'animo cupo e un tantino infantile che è tipico degli anglosassoni quando eccedono nell'alcol, si piazzò in mezzo alla strada e si mise a urlare, a lanciare oggetti contro i vetri. Era fuori di sé, feroce come un leone ferito, come un toro che carica senza capire perché gli facciano del male. Allora, e fu lui stesso a raccontarmelo, senza sottrarre drammaticità ma nemmeno comicità alla cosa, la finestra si aprì e qualcosa cadde sull'asfalto.

– Era un pollo, un pollo intero e spennato che io stesso avevo comprato per la cena. Mi avvicinai e lo raccolsi. Era uguale a me, esattamente uguale a me, nudo, freddo, ridicolo in mezzo alla strada. Sbattendo a terra aveva fatto un rumore particolarissimo, come la testa di un suicida.

Se non mi vennero i brividi a sentire quella storia fu perché eravamo molto giovani e godevamo ancora di un'insensibilità protettiva, ma adesso mi sembra tremendo. Un pollo che vola dalla finestra e finisce in strada alle tre del mattino. Perché? Se Andy l'aveva comprato per la cena, allora era come dire: guarda cosa ne faccio della tua benedetta organizzazione, delle tue virtù domestiche, del tuo ordine, dei tuoi progetti matrimoniali, tienteli per te. Magari la lettura simbolica dell'inglese era giusta, e quel ridicolo pollo, che ritrovava la sua condizione di cadavere e non di cibo, una volta strappato al contesto, era proprio lui: magro, indifeso, spennato. Non lo so, conoscendo Sara, è più probabile che lei non c'entrasse per nulla con la defenestrazione del pollo. Mi pare verosimile, piuttosto, che qualcuno dei suoi indesiderabili amici, oltrepassati i limiti nel bere e nel fumare, avesse aperto il frigo in cerca di un'arma da lancio senza pensarci troppo su. Non c'era nessun simbolo da leggere, e dubito fortemente che fosse stata Sara a lanciare il volatile morto dalla finestra.

In seguito a questo spiacevole incidente, Andy capì che doveva andarsene, rinunciare alle sue intenzioni, dimenticare tutta la faccenda. E così fece, senza addii spettacolari né frasi altisonanti, senza scenate di rancore. Quel pollo crudo in mezzo alla strada deserta era stato una spiegazione più che sufficiente.

Ignoro se Berta avesse rimproverato a Sara il suo comportamento con Andy, ma credo di no. Andy non le piaceva granché, e poi in quel periodo lei non era ancora pienamente entrata nel ruolo di consigliera. Era troppo impegnata a viversi la sua storia, a pianificare il suo futuro e ad affrontare le sue difficoltà. Non aveva tempo per gli altri come poi ne ebbe dopo.

Penso a Gabriel, addormentato al piano di sotto. Non sta lavorando molto oggi. Non gli è mai piaciuto lavorare. Malgrado la donna meravigliosa che ora ha accanto, credo pesi su di lui una lieve stanchezza del vivere. Questo non vuol dire che stia attraversando un momento doloroso. C'è gente che sfugge alla stanchezza aggrappandosi al quotidiano, senza porsi domande. Vanno a fare un giretto quando escono dal lavoro, prendono un caffè, non guardano avanti né indietro. Vivono tranquilli, senza particolari angosce.

Gabriel è sempre stato un sostenitore del quotidiano, anche quando la mentalità generale propendeva per le grandi decisioni, le prese di coscienza e le rinunce. A quel tempo ciascuno di noi imparò qualcosa per prepararsi a vivere in un mondo che poi, nei fatti, non si rivelò come lo credevamo. Io imparai a lavorare, in qualunque circostanza. Me lo insegnò il mio professore di letteratura. Anche se i tempi erano duri, dominati dalla politica e dalle rivendicazioni, non si poteva smettere di lavorare. I grandi uomini avevano lavorato perfino in carcere, perfino sotto il peso di domande filosofiche schiaccianti. La difficoltà stava nel coniugare la vita quotidiana con i grandi ideali, con la lotta e la rivoluzione. La vita quotidiana è sempre un problema, un muro contro cui vanno a sbattere anche gli uccelli dal volo più sublime. Non riesco a ricordare molto della mia vita quotidiana ai tempi dell'università, ma so che lavoravo, che mi chiudevo in biblioteca, che leggevo più libri di quelli necessari per superare un esame. Mi comportavo bene. Eppure, non avevo la sensazione di vivere in un'oasi di pace intellettuale. Di tanto in tanto avrei avuto bisogno di sedermi in un chiostro di Cambridge, in silenzio, e sentir pesare su di me la tradizione di migliaia di menti dedite allo studio. Ma quelli erano tempi impetuosi e violenti. Se per tutti noi c'è un'età dell'oro, quella fu l'età dell'oro di Sara, il che è tremendo, perché più tardi ci è stato insegnato che quella fu un'epoca sterile e che nulla di quel che sognavamo sarebbe diventato realtà. E tuttavia furono tempi concreti e reali, nei quali tutto quel che succedeva era tinto di idee e di ragioni e si aveva l'impressione di andare da qualche parte, anche se così non era.

Poi venne la decadenza.

Senza dubbio, se Sara permetteva a Berta, a Ramona e perfino a me di esprimere pareri sulla sua vita era perché non voleva perdere la nostra amicizia. Per lei, la nostra amicizia era importante. In fondo eravamo i suoi punti di riferimento femminili, qualcuno a cui guardare e a cui dimostrare che non tutto nella sua mente era disordine. Avevamo personalità molto diverse, noi tre, ed era diverso anche il nostro atteggiamento nei confronti di Sara. Io rinunciai a dirle quel che pensavo, e mentre Ramona finì per dirglielo, quel che pensava lei, mossa unicamente da interesse professionale. Berta fu la sola a credere, dal profondo del cuore, di doverle dare dei consigli. È vero che i rapporti fra loro erano qualcosa di più di una sporadica frequentazione. Berta si prendeva cura di lei, correva a casa sua quando non stava bene, le prestava dei libri e si ricordava sempre di domandarle come le andassero gli esami. Si interessava alla sua vita. Devo riconoscere che Sara per me rimaneva una curiosità antropologica. Le volevo bene, certo, ma non avrei mai accettato di coinvolgerla nella mia esistenza, di lasciarmi inghiottire dalla sua anarchia. Come si suol dire, ne avevo già abbastanza dei miei problemi, dei miei dubbi, dei miei tentativi di scrivere qualcosa di accettabile, del mio rapporto intenso ma civile con Pedro. Di nuovo, la quotidianità si rivelava come il vero ostacolo da superare affinché le vicende della vita si compenetrassero, si armonizzassero, assumessero un andamento liscio e regolare, una coerenza.

Com'erano diventate amiche Sara e Berta? Non lo so. Gli opposti si attraggono, immagino, si cercano, si toccano. La vita scandalosa della prima esercitava senza dubbio una profonda fascinazione sulla seconda. Ma tutti noi eravamo affascinati da Sara, le donne soprattutto. Gli uomini avevano paura di lei, credo, i compagni dell'università, i ragazzi seri e normali che appartenevano al nostro ambiente. Per questo lei andava in cerca di tipi un po' fuori di testa per scopare.

Perché Sara non aveva amici maschi, dei veri amici, voglio dire? Vi era in lei qualcosa dell'Eva primigenia che suscitava diffidenza negli uomini. Nei rapporti fra i sessi è necessaria una chiara comprensione del gioco delle parti. Non c'è modo di intendersi, di funzionare nelle diverse situazioni, se non si capiscono le mosse dell'altro. Quando manca questa comprensione c'è sempre qualcosa che stride. E il gioco di Sara non era mai esplicito, nessuno sapeva mai con certezza cosa volesse. Lei non forniva indizi sulle regole che seguiva.

I miei amici la fuggivano come la peste. Perfino il grande Arturo, simpatico, scafato, un tipo che nessuno avrebbe mai potuto considerare convenzionale, amato dalle ragazze ma senza fama di donnaiolo, me lo diceva:

– Non so cosa pensare. Con lei hai sempre l'impressione di mettere il piede in fallo, non sai dove stia andando, quindi non sai nemmeno dove stai andando tu.

Immagino che smitizzare il membro virile come faceva Sara, o forse considerarlo come un'entità a sé stante, non necessariamente legata al suo portatore, spiazzasse molto gli uomini. Ramona tracciò una diagnosi diversa del problema molto tempo dopo. Secondo lei, Sara non si amava, quindi le era impossibile amare gli altri, e questo si vedeva a prima vista. Io penso invece che si attribuisca eccessiva importanza all'amore. All'amore di sé, poi. Noi apparteniamo a una generazione che non si ama per nulla, perché ne è stato dichiarato il totale fallimento. Che importanza poteva avere, allora, che Sara si amasse o non si amasse? La realtà era che lei non pensava a se stessa, non aveva consapevolezza dell'immagine che dava di sé, non si autoesplorava alla ricerca di genialità o virtù nascoste, e questo mi pare sommamente desiderabile in un essere umano, una perfezione rara.

Credo che la storia di Sara sia stata una tragedia, lo credo fermamente, e questo è poco comune. Noi donne tendiamo a mettere insieme delle tragedie sommando le contrarietà di tutta una vita.

La mancanza di attitudine all'amore avrebbe potuto costituire un vantaggio per Sara, e invece non fu così. Io avrei voluto essere come lei, essere capace di non mettere me stessa in ogni relazione. Pensavo, e forse continuo a pensare, che la facilità con cui noi donne crediamo nel grande amore sia uno svantaggio gravissimo in molti casi, e una stupidaggine in generale. Ma per praticare il disamore consapevole, con tutte le conseguenze, bisogna tenere gli occhi bene aperti e non lasciarsi influenzare mai, resistere come gatte selvatiche, non dare ascolto, guardare altrove, disdegnare i modelli precostituiti.

Sono convinta che nemmeno Ramona fosse dotata per l'amore, solo che lei vi aspirava, e questo l'ha salvata. E Berta, Berta possedeva qualche grammo di questa capacità? Sotto la sua apparenza di agente di una multinazionale dell'amore, di donna capace di amare il mondo intero, disposta innamorarsi senza riserve, in realtà, ne sono sempre stata convinta, lei mentiva, mente ancora oggi. E io? Io ce l'ho la capacità di amare? Quale donna ce l'ha? L'amore è troppo mescolato con la vita di una donna perché si possa distinguere il minerale puro. A volte penso che per amare davvero sia necessario essere uomini.

Ramona mi ha telefonato qualche giorno fa. Era molto colpita dal suicidio di Sara. Eppure, ci ha tenuto in modo particolare a dirmi che da molto tempo Sara non andava più dallo psichiatra.

– Era guarita?

– Nel caso di una patologia di tipo emotivo è difficile dirlo. Stava meglio, questo sì. Da cinque anni non era più in terapia. Non l'avevo più sentita lamentarsi. Sembrava aver trovato gli appigli necessari per andare avanti.

Abbiamo deciso di vederci per prendere un tè e fare due chiacchiere. La morte di Sara ha il potere di rimettere insieme le vecchie amicizie. Erano anni che non vedevo Ramona. Mi aveva molto sorpresa la sua trasformazione fisica il giorno del funerale. Era molto appesantita. Eppure, è riuscita a schivare abbastanza bene l'aspetto matronale, da signora benpensante inserita con successo nella società. Senza traccia di trucco e con i capelli bianchissimi, sembra una scienziata, una di quelle etologhe che si isolano dal mondo per andare a studiare le scimmie in Africa o in America del Sud. Ma i suoi occhi non riflettono l'innocenza di una vita naturale accanto a creature selvagge, ha visto troppe cose, si è sporcata di umanità.

Ai tempi in cui studiava psicologia riusciva sempre a incuriosirci. Arrivava carica di test al bar della facoltà di giurisprudenza dove avevamo l'abitudine di trovarci. Ci passava i questionari e noi rispondevamo, in un ilare esercizio di introspezione. I risultati erano strepitosi, tutti uscivamo da quell'esperienza insigniti di qualche patologia grave: fobie, nevrosi ossessive, psicosi... Una volta ci mostrò le enigmatiche macchie di Rorscharch. Mi mise sotto gli occhi la tavola numero due e mi domandò: «Cosa ti suggerisce?». «Un animale investito da un camion» risposi. Ramona si mise a ridere. «Rappresenta la figura paterna» fu il suo commento. La cosa mi preoccupò molto e volli saperne di più, ma Ramona non rispondeva mai a tono alle domande.

– Perché ridi?

– Non hai detto la solita cosa.

– E qual è la solita cosa?

– Non so, quasi tutti dicono che la macchia assomiglia a una pelle di animale.

– E cosa significa che io l'animale lo veda investito da un camion?

– Stai scherzando? Cosa posso saperne io? C'è gente che dedica la vita intera all'interpretazione del test di Rorscharch. Ci sono specialisti che non fanno altro. Come vuoi che io possa provarci?

Non mi aveva affatto tranquillizzata, ma fu impossibile smuoverla di lì. Anche molti anni dopo, quando entrò di diritto nel mondo della psicoanalisi, avrebbe mantenuto questo atteggiamento: suscitare la curiosità dell'interlocutore e poi starsene zitta. Ma con la psicoanalisi pura e dura, gli scherzi finirono. Non si scherza con la religione.

All'appuntamento si è presentata con un quarto d'ora di ritardo. Stavo già pensando che se ne fosse dimenticata; ma alla fine è comparsa, nervosa e trafelata, chiedendo scusa. Aveva avuto un incidente nel suo studio. Uno dei pazienti, un bambino, aveva chiesto di andare in bagno, durante la seduta. C'era rimasto un bel po' e, quando lei era andato a chiamarlo, non aveva voluto saperne di venir fuori. Solo dopo una lunga attesa e una lunga trattativa attraverso la porta chiusa, aveva acconsentito a uscire.

– Aveva defecato e raccolto il contenuto del water con le mani. L'aveva spalmato dappertutto, sulle piastrelle, sullo specchio, sui vetri della finestra. Mio Dio, c'era merda ovunque! Ho lasciato la donna di servizio a pulire, non potevo farti aspettare oltre.

Rideva, con la solita noncuranza di quando raccontava questo tipo di episodi sconvolgenti per i profani. Ma io ero decisa a non farle domande. Basta, non sarebbe più riuscita a scuotermi, ne avevo già sentite troppe di storie fecali, di fantasie sessuali dei suoi pazienti. Ero già stata testimone della sua equanimità, del suo porsi al di sopra del bene e del male, del suo mettersi sempre al riparo da ogni tortuosità, da ogni vizio, da ogni follia. Ho sorriso.

– A parte questo inconveniente, tutto bene?

– Be', lo sai com'è la mia vita: lavoro, lavoro, lavoro. Tutto bene.

Non si era sposata, né aveva mai avuto una storia durevole con nessuno. Questo l'aveva fatta soffrire, ma ora non gliene importava più.

– Hai parlato con Adrián?

– È venuto a trovarmi un paio di giorni fa.

– Ne ha sofferto molto?

– Così ha detto.

– E tu non gli credi?

– Non lo so, Ramona, davvero.

Mi ha guardata con occhi maliziosi, ma io dicevo sul serio. Mi pareva che l'atteggiamento del marito di Sara si dovesse a una chiarissima sindrome di Ted Hughes. Chi può avere una buona opinione del marito o dell'ex marito di una suicida? Tutti i sospetti sulle cause di squilibrio e di infelicità della moglie ricadono su di lui. Dev'essere difficile affrontare gli altri dopo una cosa simile. Se tenti di dare delle spiegazioni passi per colpevole. Se ti mostri rassegnato puoi sembrare insensibile. Non resta altra via che la manifestazione del dolore. Anche se nel caso di Sara e Adrián, le manifestazioni di dolore, che implicano una certa dose di sorpresa, non potevano apparire verosimili. Si erano sposati, si erano separati, come tanti altri. Poteva essere stata una sorpresa per Adrián che Sara si fosse uccisa? Era stata una sorpresa per gli altri? Ramona aveva le idee chiare su questo punto, e me le ha esposte mentre soffiava tranquillamente sulla sua tazza di tè bollente.

– Da quando aveva finito la terapia la vedevo molto di rado. In cinque anni ne succedono cose, ma sai, io tendo a pensare che non sia successo nulla di speciale. Sara era fatta così, era nella sua natura la possibilità del suicidio, può darsi che la tentazione si allontanasse da lei in certi periodi della vita, ma alla fine non ha saputo lottare contro questa via d'uscita. Non sapeva perché dovesse vivere, questo è il fatto.

Anche questa volta, pur avendo fermamente deciso di non intervenire più sull'argomento, ho dovuto mordermi la lingua per non rispondere. Ramona è andata avanti tranquillamente:

– Credo che il povero Adrián si sia trovato in questo pasticcio senza avere la minima idea che le cose andassero così male. E poi, andavano proprio così male? Loro due facevano una vita molto stabile, molto tranquilla, il tipo di vita che sarebbe bastato a chiunque per essere felice, o per tirare avanti senza problemi. Ma tu lo sai meglio di me, Sara riusciva a rovinare tutto quello che aveva, non dava valore alle cose, non sapeva fare i conti con la realtà. Forse un bel giorno si è alzata, si è preparata il caffè, si è guardata allo specchio e si è detta, perché non farla finita? Poteva essere quel giorno come un altro.

Ha sorbito il suo tè con gusto. Ha ordinato una pasta e si è messa a divorarla avidamente. Credo sia così grassa perché mangia molto. Si è liberata dalla tirannia dell'estetica, dalla necessità di piacere. Nemmeno lei era realista, non lo è mai stata, a questo si deve il suo fallimento con gli uomini. Ai tempi dell'università si innamorava sempre dei più belli, dei più brillanti. Un poeta di Gandía che, secondo lei, assomigliava a Omar Sharif. Un ragazzo che era il numero uno in lingue classiche, e che per di più era alto e atletico. Solo che con loro, una come lei non aveva la minima possibilità, erano gli idoli della facoltà, universalmente desiderati sotto tutti i punti di vista. E lei? Lei non era neanche mediamente carina, una piccoletta dalla faccia comune, che praticava troppi sport violenti e aveva le gambe di un gladiatore. È questo fare i conti con la realtà? Ramona ignorava perfino le regole fondamentali del mercato amoroso.

Anni dopo, quando ormai era entrata nel mondo della psicanalisi, il suo modo di procedere non era cambiato. Allora l'uomo ideale per lei si riduceva a una sintesi teorica che riuniva in sé tutti i parametri della correttezza sociale: buono, educato, di bell'aspetto, lavoratore, di livello intellettuale elevato, brillante nella carriera e affettuoso con i bambini. Questo è essere realisti? Mio Dio, lei non aveva la minima possibilità di aspirare a un uomo simile! Perché non si decideva una buona volta ad abbassare i suoi standard?

Stavolta non ho detto nulla. Avevo deciso di non dire più una parola sulla storia di Sara a coloro che ne erano stati gli attori. Avrei scritto loro una lettera. Quella lettera sarebbe servita a rompere definitivamente i rapporti, visto che dopo averla letta nessuno avrebbe più voluto avere a che fare con me.

Ora sembrava che tutti volessimo rivederci dopo la morte di Sara per mettere bene in chiaro che non c'entravamo nulla con il suo suicidio. Uno scaricabarile generale. La colpa era tutta di Sara, che non per nulla era morta, e non poteva parlare né difendersi come del resto non aveva mai fatto da viva.

Gabriel mi sta chiamando dal piano di sotto. Si è svegliato e se ne va, vuole salutarmi. Gli domando dei quadri che ha visto nel video, ma non sa neanche di cosa stia parlando. Ci mette un po' a raccapezzarsi. Alla fine si riscuote:

– Bah, niente dell'altro mondo! Ormai ai giovani artisti non resta molta strada da fare.

– È già tutto fatto?

– Quasi. Tutto quel che possiamo capire noi.

Mi guarda con aria stanca, non l'aria di chi ha già visto tutto, ma di chi è triste e sperduto, di chi è finito in un'epoca a lui estranea. Probabilmente rimarrebbe a cena se lo invitassi, ma oggi non me la sento proprio, preferisco che se ne vada. Non posso fare a meno di provare un po' di pietà per lui, vedendolo uscire così, con quell'aria da bambino prematuramente invecchiato. Era così nichilista, così strampalato, da ragazzo, che vederlo ora nella parte dell'uomo di mezz'età dignitoso ed esausto mi fa una certa impressione. E se tutti noi, gli allegri ragazzi di allora, fossimo diventati così? E se bastasse vederci per riconoscere le mille battaglie che abbiamo sordidamente combattuto, senza grandezza, senza gloria? Gabriel collezionava foto pornografiche di grandi gruppi in azione. Meduse di corpi maschili e femminili intrecciati. Portava in aula le sue ultime acquisizioni e le mostrava a tutti. Gli piaceva provocare. Riusciva ancora a scandalizzare qualcuno, una o due ragazze che studiavano con la ferma intenzione di diventare un giorno insegnanti di liceo, poco di più.

Nella vita di Sara le cose cominciarono a complicarsi in seguito al «gran baccanale». Fu lì che il ridotto controllo da lei esercitato sulle proprie attività le sfuggì dolorosamente di mano.

Sara era un'adoratrice del membro virile. Le sue descrizioni di scroti paonazzi sul punto di esplodere in un fiume di seme, di glandi levigati e specchianti come il vetro, di ogni tipo di armamento in stato d'allerta, mi erano sempre parse un prodigio di sensibilità. Se fosse stata dotata per la poesia, forse il corpo dell'uomo avrebbe finalmente trovato la sua perfetta espressione. Eppure, in tutta quell'esaltazione teorica, e in tutti i suoi successivi e disordinati incontri amorosi, non vi era mai stato vero desiderio di trasgredire, di andare al di là del consentito. Non si sarebbe mai potuto parlare di perversione, nel suo caso. Almeno, non mi risultava che Sara avesse mai partecipato ad alcun numero speciale, né che i suoi gusti sessuali propendessero per i piaceri più proibiti e nascosti.

Sapevo che a volte si tenevano a casa sua certe feste improvvisate che trascendevano un po', durante le quali giravano alcol e marijuana a profusione. Dovette essere una festa di questo tipo a convincere Andy che l'amore di quella dama non era per lui. Sara mi diceva che quelle serate finivano in genere con le coppie più impensate sui letti e negli angoli. Lo facevi con la persona che ti capitava a tiro e non succedeva nulla di male, tutto si svolgeva in un'atmosfera amichevole e cordiale, secondo gli usi più civilizzati.

Ma probabilmente, nel corso del «gran baccanale» successe qualcosa che la turbò. Non me lo spiegò chiaramente. Secondo il suo racconto, uno degli ospiti, a me sconosciuto, aveva portato dell'erba buonissima acquistata durante un viaggio in Marocco. Era stata preparata una cena a base di pollo e spaghetti. Si era bevuto in abbondanza e, alla fine, si era fumato. Sara descrisse quella marijuana come la sola vera erba che avesse mai provato. Aveva un forte odore di rosmarino e, bruciando, ti entrava subito nel flusso sanguigno come un'iniezione. Lei in quel momento non aveva un compagno fisso, quindi si lanciò nella copulazione indiscriminata non appena le fu possibile. Le porte delle camere si aprivano e si chiudevano in un libero andirivieni di coabitazione universale.

Mi assicurò che credeva di essere stata con tre ragazzi diversi, ma non tutti insieme, uno per volta. Si ricordava distesa bocconi sul sofà del soggiorno con un amante inserito da dietro nella vagina. Si ricordava di essere entrata in una stanza e di non essere neanche riuscita ad arrivare al letto a causa di un attacco furibondo. Riguardo a quei due assalti aveva chiaro in mente il nome e la personalità dell'avversario. Il problema si presentava col terzo. Sì, aveva più o meno un'idea del momento, del luogo e della modalità: era stata l'ultima scopata della notte, nel suo letto, e nella più tradizionale delle posizioni. Molto soddisfacente, questo sì, di un ardore insolito in una notte di bagordi e promiscuità come quella. Eppure, non sapeva con chi l'avesse fatto.

– Be', non vedo il problema, puoi domandarlo a qualcuno.

Glielo dissi, minimizzando una questione che non mi pareva determinante, dato il livello generale della festa. Ma mi sbagliavo, non era questo il punto. In qualche modo quell'episodio aveva toccato il nervo della moralità di Sara, che se stava nascosto da qualche parte nella sua ampia anatomia spirituale, sotto un mucchio di strati protettivi. Essere andata a letto con qualcuno e non ricordarsi nemmeno con chi, la metteva a disagio, smuoveva qualcosa dentro di lei. Non le era mai successa una cosa simile e, in un dato apparentemente irrilevante, come l'identità di un solo amante, dopo essersi data ad altri nel corso di un baccanale, aveva scoperto una frontiera. In tutti noi esiste un punto nel quale l'influenza dell'ambiente, dell'educazione, o l'immanenza dei principi morali, viene alla luce. Avevo sempre creduto che Sara avesse la speciale capacità di tenersi al riparo da tutti i condizionamenti. Pensavo che discendesse dalla scimmia in linea più diretta di chiunque altro dei miei amici, che fosse libera dalle zavorre della civiltà che ci schiacciano a terra e ci fanno soffrire.

Mi ero sbagliata. Fu quello il momento in cui ebbe inizio il declino di quella splendida donna? Forse sì, forse non è il caso di attribuire il suo lento scivolare verso il basso al matrimonio, al trattamento psicanalitico, a uno qualunque dei fatti infamanti che si avvicendarono più tardi. Peccato, con l'andare del tempo sarebbe potuta diventare una di quelle vecchie signore un po' matte ma felici che parlano al cane e si danno all'alcol. Ma lei si abituò al declino, che non è un'evoluzione ma un destino.

La terza scopata, quella terza scopata con un compagno nebuloso, fu quella che la rovinò. Perché? Non saprò mai quale immagine affiorò nella sua mente, quali pericoli le si prefigurarono. Si vide appena sveglia in un albergo sordido accanto a un uomo che non ricordava di aver mai conosciuto? Fu questo che la spaventò? La possibilità di cadere così in basso? In ogni caso, a partire da quella festa tumultuosa, gli allegri falli in erezione oggetto del suo piacere si trasformarono in elementi sospetti.

Naturalmente, quel primo passo verso la moralità come insicurezza personale spinse Sara a commettere qualche errore. Uno dei più gravi fu rimanere incinta.

Lo disse a me e a Ramona. Il test aveva dato esito positivo. Ramona andò su tutte le furie. Come aveva potuto fare una sciocchezza simile, proprio lei, la paladina dell'amore libero, scopatrice quasi olimpionica? Ramona aveva ragione. Mi unii alla lavata di capo attenendomi al mio stile, più razionale e spassionato. Com'era potuto succedere, a una che prendeva la pillola da sempre? Con tutte le precauzioni che poteva usare, che tutte noi usavamo?

– Mi avevano detto che faceva male prendere la pillola per tanto tempo di seguito e ho voluto interrompere per un mese. Poi mi sono dimenticata che ero in pausa terapeutica.

– Pausa terapeutica! Ma da dove l'hai tirata fuori questa, da un manuale di medicina per dilettanti? Dai consigli di *Marie-Claire*?

Ramona gridava come un'ossessa, e io non potevo fare a meno di pensare che aveva ragione. Quella gravidanza era la cosa più assurda che potesse succedere alla nostra amica, e lei, lei sola ne aveva la colpa. Ramona continuava a gridare:

– Ce l'hai la minima idea di chi sia il padre?

– Sì, però fa lo stesso, io non lo tengo.

– Ma certo che non lo tieni! Ci mancherebbe altro. Te lo domandavo solo per capire se puoi fargli pagare l'aborto.

E allora Sara fece una cosa che mi lasciò perplessa: si mise a piangere. Non mi era mai passato per la mente che un giorno l'avrei vista piangere. Qualunque altra reazione sarebbe stata meno inquietante per me. Non ero preparata alle lacrime di Sara. Furono una delusione. Avrei voluto schiaffeggiarla, lanciarmi su di lei e scuoterla. Per fortuna si ricompose subito e, più nel suo stile, cominciò a difendersi dagli attacchi verbali di Ramona con alte grida. Ormai strillavano tutte e due senza misura, accanite in una lotta stupida che non portava a nulla. Io rimasi zitta ad osservare. Quando riuscirono a calmarsi abbastanza da poter riflettere, cercammo una soluzione. Ramona ebbe l'idea di telefonare a Berta. Mentirei se dicessi che io non ci avrei pensato. Berta aveva fama di donna pratica, esperta della vita, capace di prendere iniziative. Ramona non era che una ragazza studiosa e simpatica che non aveva mai abbandonato il nido dei genitori, e io passavo per un'intellettuale persa fra i libri. Berta no, Berta era il solo punto di riferimento valido su cui poter contare. Lei sì che era una donna. Faceva parte dell'universo femminile, del sacro magma.

Quando arrivò, capimmo subito che non ci eravamo sbagliate. Serena, Berta ascoltò, meditò e non mosse alcun rimprovero a Sara. Anzi, la consolò, le diede coraggio e fu d'accordo sul fatto che doveva abortire. Poi fece una cosa che per me fu un evento storico di importanza capitale. La prese per un braccio e, con voce ferma e piena di tenerezza, le disse: «Non ti preoccupare, un giorno sarai madre, quando verrà il momento. Vedrai».

Io ebbi un brivido. In quelle parole aleggiava una mistica che mi era estranea, uno spirito solidale e trascendente, l'affermazione di un destino comune e superiore. Allora non seppi individuarne il motivo, ma quella frase non mi piacque, era untuosa, sentimentale, machiavellica. Ora mi rendo conto che in quel momento, successivo alle lacrime, Sara entrò nel mondo uterino e divoratore dal quale non sarebbe uscita mai più, condotta per mano da quella sacerdotessa femminile che le restituiva momentaneamente il sorriso.

Pensieri su Berta

So che tutto ti va sempre bene, che sei una donna sicura di sé e una madre perfetta. Hai due figli tuoi dal primo matrimonio, e figli altrui dal secondo matrimonio. Sei anche una matrigna perfetta. E una madre adottiva perfetta. Adotti bambine cinesi e bambini russi, pargoli provenienti da gravi conflitti internazionali. Ti ammiro per questo. Sei una madre pioniera del selvaggio west. È assolutamente encomiabile che tu te la sappia cavare con tanti bambini tutti insieme senza trascurare il tuo lavoro né i tuoi impegni intellettuali. Avevi ragione, la maternità è molto importante, uno stato di candore, di gioia e di fiducia nel futuro per tutte le ventiquattro ore del giorno, e per la vita intera. Una grande conferma per la specie umana. È come un miracolo, una testa pelata o coperta di peluria che, all'improvviso, ti compare fra le gambe. Più tardi prepari minestrine e maccheroni alla testa, già parlante, che li inghiotte. Poi iscrivi quella testa a una buona scuola dove possa imparare l'inglese, a usare un computer e a distinguere uno stile pittorico dall'altro. Molto stimolante.

Sei sempre stata coraggiosa. E se salta fuori che una delle bambine cinesi ha un soffio al cuore? E se uno dei bambini russi diventa un bolscevico nullafacente e simpatizzante di Beppe Stalin? Può succedere qualsiasi cosa quando adotti figli altrui, quando sposi un uomo che ha già dei figli, perfino quando partorisci secondo natura. Ma tu non ti sei mai tirata indietro: bambine cinesi, gemelli neri, marmocchi pellerossa, orsacchiotti polari travestiti da bambini... qualunque cosa pur di vivere intensamente la maternità.

Ma la maternità è difficile. Guarda le donne che corrono dall'ufficio a casa, malate di sensi di colpa. I figli piccoli tornati dall'asilo esercitano su di loro tutto il rancore accumulato per l'abbandono in una piccola organizzazione comunitaria che esclude i privilegi individuali. Le madri, stressate, cercano ad ogni costo di cuocere le verdure in tempo per la cena e di dare ai loro bambini amore in pillole concentrate. Una volta non era così: quando le madri erano in funzione a tempo pieno, non avevano nessun bisogno di comunicare continuamente amore ai figli. Anzi, allora si lagnavano di continuo per la loro ingratitudine. Si sentivano peggio remunerate di un minatore gallese. Si scioglievano in lamenti: «Oh, io che ti ho partorito, io che mi sono preoccupata del transito del tuo bolo alimentare e che ho vegliato sul tuo sonno riparatore!». E avevano ragione, i figli dovrebbero essere riconoscenti alle loro madri per molteplici ragioni. Per esempio, non essere stati abortiti a tempo debito. Per esempio, aver avuto la possibilità di rimanere per nove mesi al calduccio nel liquido amniotico. Per esempio, non essere stati sacrificati su un altare per propiziare la pioggia o qualche altro genere di salvezza. Per esempio, non essere stati avviati alla schiavitù o alla prostituzione fin da piccoli.

La maternità sarà anche meravigliosa, Berta, non dico di no, ma devi riconoscere che Sara non era fatta per diventare madre. Perché, allora, tu gliel'hai ficcato in testa, fin da quella prima volta, come se fosse la sua sola ancora di salvezza? Che cosa c'entrava Sara con un ranocchio dalla testa grossa alloggiato nel suo grembo? Mi si rizzano i capelli solo a pensarci. Il seno materno, liquido, silenzioso, oscuro. Un acquario appiccicoso nel quale si sviluppa un solo pesce, né vivo né morto. Lì vicino, continuano a svolgersi le umili funzioni digestive, fecali, escretive... Una vasca tutta chiusa per un pesce isolato, che galleggia in un liquido organico come un serpente galleggia nella formalina di un laboratorio scolastico. Davvero credevi che un essere libero come la celebre Sara avesse qualcosa a che fare con quel mondo tenebroso? Davvero pensavi che sarebbe stata felice trasformata in fossa abissale, con un sinistro pesce intrappolato dentro di lei, sordo, cieco, immobile?

Incoraggiandola ad avere un figlio, tu l'hai fottuta a vita, Berta. E consigliandole di sposarsi hai cominciato a rovinarla. Sara ha conosciuto la colpa solo per via uterina, e la colpa è un meccanismo che continua a funzionare per tutta una vita, come un buon orologio svizzero.

Sylvia Plath preparò latte e biscotti per i suoi figli prima di infilare la testa nel forno e aprire il gas. Lasciò tutto pronto perché avessero la loro merendina. Erano due bambini piccoli. Come poteva pensare che si sarebbero alzati e, non trovandola, si sarebbero messi a far merenda in tutta tranquillità? Però pagò il pegno che una buona madre deve pagare, provvide al loro nutrimento anche al di là della sua stessa morte. Suo marito l'aveva abbandonata, e lei pensò di non avere talento né fortuna. Di sicuro si sentiva incapace di continuare a vivere sola accanto a quei due bambini piagnucolosi che avrebbero preteso di essere condotti fino a un porto sicuro attraverso il mare procelloso, e per di più di essere addestrati nella convinzione che la vita valga la pena di essere vissuta. All'inferno i bambini! dovette pensare Sylvia, lasciando loro un trauma incancellabile e due bicchieri di latte.

Quale strana iconografia di sacri uteri perseguitò Sara fino al giorno in cui decise di uccidersi? A quali allucinazioni la condusse il senso di colpa? Madri snaturate, che non amano i loro figli. Quindicenni che abbandonano i neonati nei cassonetti, con il cordone ombelicale strappato e tumefatto. Donne rinchiuse in carcere per avere ucciso a botte i figli che non le lasciavano dormire. Bebè torturati da madri isteriche, drogate. Di cosa l'avete minacciata, tu, Berta, e tutti gli altri? Come siete riuscite a spaventarla con argomenti così lontani da lei?

Non riesco a credere che abbiate potuto imporre a Sara i doveri sempiterni delle donne, le loro virtù, le loro pretese gioie. Le parlaste di disamore. Dimmi cosa diavolo è il disamore, con cosa si mangia. La spaventaste con i più bassi luoghi comuni. L'amorevole complicità femminile, i figli. A lei non piacevano i bambini, non si accorgeva nemmeno della loro esistenza. Trattava i gatti come suoi pari. Il discorso delle creature indifese avrebbe potuto scivolarle addosso, ma tu la beccasti proprio nel momento di debolezza del suo aborto e di lì in poi ti impegnasti a fondo fino a tramutare una giumenta selvaggia in mula da soma.

Anche se il tasso di natalità diminuisce, le donne continuano a perpetuare la benedetta specie. Carrettate di figli individuali e privati. Qualche volta nella storia si pensò che i figli potessero nascere in piccole comuni e appartenere a tutti. Ma non è mai capitato. L'idea è rimasta archiviata nel cassetto delle chimere antropologiche.

Sara non avrebbe dovuto lasciarsi ingannare dal «sarete come Dio». Avrebbe fatto meglio a continuare a godere della sua condizione di animale scarsamente evoluto grazie ai viaggi di piacere di Mr. Darwin. Aveva la possibilità di rinunciare a tutto ciò che di costruttivo si cela nell'istinto. Tu la aiutasti a trasformarsi in vacca perfettamente stabulata, grazie al parto. Come osava sfidare il mondo? Tu l'hai ricondotta sulla retta via. «Rallegrati di ciò che Dio ti ha dato, donna, e ringrazia il Cielo che non ha precipitato su di te le maledizioni comuni a tutto il genere umano e quelle specifiche del genere femminile: il ventre sterile, la casa solitaria, l'orto allagato, il focolare spento». Cosa poteva importargliene a Sara di tutto questo? Tu hai fatto sì che gliene importasse qualcosa, e ti odio per questo.

2

Oggi è tornato Gabriel. È venuto di mattina, a fare colazione. Non riesco a non domandarmi che cosa stia cercando esattamente in casa mia. Forse, protezione dallo shock provato per la morte di Sara. Non chiede molto da me, neppure oggi. Abbiamo preso il caffè con i croissant in cucina e poi mi ha pregata di lasciargli leggere i giornali nel soggiorno mentre salivo a lavorare. È strano, sta diventando una specie di abitudine, lui se ne sta di sotto, mentre io sto di sopra a scrivere. Non mi disturba, si potrebbe perfino dire che mi fa compagnia, come un animale domestico capace di leggere il giornale.

Mentre facevamo colazione, mi ha spiegato che non riesce a togliersi Sara dalla mente. Neppure io. Non erano grandi amici, avevano perso quasi ogni contatto, ma di colpo prova un dolore incontrollabile per la sua perdita. Ha il cuore oppresso dalle immagini del funerale. La ricorda in momenti diversi della sua vita, ma soprattutto nel periodo dell'università. Solo ora si rende conto della sua bellezza, di quanto fosse bella con i riccioli tirati indietro e legati sulla nuca. Mi fa male quello che dice, credevo che si autocompiangesse con la scusa di Sara e scopro che non è così: quel preciso ricordo dei capelli mi suona autentico, mi commuove. Lei era del tutto inconsapevole, si muoveva con l'innocenza che si vede solo nei cani e nei gatti, in qualche bambino piccolo. Mentre lui ne parlava, la stretta al cuore è stata così intensa che mi sono alzata e sono andata a prendere dell'altro latte nel frigo, dell'altro zucchero, qualunque cosa pur di pensare ad altro.

Bene, non sembra che le cose funzionino alla perfezione nella vita di Gabriel. Non osa dirlo, ma giurerei che il suo matrimonio con la thailandese nasconda qualche conflitto.

– Si lamenta perché le tocca lavorare in quel maledetto supermercato vendendo fagioli di soya e salsa di soya e germogli di soya. Ma non vuole lasciar perdere. Ha l'impressione di dover contribuire alle spese di casa, per sentirsi a posto.

È rimasto lì a guardarmi come se questo dovesse suscitare in me qualche reazione, ma non ho saputo cosa dire.

Che cos'è successo in tutti questi anni nella vita di Gabriel? Come mai tante mogli? Perché tanti cambiamenti? Le lasciava, o era lui, invece, a essere lasciato? Ho trovato la forza di domandarglielo senza troppi giri di parole. Si è messo a ridere, e mi ha dato una risposta diplomatica, piena di una seduttività fasulla che da lui non mi sarei aspettata.

– Siete sempre voi a lasciarci, sempre. È così. Noi uomini non prendiamo mai nessuna decisione.

Poi ho pensato che quella fosse un'affermazione ambigua. Gli uomini non sono capaci di decidere una separazione, ma creano tutte le condizioni perché la donna, non potendone più, metta la firma all'ultimo capitolo della storia. Gabriel stava cercando di fare il galante, come se il suo fosse un gran complimento al genere femminile. Ma, di colpo, il discorso prese una piega inaspettata:

– Questa volta sarebbe una tragedia. Può sembrare assurdo, alla mia età, ma sono molto innamorato di quella ragazza. Ridicolo, vero? Mi sono sposato e ho divorziato, ho retto a tutte le intemperie sentimentali e adesso mi innamoro di una donna che non riesco nemmeno a capire bene quando parla spagnolo. Non me la sento più di cambiare. Questa volta voglio rimanere dove sono.

Se quel che davvero vuole è stabilità, ha scelto male. Quella ragazza di un'altra razza, di un'altra età, di un'altra cultura, quasi di un altro pianeta, non è certo la migliore candidata per una vita tranquilla. Certo, lui se ne rende conto, è consapevole della situazione. Quante svolte può avere ancora l'esistenza di una ragazza poco più che trentenne? L'aveva forse minacciato di andarsene? Per questo lui veniva tanto spesso a trovarmi? Cercava di non irritarla con la sua presenza? Stava cercando di passare inosservato, di nascondersi sotto il tappeto in attesa di tempi migliori?

– Una volta, quando qualcosa non andava, mi domandavo che cosa non funzionasse nel rapporto. Adesso non me ne preoccupo più. Sono come sono, e non so come sia lei, può succedere qualunque cosa. Anche se ti assicuro che stavolta per me sarà il crollo definitivo, non mi risolleverò mai più.

Da ottimista quale sono, o forse solo realista, immaginavo che non risollevarsi, per lui, volesse dire non impegnarsi in una nuova relazione. Non mi sarebbe mai passato per la testa che si riferisse a soluzioni drastiche o a naufragi totali. Ma era inutile cinismo, il mio, mancanza di intelligenza. L'uomo che avevo davanti, al di là delle sue particolarità e delle sue vicissitudini, era un esempio vivente della tragedia dell'uomo moderno. Le ex mogli, le mogli, i figli di diversi matrimoni che telefonano il fine settimana... l'abbandono coniugale. Non era angustiato da ideologie andate in fumo, fallimenti professionali, frustrazioni per non aver scalato l'Everest o non aver esplorato il Polo. Macché. Nulla di tutto questo. Né tantomeno da domande filosofiche sul senso dell'essere. Le ex mogli, qui sta il fulcro di tutte le questioni, la radice di tutti i mali. Maschi che da un giorno all'altro, si ritrovano, di fronte alla nuovissima esperienza di essere abbandonati. Quando capiremo che è questa la grande tragedia dell'uomo moderno, saremo davvero preparati per affrontare il XXI secolo. Ma, ma sul momento, ho avuto la prudenza di non rivelare questa mia abbagliante scoperta a Gabriel.

Anche Adrián, l'ex marito di Sara, è venuto a trovarmi in questi giorni. Tutti si sentono in dovere di passare di qui, per snocciolarmi la loro versione dei fatti, di assicurarmi che hanno sentito questa morte nel più profondo del cuore. Forse pensano che un giorno scriverò di Sara, e non vogliono rischiare una brutta figura. Forse sperano che io, essendomi sempre comportata da testimone esterna, senza lasciarmi coinvolgere né dare consigli come facevano gli altri, sappia essere cronista imparziale di questa storia.

Dal momento stesso in cui ho aperto la porta, mi sono maledetta per non aver mai imparato a essere sincera. Gli avrei volentieri chiesto di andarsene, di lasciami in pace. Non avevo nulla da dirgli. Dopo il funerale avevamo già scambiato le frasi indispensabili per un minimo di informazione e di cortesia. C'era bisogno d'altro? Adrián viveva separato da Sara da più di vent'anni. Che fosse venuto al suo funerale era uno di quegli atti di omaggio che non si sa bene a chi siano rivolti. Alla figlia comune, immagino. Anche se, vivendo a Strasburgo ed essendosi risposato, avrebbe potuto benissimo risparmiarsi un viaggio così faticoso. Si era fermato tre giorni in città per vedere i parenti ed era venuto a trovarmi.

Mi ha raccontato che lavora in un liceo per i figli dei deputati europei, che sua moglie, belga, è interprete parlamentare. Tutte cose che Sara mi aveva già raccontato, ma che ho ascoltato fingendo interesse. Non era certo venuto per farmi il riassunto della sua vita, ma per espormi il suo caso. Mi ha chiesto scusa per avermi scelta come interlocutrice, ma ha detto che Ramona e Berta erano così scosse che non sapeva proprio a chi rivolgersi. In quel momento avrei dovuto alzarmi in piedi e pregarlo gentilmente di andarsene, perché non c'era nulla di cui potessimo parlare, eppure, stranamente, mi sono accorta di non provare più l'avversione che mi aveva suscitato quando l'avevo conosciuto, quando aveva sposato la mia amica. Mi sono stretta nelle spalle e gli ho assicurato che Sara ed io non ci vedevamo, negli ultimi tempi. Ma a lui non importava, la sola cosa che voleva era parlare. Nessuno vuole mai altro che essere ascoltato, per questo c'è chi all'ascolto ha messo un prezzo, un prezzo niente affatto trascurabile.

La domanda di base era prevedibile: che cosa poteva avere indotto Sara a togliersi la vita? Proprio ora, quando sembrava essersi stabilizzata. Stabile come le condizioni atmosferiche dopo una tempesta. Non immaginavo che Adrián fosse informato sulla vita di Sara. E invece sì, anche questo in fondo era coerente con il modo in cui si erano svolte le cose. Era una tutela. Tutti, in un modo o nell'altro, avevano preso Sara sotto la loro protezione, e così l'avevano distrutta. Adrián, tronfio, ampolloso e pedante nel parlare, convinto e serio. Un altro figlio dei tempi in cui siamo cresciuti. Già allora i suoi discorsi erano confusi, tortuosi, infarciti di domande e di dubbi, pura analisi dal principio alla fine. Da mandarti fuori di testa. Ricercava i perché di qualunque cosa, risaliva alle origini di ogni problema, perfino di quelli inesistenti. Non si decideva mai chiaramente per nulla. Mai un impegno, mai una passione.

– È stata una cosa inaspettata, sul serio. Forse in un altro momento non me ne sarei stupito, ma adesso... Lei stava bene. Aveva il suo lavoro, una bella casa... I momenti di grande tensione erano passati.

Non sembra, però, che Adrián si tormenti troppo a cercare le ragioni del suicidio di Sara. Sembra stanco. Certo, era stanco anche quando avevamo vent'anni, è il suo atteggiamento, gli viene da tutto quel pensare.

Qualche volta avevo chiesto a Sara perché l'avesse sposato, e credo che quelle furono le poche volte in cui la vidi irritata nei miei confronti. Aggrottava le ciglia e mi guardava immusonita, non rispondeva. Le sembrava una domanda senza senso. Perché la gente si sposa? Di sicuro pensava che tutti si sposano perché così si usa, una vecchia tradizione su cui non si discute. A lei non importava. Se non le avessero suggerito di sposarsi, a lei non sarebbe mai venuto in mente. Però le avevano suggerito questa soluzione, perché la sua vita era sempre più caotica. È vero, non posso negarlo, il turbine che la avvolgeva, o che lei stessa generava, aveva raggiunto proporzioni preoccupanti. L'avevano perfino sfrattata perché da quattro mesi non pagava l'affitto. La padrona di casa era felice di potersi liberare di lei. E io l'avevo aiutata a imballare le sue cose e a portarle in un altro appartamento, molto più miserabile. Fu un trasloco che non sarebbe venuto in mente neppure ai fratelli Marx. Credo che solo allora quando mi resi conto di come funzionasse la sua mente: senza alcun ordine prestabilito.

Era riuscita a farsi dare un gran numero di scatoloni vuoti al supermercato all'angolo. Li posammo sul pavimento uno sull'altro, e quando le chiesi: «Da dove cominciamo?», lei mi guardò senza capire. Avrebbe potuto partire da una stanza e raccogliere tutto quel che trovava. Avrebbe potuto mettere via le cose per categoria: libri, scarpe, suppellettili da cucina... E invece no, lei si muoveva compulsivamente per tutta la casa ficcando le cose negli scatoloni così come le capitava.

Era tutta concentrata, come se quel disordine assoluto rispondesse a un criterio precisissimo noto a lei sola. Per me fu un'esperienza illuminante: forse la sua mente funzionava secondo uno schema determinato che non coincideva con quello della maggior parte degli esseri umani. Soltanto questo. Era una difficoltà di poco conto, ma da tutti cominciava a essere vista come un problema grave. La conseguenza di quella ritirata quasi bellica di Sara fu che non potei aiutarla. All'inizio ci provai, e mi misi anch'io a mettere via oggetti alla rinfusa, ma ero assalita da dubbi improvvisi e mi fermavo con qualcosa in mano, domandandole: «E questo, dove va?». Lei scendeva per un attimo dalla sua nube, guardava me, mai l'oggetto in questione, e rispondeva: «Posalo lì, dopo ci penso».

Se qualche volta ero stata tentata di credere che Sara potesse, o perfino dovesse, essere aiutata, quel giorno capii che era inutile. E mi riferisco a un aiuto vero, a una soluzione capace di far sì che la sua vita diventasse come quella di tutti gli altri. Ma perché mai? Esiste un solo motivo per desiderare che qualcuno esca da uno stato che ci pare inquietante: liberarlo dal dolore. Ma Sara non provava alcun dolore, stava bene, era serena. Qualcuno potrà obiettare che quando si fosse inoltrata nella vita, quando fosse uscita dal più o meno facile periodo dell'università, tutto per lei si sarebbe complicato rendendola un'infelice. Questo però rimane da dimostrare. Chi può sapere di quali risorse dispongano gli esseri eccezionali per cavarsela nella vita? Non lo sapremo mai. Eppure qualcuno l'aveva aiutata, indicandole la via della colpa, dell'ordine, del dolore e delle regole generali. Qualcuno le aveva insegnato a vivere.

Alle nove di sera eravamo ancora lì, lei ed io, in mezzo a un considerevole guazzabuglio di scatoloni zeppi. La casa era in uno stato desolante. Gli orribili mobili della padrona di casa risaltavano sulle pareti nude. Le piastrelle consunte erano coperte di polvere e lanugine, di cartacce e sacchetti di plastica. In un angolo Sara aveva ammucchiato le mutandine sporche che erano comparse ovunque. Le guardò e scoppiò a ridere: «Visto?» disse, «per questo mi tocca comprarne continuamente di nuove, le butto dove capita e non le trovo più».

Poi fece una cosa incredibile che mi lasciò di sasso. Si avvicinò al mucchietto di mutande, tirò fuori l'accendino dalla tasca dei jeans e diede fuoco a tutto. Le mutandine cominciarono a bruciare, e visto che erano in tessuto sintetico, si spensero quasi subito emanando un fumo denso e puzzolente. Per estinguere le ultime fiammelle le calpestò con furia. Era contenta, soddisfatta di sé. Quello per lei era una specie di rito d'addio. Bruciava le navi, navi facilmente sostituibili come una dozzina di mutandine da due soldi. Quello era il passato per lei, e anche il futuro.

Si girò, lanciò un ultimo sguardo su quel territorio devastato e mi trascinò verso la porta prendendomi per un braccio: «Andiamo a farci una birra, ce la meritiamo».

Quando una persona muore, soprattutto se si toglie la vita, qualunque momento del suo passato ci appare significativo. Ma ogni volta che ripenso all'effimero rogo di Sara il giorno del trasloco, ogni volta che ripenso a quelle minuscole mutandine, prova di tanti momenti di frenesia erotica, che bruciavano nella stanza vuota, non posso non dirmi che quel momento fu profetico. Lei si trasferì in un quartiere più neutro, lontano dalle anguste vie del centro dove si trovavano di solito le case degli studenti. Era stata Berta a trovarle il nuovo appartamento, erano quasi vicine.

Per questo tutto quel che mi ha raccontato Adrián il giorno della sua visita mi è sembrato arabo, non c'era nulla da spiegare, nessun ricordo che somigliasse a quelli che io serbavo di lei. Che cosa poteva saperne quell'uomo, ormai quasi tutto bianco, con due grosse borse sotto gli occhi, delle mutandine bruciate tanti anni prima dalla donna che era stata sua moglie? Nulla, assolutamente nulla. Se ancora avessi avuto dei dubbi in proposito, quel colloquio li dissipava del tutto.

– Avevamo preso l'abitudine di sentirci per telefono una volta al mese. Non parlavamo di cose troppo personali, ma almeno ci dicevamo che stavamo bene. Il rancore era scomparso fra noi, anche se in realtà di rancore vero e proprio non ce n'era mai stato, ora che ci ripenso. In ogni caso, ci chiamavamo. All'inizio pensavo che le avrebbe fatto bene, mi preoccupava l'idea che un giorno potesse rimanere sola senza nostra figlia, dopo tanti anni. Sai quant'era disordinata. Avevo la sensazione che da un certo momento in poi fosse Camila ad aver cura di lei. Ma non credere, se la cavava bene. Non parlava molto, non le era mai piaciuto parlare, ma quel che mi raccontava dimostrava che tirava avanti, che aveva trovato il modo di organizzarsi la vita. E di colpo, questo: un'indigestione di pastiglie. Non ha senso. Le piaceva il lavoro nella nuova biblioteca, il fine settimana si divertiva, andava al cinema, era perfino entrata in una piccola corale!

«Camila è molto scossa. Anche se ha venticinque anni, non è facile superare il trauma emotivo di una madre che si suicida. Adesso starà con noi per un mese a Strasburgo, ma al ritorno dovrà affrontare il problema. Spero che ci riesca, e ci riuscirà, esce con un bravissimo ragazzo, molto costruttivo, molto vitale».

Lo ascoltavo pazientemente. Era venuto a snocciolarmi il suo discorsetto, a giustificarsi, a discolparsi. Ormai aveva detto tutto. Cosa poteva derivare, ancora? Se sperava in una mia risposta di circostanza, non l'ha avuta. Perché io, semplicemente, sono rimasta zitta. E non ha potuto nemmeno polemizzare, se quel che voleva era che salissi sul pulpito e lo indicassi con dito accusatore. No, non pensavo che Adrián fosse colpevole. Colpevole di cosa? Non eravamo in un film americano. E poi, non ero io il giudice in quel processo. A meno che Adrián non pensasse di fare il giro completo di tutti gli amici di Sara per ripetere loro la sua manfrina. Avrei dovuto indignarmi e buttarlo fuori, ma volevo che se ne andasse da sé quanto prima, e per sua decisione. Era noioso, nella sua solennità di uomo di sinistra immune ai cambiamenti della società.

Il giorno in cui Sara me l'aveva presentato, in un bar, mi chiesi per tutto il tempo che durò la nostra chiacchierata quale fosse la sua virtù nascosta. Che cosa poteva fare Sara con lui? Stenderlo nudo su un divano e bearsi nella contemplazione della sua sacca scrotale adagiata di lato? Fisicamente non possedeva nessuno dei requisiti che di solito lei giudicava essenziali nei suoi uomini. Era troppo alto, poco agile, con la pelle chiarissima e gli occhiali a fondo di bottiglia. Per non parlare del tono monocorde della sua voce, delle esitazioni quasi anglosassoni che rallentavano ciascuna delle sue frasi. Parlò per tutto il tempo delle opere di Shakespeare pubblicate in Spagna, della difficoltà di tradurre i suoi sonetti. Quanto più era noioso, tanto più io alzavo il livello delle prodezze sessuali di cui lo ritenevo capace. Doveva pur avere qualcosa che non si mostrasse a prima vista.

La sera stessa telefonai a Sara. Da dove aveva tirato fuori quella specie di intellettuale burocrate, a quali divagazioni erotiche si stavano abbandonando? Lei ebbe un attacco di ilarità inatteso, molto più forte del solito, questa volta, molto più lungo e difficile da frenare.

– Si può sapere cos'è che ti diverte così tanto?

– Non so, che tu abbia potuto immaginare una cosa simile!

– Perché? Cosa c'è di strano? È tuo fratello, forse? È gay, è un prete?

Lei rideva ancora più forte. Alla fine riuscì a controllarsi.

– No, rido perché sto per sposarlo.

Il matrimonio non aveva mai figurato fra le sue fantasie erotiche. Sposare uno così? E perché? Quale ragione apparente o reale poteva spingerla a una cosa del genere? Sposare quello lì o chiunque altro al mondo? Da quando il matrimonio rientrava nei suoi piani? Anzi, da quando lei aveva dei piani?

Fui molto poco diplomatica, probabilmente; non avevo mai avuto bisogno di esserlo con Sara, fino ad allora. Lei, a un certo punto della mia furibonda requisitoria, si inalberò. Ma perché non avrebbe potuto sposarsi, come tutti quanti? Forse io non vivevo con Pedro, senza alcuna intenzione di lasciarlo? Forse Berta non si sarebbe sposata con il suo fidanzato non appena si fossero laureati entrambi? Tutti avremmo presto finito gli studi, e lei non aveva mai pensato, neppure per un attimo, di essere diversa dagli altri.

– Molto bene, d'accordo, perfetto, nulla da dire. Ma perché proprio con quel tipo? Da quant'è che lo conosci? Chi vi ha presentati? Lui lo sa che pensi di sposarlo?

– Ma guarda che sei assurda! Certo che lo sa, me l'ha chiesto lui, è stata un'idea sua! Me l'ha presentato Ramona. Cosa c'è, non ti va?

– Ma è un tipo pallosissimo, ecco cosa penso. Non lo sopporterai nemmeno tre mesi, ti stuferai in men che non si dica.

– Non ti accorgi proprio di nulla, tu. Sono cambiata moltissimo negli ultimi tempi. Se non riesci a rendertene conto da sola, almeno potresti informarti.

Se fosse stato vero che era cambiata, le cose avrebbero funzionato, ma il brutto era che lei non era cambiata affatto, nel fondo. Qualcuno l'aveva persuasa che avrebbe fatto meglio a cambiare e che doveva provarci. A quel tempo non mi accorsi della gravità della situazione, intuii che era successo qualcosa, e che la notizia del suo matrimonio non era altro che l'inizio di una progressiva morte annunciata.

Sara si era finalmente accorta che esisteva una vita basata su regole molto diffuse, nella quale la gente si sposava, metteva al mondo dei figli, andava a lavorare e si spediva cartoncini di auguri per Natale. Senza pensarci due volte, senza fermarsi neanche un minuto per capire che cosa avesse a che fare quello schema con le sue inclinazioni naturali, aveva deciso di adeguarsi. Lasciarla scontrarsi contro le conseguenze della sua poco maturata decisione era la sola cosa che potessi fare. Eppure, sentivo che l'impatto avrebbe potuto essere drammatico. E non mi sbagliavo. Non mi sbagliavo, ma non tentai nemmeno di farle cambiare idea.

Arrivata a casa, provai qualcosa di simile alla disperazione. Quel che era successo mi si rappresentò con assoluta chiarezza. Ramona e Berta, prendendo spunto dall'aborto di Sara, avevano avviato una vera e propria campagna di normalizzazione della sua vita. La cosa era culminata nella presentazione di quell'apprendista marito. L'apprendista, opportunamente messo al corrente della tendenza al disordine della mia amica, aveva voluto conoscerla. L'aveva conosciuta e l'aveva trovata bellissima. Era felice, perché nel ruolo di angelo custode e pigmalione, avrebbe potuto dare libero sfogo alla sua vocazione di missionario di sinistra. Nemmeno Filippo V aveva avuto di fronte prospettive più rosee. Come marito di Sara, avrebbe avuto l'occasione unica di dimenticare le sue piccole frustrazioni di uomo di talento che non si applica a un bel nulla, e creare il suo piccolo capolavoro. Sarebbe stato più difficile se Sara fosse stata brutta, ma lei era uno splendore.

Si sposarono. Riempirono un'aula di tribunale di amici mossi più dalla curiosità che dal desiderio di rendere omaggio alla coppia. Noi, gli amici di Sara, non eravamo in tanti. E nemmeno Adrián sembrava troppo popolare. Ma c'erano i compagni di corso, gente della facoltà e, naturalmente, Ramona e Berta. Fu una cerimonia senza senso, perfettamente coerente con un matrimonio senza senso.

Dal mio posto nell'aula vedevo Sara come in un sogno. Portava un tailleur celeste, un cappellino di paglia con un nastro, celeste anche quello. Era bellissima, ma sembrava in maschera. Accanto a lei, quello spilungone era del tutto fuori posto. Ma nessun altro sarebbe stato molto più adatto. Mi domandai che ne sarebbe stato adesso della sua magnifica collezione di falli eretti, dei suoi orari impossibili e della sua disorganizzazione. A meno che non fosse davvero cambiata, e che da quel momento in poi la sua mente si mettesse a funzionare come quella dei comuni mortali.

– Davvero, credevo che ora finalmente avesse trovato la stabilità. Stava bene. Ma in fondo lei era di quelle persone che non possono fare a meno di distruggere tutte le cose buone che hanno. Magari è bastato un momento difficile, e si è uccisa. Ho anche pensato che le pastiglie le abbia prese senza vera intenzione di uccidersi.

Nemmeno a questo ho risposto. Non avevo più voglia di reagire, il primo impulso era passato. Nessuno butta giù una boccetta intera di pastiglie mescolandole con super alcolici con la speranza di restare vivo. Per una volta, Sara era stata più che consapevole di quel che faceva. Il motivo di fondo? Non lo so. Era stanca, immagino, non si riconosceva più. Non voleva più vivere.

L'altro giorno Gabriel mi ha raccontato un episodio insolito e inquietante. Qualche giorno prima di morire, Sara l'aveva cercato con urgenza. Non si vedevano da due anni, ma la settimana prima si erano incontrati per caso all'uscita di un cinema. Forse questo l'aveva spinta a chiamarlo, il ricordo fresco, il numero di telefono, che doveva avere ancora nella borsa. Però gli aveva fatto prendere un bello spavento telefonandogli alle undici di sera per chiedergli di uscire a bere qualcosa. Ed erano usciti.

– Era molto addolorata per una cosa che era successa con sua figlia. Sinceramente, non ci capii molto, lei aveva un modo strano di raccontare le cose, saltava avanti e indietro, mescolando i fatti a pezzi di dialogo presi qua e là. Starla ad ascoltare era sempre un'esperienza un po' surreale. Insomma, Sara aveva comprato delle tende nuove e a sua figlia non erano piaciute. Qualcosa del genere. Dovevano aver litigato per quelle benedette tende e la ragazza le aveva dato uno schiaffo.

– Uno schiaffo?

– Sì, lo ripeteva di continuo, era questo che l'aveva sconvolta. Ma cosa diavolo aveva sua figlia?

– Non andavano d'accordo, si accapigliavano.

– Da quando?

– Da sempre, la ragazza non la poteva vedere, la odiava. Credevo lo sapessi.

Lui ha scosso la testa, confuso. Non è il genere di cose di cui gli uomini si accorgono, e quando se ne accorgono, non vi danno il minimo peso.

– Avranno litigato per quelle maledette tende... – ha detto, assorto.

Io mi sono messa a ridere. Per Gabriel le maledette tende dovevano rappresentare il colmo della futilità, un pretesto infimo per una simile crisi fra madre e figlia. Si rassegnava a non capire. Una delle sue mogli, nei giorni tempestosi che avevano preceduto la separazione, gli aveva rotto una costola durante una lite. Gabriel aveva finalmente confessato di non amarla più, di essere innamorato di un'altra. La disperazione di sua moglie l'aveva colto di sorpresa, e in uno sfoggio di senso di colpa, teatrale quanto sincero, si era alzato dalla sedia e, offrendole il suo corpo, le aveva detto: «Picchiami, se vuoi. Non posso fare altro». Allora lei, saltando a piè pari tutte le tradizioni femminili, l'aveva preso a calci e pugni, fino a lasciarlo ridotto a uno straccio. Al pronto soccorso, Gabriel non aveva osato dire che era stata sua moglie a picchiarlo, e si era inventato la storia di un borseggiatore che l'aveva aggredito per rubargli il portafoglio.

«E sai da dove era partita la discussione?» mi ha domandato, mentre me lo raccontava. «Si era rotto il riscaldamento e io le avevo chiesto di chiamare qualcuno per ripararlo. Pensa che sciocchezza. Lì è esploso tutto».

Confondendo il tutto con la parte, o il detonatore con la carica esplosiva, attribuiva la lite alla sciocchezza che l'aveva scatenata e non alle sue vere cause. Ma era profondamente convinto, in base alla sua fede nella civiltà, che le discussioni più importanti potessero svolgersi entro i limiti della correttezza razionale, se la scintilla non scoccava dalle piccole cose. Ancora una volta ho pensato che Gabriel rappresentava alla perfezione il nuovo uomo moderno, immerso nella sua tragedia esistenziale di amori infranti e costole rotte. Stigmatizzato, colpevolizzato, picchiato, non aveva ancora capito nulla.

Ero tentata di raccontare ad Adrián la storia delle tende di Sara e della lite con la figlia. Dal momento che si faceva tante domande sulle ragioni del suicidio, almeno gli avrei offerto uno spunto di riflessione. Ma era andata davvero così? Mi immaginavo Sara, ormai prigioniera di una spirale malata, darsi da fare per la casa, scontrarsi con sua figlia, esporsi alle liti, al disprezzo, all'orrore quotidiano. Comparire con delle tende nuove (saranno state a fiori?) era il modo più sicuro per assicurarsi uno schiaffo. Sara cercava emozioni forti, o forse non sapeva più vivere senza la sua dose giornaliera di umiliazioni e maltrattamenti. Quando Gabriel mi ha raccontato di quell'ultima battaglia, ho capito che la mia amica aveva fatto la cosa giusta suicidandosi. Non aveva alternativa. Non sarebbe più stata capace di iniziare qualcosa di simile a una nuova vita, una vita che le appartenesse e che non fosse legata a debiti ed eccessi, ad antiche colpe non accettate.

Adrián mi ha guardata, ora aveva l'aria di un merluzzo, un'assoluta assenza di espressione, in attesa che lo assolvessi e lo benedicessi. Lui non aveva nulla a che fare con il finale precipitoso scelto dalla sua ex moglie. Per questo non aveva senso parlargli di schiaffi che non facessero direttamente parte della sua biografia.

All'uscita dal tribunale, dopo il matrimonio, osservai bene la strana coppia formata da Adrián e Sara. Lei sorrideva e lui sfoggiava l'aria seria e consapevole che l'aveva sempre contraddistinto. Mi tornò in mente l'immagine delle missioni africane. Me lo vedevo circondato da negretti pronti a farsi vaccinare, da madri con fazzolettoni colorati cariche di bebè da nutrire di latte in polvere. Me lo immaginavo riordinare le suppellettili sacre della messa, preciso e senza passione, convinto che il suo compito sulla terra fosse lento e arduo, ma fertile. E vedevo Sara più disorientata che mai, contenta di aver cambiato status, ma del tutto ignara di cosa significasse quel cambiamento.

Lui era già insegnante in un liceo. Lei fu assunta come aiuto bibliotecaria in facoltà. Quando si fosse laureata avrebbe deciso cosa fare. Presero una casa in affitto in una zona tranquilla. Allora gli appartamenti in città non erano tremendamente cari come oggi. Il loro aveva due camere da letto, una cucina molto ampia e un soggiorno enorme, con grandi finestroni quadrati da cui entrava luce in abbondanza.

Me lo mostrò un giorno, dopo le lezioni. Facemmo insieme tutto il giro della casa ed ebbi la sensazione che a lei riuscisse nuova quanto a me. Apriva le porte e guardava nelle stanze come se non sapesse che cosa ci avrebbe trovato. Era evidente che tutto le appariva estraneo. E poi, saltava subito all'occhio una novità sostanziale: tutte le case in cui Sara aveva abitato erano invase dal disordine. Lì, invece, regnava un ordine convenzionale e accurato. I libri erano al loro posto sugli scaffali di legno chiaro, in cucina i piatti erano lavati e c'erano perfino dei vasi di gerani alle finestre. Mi resi conto che per Sara sarebbe stato difficile seminare in giro le sue mutandine. Non mi aveva mai raccontato di aver comprato dei mobili, né aveva mai fatto cenno a questioni di arredamento, dal che dedussi che tutti quegli acquisti fossero opera di suo marito.

Sarebbe facile dire che per la prima volta la vidi priva della sua libertà, in quella che sarebbe stata la sua gabbia, ma non corrisponderebbe a verità. Lei non sembrava allarmata, si muoveva tranquilla e sembrava perfino divertita di avere una casa così ben sistemata. Mi offrì un tè che prendemmo sedute l'una di fronte all'altra.

– Ho conosciuto la madre di Adrián – mi disse.

– E com'è?

– Bruttissima. Davvero orrenda. Ma per fortuna vive in Galizia, quindi non la vedrò mai.

Era ineffabile, imprevedibile, sempre sorprendente. Aveva da poco iniziato una nuova vita con un uomo che conosceva appena, si era infilata nella tana del lupo senza fucile, e la sola cosa che le veniva in mente di dirmi era quanto fosse brutta sua suocera. Scoppiai a ridere e la abbracciai. Non era tutto perduto, non sarebbero riusciti a piegarla, proprio perché la sua forza era incalcolabile: lei era un alieno venuto da un'altra galassia.

Berta interpretava le sue uscite come segni di stupidità. Sara era poco intelligente, per questo le succedevano tante cose strane. Ma è difficile misurare l'intelligenza di una persona che non ha nessun interesse a esibirla come un mostro da fiera. Se l'intelligenza non viene usata per riuscire nel mondo secondo le regole prescritte, bisogna dimostrare di applicarla ad attività artistiche o speculative. Ma Sara, qualunque grado di intelligenza avesse, non faceva nessuna di queste cose. E non sapeva giocare al gioco che le imponevano, non dava prova di abilità da scimmia evoluta scrivendo libri, dipingendo quadri o giocando a scacchi. Le piaceva vivere, le piaceva il piacere, vedeva la vita con i propri occhi e si era lasciata intrappolare in un matrimonio assurdo solo perché qualcuno le aveva additato il precipizio della colpa e lei ne aveva avuto paura.

Ogni tanto la vedevo in biblioteca, impegnata a etichettare libri nuovi o a portare volumi da una parte all'altra. Faceva tutto quanto con una noia infinita stampata sulla faccia. Certo che si annoiava. Doveva annoiarsi a morte tutto il giorno, da quando scendeva dal letto a quando andava a dormire. Cominciai a provare una curiosità folle per tutto quel che faceva nella sua vita di moglie, ma non avevo il coraggio di farle domande.

Confesso che la osservavo con interesse morboso, aspettando che capitasse qualcosa, che lei reagisse, che si stufasse di quella farsa e mandasse al diavolo il marito con la sua casa impeccabile completa di gerani alle finestre. Ma passavano i mesi e non succedeva nulla. Com'era possibile? Mi mettevo nei suoi panni: il lavoro monotono in biblioteca, i pranzi con Adrián, le cene con Adrián, i piatti da lavare, e poi tutto ricominciava. Magari era cambiata davvero, aveva subito una completa metamorfosi, e stava bene nella sua nuova personalità. Eppure, non le mancavano gli strani inquilini di casa sua, i gatti randagi, i festini, il disordine?

Un giorno, quasi un anno dopo le sue nozze, mi telefonò per invitare a cena Pedro e me. La cosa mi sorprese, soprattutto che si fosse ricordata di Pedro, che non aveva mai frequentato, per una cena intima fra noi quattro soli. Ma ci andammo, e fu una buona occasione per capire come diavolo funzionasse quell'unione contro natura.

Al nostro arrivo regnava nella casa un piacevole tepore in cui aleggiava il profumo appetitoso di un arrosto. Nulla lasciava presagire il disastro. Adrián ci ricevette con la sua solita serietà pedante, il suo tono monocorde e la sua pronuncia impostata. Sara mi fece l'occhiolino, complice, e questo mi fece pensare che fosse contenta. Lo era, sembrava felice di giocare alle giovani coppie di sposi che si scambiano inviti, esperienze, punti di vista.

Prendemmo un aperitivo chiacchierando, senz'altro motivo di tensione che la perfetta estraneità fra i nostri due mariti. Adrián monopolizzò immediatamente la conversazione con interventi lunghissimi, puntigliosi, di una lentezza esasperante. Ogni opinione espressa dagli altri dava luogo a un'analisi profonda da parte sua. Sminuzzava tutto, metteva tutto in questione, applicava il dubbio con lo stesso spirito sportivo degli inglesi che praticano il bird-watching. Non importava l'argomento, poteva essere la situazione politica come il tempo che faceva. Qualunque affermazione dava il via a un rosario di controproposte sistematicamente sgranate. Era un filosofo. Quell'uomo privo di umorismo e di mordente era un vero e proprio filosofo, col quale da un anno conviveva la regina dei falli in persona. Si sono viste cose più strane, perfino nel regno vegetale.

Mi accorsi subito che Sara non apriva bocca. Non era mai stata un'allegra comare di Windsor, ma di solito qualche frase qua e là riusciva a infilarla. Quella sera no. Quella sera se ne stava zitta. Con tutta probabilità era quel che faceva sempre quando si trovava con suo marito, taceva e acconsentiva. E poiché i discorsi di Adrián non giungevano mai a un punto preciso, ma si limitavano a esporre alternative, accumulando argomenti a favore o contro un determinato assunto, era molto difficile contraddirlo o essere d'accordo con lui. Bisognava ascoltarlo e basta. Sara lo ascoltava? Credo di no. Eppure aveva sviluppato l'abilità di non lasciar capire se stesse pensando ad altro, se si stesse annoiando o se avesse fatto il vuoto nella mente. Forse la smorfia di noia che aveva sempre sulla faccia in facoltà non era che l'affiorare del tedio che si depositava nella sua anima durante la convivenza con il marito. La situazione cominciava ad apparirmi chiara, rimaneva ancora da capire se quell'uomo fosse un campione dell'erotismo, un vero e proprio animale, un generatore di orgasmi multipli, un esperto leccatore di fica, un erudito del kamasutra. Ma anche se così fosse stato, Sara era sempre stata attirata dalla varietà più che dall'intensità, quindi una simile attrattiva doveva aver perso il suo ascendente, dopo qualche tempo.

Quando la prima bottiglia di vino finì, Adrián guardò Sara e le disse: «Sara, dovresti portarne un'altra e, già che ci sei, dare un'occhiata all'arrosto. Non è già un po' che è nel forno?». In effetti, anch'io ci avevo pensato. Eravamo lì da più di un'ora e nessuno dava segni di preoccupazione per un arrosto che al nostro arrivo profumava già come se fosse cotto a puntino. Ma quel che più mi colpì fu il tono con cui Adrián le si rivolse: ieratico, inespressivo, paziente, accondiscendente, e insieme sonoro, grave. Soprattutto quando pronunciò il suo nome: Sara. Vi impresse tutto il carattere biblico che aveva avuto un tempo. «Sara», con tutto il suo significato generico di «signora», con tutta l'enfasi con cui Lot doveva dirlo a sua moglie sapendo che sarebbero stati ricordati dai posteri. Rabbrividii nel vedere con quale docilità la mia amica si alzava dalla poltrona e spariva nel corridoio, diretta in cucina.

Fu il primo di un numero imprecisato di viaggi verso il forno per tutelare quell'arrosto incombustibile, indifferente alle leggi fisiche, quell'arrosto di amianto, quell'arrosto eterno, che non aveva né principio né fine. La cerimonia si svolse sempre allo stesso modo. Adrián le diceva con voce neutra di andare a vedere l'arrosto, esprimeva blandamente il suo stupore per il fatto che non fosse ancora pronto, e Sara, senza reagire, si alzava e andava in cucina, da dove tornava per informarci, impassibile: «Ancora qualche minuto».

Era una cosa da matti. Non c'era alcun crescendo, né ira né passione, tutto si ripeteva identico. Non c'era conflitto o, almeno, il conflitto non si permetteva il lusso di emergere, ma ribolliva sotterraneo a grandi profondità. Feci qualche tentativo di alzarmi per andare ad aiutarla, ma Adrián li sventò sempre nel modo più naturale, anche se io, nervosa com'ero, non potevo non leggere nel suo atteggiamento un'intenzione didattica: «Lasciala fare, così impara qualcosa». Il missionario era in azione.

Verso la mezzanotte ci mettemmo a tavola. L'agnello sacrificale era immangiabile. Aveva perso ogni sugo, se mai l'aveva avuto, le fibre di carne stracotta si impigliavano fra i denti, e ci rimanevano. Come contorno, Sara aveva previsto un'insalata, che doveva aver condito alle sei del pomeriggio. Il languore della lattuga era paragonabile solo a quello della serata. Adrián decretò inutilmente: «Credo che questo arrosto sia troppo cotto. Avresti dovuto tirarlo fuori dal forno molto prima». Sara assentì più volte con il mento, e continuò a darsi da fare con forchetta e coltello sul moncherino indurito che giaceva sul suo piatto.

Declinammo l'offerta di un dolce e, alla prima occasione, ce ne uscimmo di corsa da quella casa. Erano le due di notte, ci sentivamo esausti e affamati, perplessi e di cattivo umore. Pedro esclamò:

– Ma perché lui non si è mai alzato a darle una mano? Com'è che nessuno dei due si è lamentato, o si è spazientito, o si è deciso a tirare fuori dal forno quel maledetto arrosto?

Non ci capiva nulla, povero Pedro, ma io sì. Io avevo visto benissimo il meccanismo di quel carillon rotto che era il matrimonio fra la mia amica e il suo cavaliere errante. Alzavi il coperchio e compariva la coppia allacciata, pronta per ballare un valzer. Ma non succedeva nulla, rimanevano lì, immobili, pietrificati l'uno nelle braccia dell'altro. Adrián senza dubbio sperava che lei un giorno, grazie alla sua pazienza, diventasse una grande ballerina. Sara non si rendeva conto di nulla, si limitava a rimanere, intuendo a metà quel che ci si aspettava da lei, dopo aver perso ogni voglia di seguire il suo istinto.

Mi domandavo come facesse a non ribellarsi, a non mandare tutto al diavolo. Capii allora che essere originali e fare una vita fuori dagli schemi non significa necessariamente essere dei ribelli. Sara era scappata da casa in un atto di ribellione, ma nessuno in quel momento era riuscito a convincerla dell'esistenza della colpa, che per lei rimaneva un'entità sconosciuta. I suoi genitori erano talmente diversi da lei ed estranei che la sua coscienza non fu nemmeno sfiorata dalle loro prediche e minacce. Berta, invece, nel momento in cui l'aveva guardata con dolcezza e le aveva detto: «Non preoccuparti, un giorno sarai madre», aveva gettato nella sua anima il seme della colpa e l'aveva spinta su un sentiero del tutto nuovo. Ci sarebbe voluto un atto di ribellione inaudito, ora, per uscire di lì. Ma Sara non era una ribelle. E poi, aveva giurato di tener fede alla prima grande decisione della sua vita: rimanere accanto al marito. La seconda fu suicidarsi.

Cambiare vita, questo era il suo nuovo motto. Ma per cambiare vita non basta rinnovare l'asse centrale intorno a cui girano tutte le cose, bisogna fare in modo che tutte le cose cambino. Complicato, troppo complicato, specialmente per qualcuno che non sa cosa vuol fare.

Nel corso di quello stesso anno, tutti noi terminammo gli studi e lasciammo la facoltà. Tutti, tranne Sara. Lei continuò a lavorare in biblioteca, ma al tempo stesso smise di frequentare e di dare esami, e non si laureò più. Un lavoro che avrebbe dovuto essere provvisorio diventò definitivo. Era un buon segno e un cattivo segno insieme. Da una parte lei rimaneva nei luoghi della gioventù, accanto a studenti e professori. Dall'altra, restava indietro, si vedeva passare davanti le nuove generazioni, un anno dopo l'altro.

Ero assolutamente convinta di non doverle dare alcun consiglio. Io, almeno dovevo rimanere fuori da quel coro di grilli parlanti che l'aveva allontanata dal suo destino, qualunque esso fosse. Per questo non le domandai mai nulla circa i motivi che le impedivano di reagire a quelle costrizioni.

Cominciai a lavorare nella scuola, era abbastanza facile, allora, e Pedro entrò in uno studio di architettura, dove prese parte ai suoi primi progetti. Smisi di frequentare gli amici con la frequenza e l'intensità del periodo universitario. Ma di tanto in tanto ci si vedeva, per cenare insieme, andare al cinema o prendere un caffè. Nel corso di quegli incontri ci tenevamo mettere bene in chiaro che le nostre personalità erano rimaste immutate, che non ci sentivamo del tutto integrati nel mondo borghese. Qualche anno dopo le cose cambiarono, e divenne importante dimostrare che il nostro ingresso nel sistema era avvenuto attraverso le porte del successo.

Berta vinse il suo posto in facoltà e Ramona entrò nel mondo della psicanalisi. Aprì uno studio come psicologa infantile e cominciò la sua analisi didattica con uno psicanalista argentino. Tre sedute la settimana, per dodici anni. Gabriel andò a Londra: se voleva diventare un critico d'arte con una formazione moderna doveva uscire dalla Spagna. Tutti avevamo la sensazione di aver iniziato qualcosa.

Non vidi Sara per molto tempo. Di tanto in tanto chiedevo sue notizie a Berta, e lei immancabilmente mi rispondeva che stava bene, molto bene, meglio che mai. Stabile, era la sua parola preferita. Sara era ancora considerata come una forza della natura che avrebbe potuto scatenare da un momento all'altro tuoni e fulmini, terremoti e maremoti. Stabile è un termine che si usa anche per descrivere lo stato dei convalescenti. Ma lei non era malata, bensì guarita dalla malattia che avrebbe potuto contrarre. Non andava più a letto con perfetti sconosciuti, non fotografava più uomini nudi, né viveva in una casa con le porte sempre aperte perché chiunque potesse entrare. Si era risparmiata tutte le sofferenze che un comportamento disordinato avrebbe potuto arrecarle. E tutto questo al prezzo delle piccole miserie quotidiane che in realtà tutti sopportano, miserie connaturate con l'esistenza umana.

– Chi ha detto che la convivenza è facile? Non lo è affatto. Vivere con qualcuno è duro, ma anche il resto lo è. Tutte, tutte le attività dell'uomo finiscono per avere qualche inconveniente. La vita è fatta così.

Berta era orgogliosa di vivere giorno per giorno impegnata in attività dure, sopportando convivenze dure e affrontando le grandi durezze dell'esistenza. Era contenta di non avere tanti motivi per essere felice. Questo le permetteva di esercitare il suo coraggio e di dar prova della sua filosofia di donna forte che riesce a superare tutte le difficoltà senza farsi illusioni ma con lo sguardo rivolto al futuro. Ci teneva a dimostrare che era intelligente e ottimista insieme. Forse le vere donne sono così. Lottano, vanno avanti, risolvono i problemi, e conoscono la vita a partire dalle piccole cose quotidiane, semplici, fondamentali. Ammiravo tanta forza di volontà, anche se non la capivo del tutto. Avvertivo in quell'atteggiamento una sorta di disprezzo per le complicazioni teoriche e speculative, che tuttavia poteva apparire molto femminista. Era una specie di «chissenefrega» rivolto ai dubbi dei maschi. Gli uomini in fondo non possedevano la forza necessaria per affrontare la vita così com'era. Quando la semplicità aveva la meglio su di loro, non sapevano far altro che autodistruggersi con l'alcol, andare in guerra o tormentarsi con elucubrazioni sterili.

Berta era fatta così, credeva davvero che due gradini al di sotto dei discorsi elevati ci fosse la realtà, e che proprio lì, ai posti di combattimento, ci fossimo noi donne. Per lei non c'era altra verità che la realtà. Per questo, cose elementari come partorire, nutrire, curare e resistere gli parevano tanto importanti. La maternità.

Eppure, non poteva certo dirsi che Berta fosse una retrograda o una donna all'antica priva di doti intellettuali. Anzi. Berta era una donna inattaccabile, con una fede nei valori femminili altrettanto inattaccabile. Non mi venne mai in mente di rivendicare davanti a lei il diritto all'inutilità della donna, il diritto della donna alla violenza e all'autodistruzione, il diritto della donna all'alcolismo.

Se le donne avessero il potere non ci sarebbero guerre. Una volta Berta lo disse davanti a Sara e a me, e Sara esclamò: «Ma se non possiamo fare la guerra, allora perché lottare per il potere?». Certo, era una battuta di spirito, a me parve divertente e ne risi. Quelle uscite ciniche e dissacranti dimostravano che Sara non era una scema come molti credevano, ma una mente brillante che non si dava la pena di brillare perché non lo riteneva necessario. Berta sospirò, cercando di essere paziente. Ma cosa importava, in fondo? L'intelligenza avrebbe dato a Sara il diritto di vivere a modo suo?

No, ho visto uomini e donne devastati dal senso di colpa, annichiliti, paralizzati, incapaci della minima reazione di difesa. La colpa è un virus potente che rimane attivo per anni nell'organismo, a volte per tutta la vita. Sara costituiva un pericolo per la causa femminista, per ogni causa, per questo è finita con lo stomaco pieno di pastiglie. Una soluzione terapeutica.

Un giorno mi telefonò dal lavoro. Voleva parlarmi. Subito rettificò, voleva «fare due chiacchiere». Non mi stava convocando per una riunione, ma per un semplice caffè. Eppure mi disse che preferiva fossimo sole, senza la presenza di Berta, di Ramona o di Pedro.

Era bella come sempre, con gli occhi vivi e la folta capigliatura ebraica sciolta e lucente. Mi accorsi subito che era allegra, meno grave e statica di quando l'avevo vista con Adrián. Rideva, scherzava e si divertiva parlando di cose senza importanza. Mi raccontava le beghe interne della facoltà, le manie delle vecchie bibliotecarie, le sciocchezze che combinavano. Capii subito che, nel folto di tutte quelle chiacchiere, eravamo incamminate verso una meta precisa. Voleva dirmi qualcosa e aspettava il momento giusto, o almeno voleva darmi la sensazione di una normale conversazione prima di gettarsi sull'argomento.

Non mi sbagliavo. Concentrò subito gli aneddoti del lavoro sulle questioni riguardanti la biblioteca. Aveva fatto male i suoi conti, non era capace di muoversi nei dintorni del suo segreto in modo casuale, e così scelse la via diretta. Si era scopata un inserviente della facoltà. Se lo era scopato vivo, tutto intero, in un sol boccone, e poi l'aveva degustato cellula dopo cellula, goccia a goccia. Credo che lei fosse capace di eloquenza solo in tema di sesso.

Era facile immaginare perché avesse scelto proprio me come depositaria delle sue confidenze, e non Berta, Ramona o qualunque altra delle vergini sagge. Io non le avrei mosso alcuna critica e, con un po' di fortuna, non le avrei detto nulla di nulla. Eppure, aveva bisogno di raccontarlo, aveva bisogno di una parete per far rimbalzare le proprie esperienze, e per essere certa di averle vissute. Era la sua prima infedeltà.

– Che tipo è?

Rimase a fissarmi per un attimo, non capiva la domanda. Logico, era una domanda strana, ma nemmeno io avevo la minima idea di cosa volessi sapere.

– Non lo so – rispose. – È uno dei ragazzi assunti da poco. Porta i pacchi di libri nuovi, gli ordini...

– È bello?

Si strinse nelle spalle e ci pensò su. Mi guardò sorridendo, come se in quel momento si stesse raffigurando la scena che aveva vissuto.

– Ci siamo ritrovati nel magazzino. Non potevamo nemmeno chiudere la porta perché da dentro non ha la maniglia. Ci siamo infilati fra gli scatoloni, ma se fosse entrato qualcuno, ci avrebbe beccati di sicuro. Fuori, la gente continuava a salire e scendere le scale, a parlare nel corridoio.

Era la prima volta che la clandestinità le pareva eccitante, o forse era la prima volta che si trovava in una situazione di clandestinità. La figura del suo partner rimaneva in secondo piano, come se non le interessasse. Ebbi la sensazione che non si fosse nemmeno domandata se fosse bello o brutto. Pensai che nemmeno il sesso in sé le avesse fatto la minima impressione.

– Praticamente sotto il naso della capo-bibliotecaria.

Lo ripeteva come se fosse questa la cosa più importante.

So che è assurdo dirlo, ma la verità è che quella storia, così come Sara la raccontava, mi deludeva. Era come se avesse perso l'innocenza. Fino a quel momento, la segretezza del sesso, il senso del proibito, qualunque cosa circondasse l'incontro in sé, era del tutto indifferente alla mia amica. Ora, che quel ragazzo fosse un dipendente della facoltà, pareva essere l'unica cosa che le interessava. Alla fine era caduta anche lei nella finzione, nella furtività. Aveva perso di vista l'essenziale. Il piacere si disperdeva, si frammentava in elementi spuri. Lei stava per smarrire una delle sue principali attrattive: il disprezzo di ogni influenza, di qualunque influenza. Da quel momento si trasformava in una donna qualunque, che ha degli amanti per non stare sola, per dimenticare le frustrazioni, per sentirsi valorizzata, per sperimentare il rischio, per provare tenerezza come sostituto dell'amore.

Non mi piaceva. Non riuscivo a immaginare quali ripercussioni avrebbe potuto avere un cambiamento del genere sulla sua vita, ma ero sicura che ne sarebbe seguito qualcosa di negativo. Tentai più volte di interrogarla discretamente sul fisico di quel ragazzo, sull'intensità dell'incontro, ma lei rimaneva fissata sui pericoli che minacciavano la sua scopata selvaggia. Aveva perso la facoltà di apprezzare un uomo nudo.

Per tutto il periodo che durarono gli assalti nel magazzino pieno di libri, Sara mi chiamava di tanto in tanto per telefono, e qualche volta ci rivedemmo. La sua relazione con l'inserviente non subiva variazioni né si evolveva in alcun modo. Si incontravano, cercavano un momento libero, sparivano nel magazzino e ne riemergevano dieci minuti dopo per riprendere i rispettivi lavori, come se nulla fosse. Le sole differenze nei resoconti piuttosto laconici che mi faceva erano i vari pericoli sventati. Il giorno che sentirono qualcuno entrare nel magazzino e avevano dovuto nascondersi dietro una pila di scatoloni. O quando era mancata la luce in tutta la facoltà e si erano visti costretti a rivestirsi precipitosamente al buio per paura che qualcuno si facesse domande sulla loro assenza una volta finito il black-out.

I suoi erano racconti assolutamente antieroici. C'erano sempre pantaloni ridicolmente abbassati, cartoni che cedevano sotto la violenza dei colpi e finivano per crollare con tonfi inopportuni. Non vi era mai nulla di bello, di entusiasmante e nemmeno di divertente. Tutto sembrava presieduto da una degradazione grottesca. Io mi trattenevo dal farle domande importanti, ma un giorno decisi di spararle a bruciapelo:

– Non sei felice con tuo marito?

A lei la questione pareva irrilevante e mi rispose con aria seccata:

– Sì, però non c'entra.

Non era disposta a lasciarsi trascinare su quel terreno, e si comportava davvero come se avesse a che fare con due cose diverse, come se avesse la facoltà di dividere la propria vita in compartimenti stagni.

L'interpretazione di tutto poteva essere molto semplice, pensando al carattere di Sara. Con quel barboso di Adrián si annoiava, e aveva deciso di prendersi qualche distrazione dedicandosi all'attività che più le piaceva: il sesso. Ma qualcosa non quadrava, e non mi sfuggiva una certa degradazione nella mia amica. Mentiva a se stessa se pensava di essere felice, e vi era nella sua infedeltà un che di autopunitivo. Perché tutto doveva essere così brutto, così volgare, così privo di fascino? Perché diavolo doveva rinchiudersi con un tipo squallido e muto che la scopava con i pantaloni alle ginocchia? Senza contare il rischio. Una cosa è che tuo marito scopra che lo stai tradendo, un'altra che un collega ti sorprenda a scopare contro il muro dentro un magazzino. Sara aveva valutato i possibili danni di uno scandalo del genere nella sua vita? I pettegolezzi, le critiche, lo scherno... E tutto questo nel migliore dei casi, perché poteva capitare che qualcuno ne parlasse con la direttrice della biblioteca, con il preside, con il magnifico rettore in persona, e allora lo scandalo avrebbe avuto conseguenze istituzionali.

E il suo collega? C'era da fidarsi? Non si sarebbe stancato prima o poi di essere trattato come un toro da monta, di essere relegato nel retrobottega? Lei sapeva come si chiamava, almeno?

– Ma certo, si chiama Tomás. Fa sempre il turno del mattino.

Forse non mi comportai nel modo giusto. Se fossi stata una vera amica, come lo erano Berta e Ramona, l'avrei sondata più a fondo, le avrei messo sotto gli occhi la sua imprudenza, o perlomeno l'avrei pregata di valutare i rischi di un'avventura così poco romantica. E invece fui irremovibile, le raccomandazioni delle amiche l'avevano spinta a un ridicolo matrimonio che, com'era da prevedersi, faceva acqua da tutte le parti. Non intendevo contribuire a rappezzare qualcosa che non aveva rimedio. Eppure, se davvero fossi stata così sicura del mio ruolo, avrei dovuto chiamarmi fuori completamente. Ma non lo feci. Quel che feci fu lasciarmi trascinare dalla curiosità e andare una mattina in facoltà senza che Sara lo sapesse. Volevo vedere che faccia avesse quel tipo. Mi giustificavo dicendomi che desideravo solo capire meglio quella storia e che, vedendo come fosse fatto quel Tomás, avrei avuto degli elementi in più. In realtà morivo dalla voglia di vedere com'era, com'è uno che si chiude per un quarto d'ora a scopare fra scatoloni di libri senza dire una parola, un giorno dopo l'altro.

Era difficile passare inosservata, ma cercai di rimanere nel corridoio mimetizzata fra gli studenti che entravano e uscivano dalla biblioteca. Proprio mentre cominciavo a domandarmi, allarmata, che cosa diavolo stessi facendo, vidi un ragazzo che spingeva un carrello carico di scatoloni. Cominciai a seguirlo e, un attimo dopo, come per dissipare ogni mio dubbio, un collega che usciva dal magazzino lo chiamò: «Tomás!». Lui si voltò e potei vederlo bene in faccia. Era un tipo normale, un ragazzo banalissimo sui venticinque anni, magro, di media statura, castano. Un ragazzo qualunque in abiti da lavoro grigi: pantaloni e casacca. Sul colletto portava un piccolo distintivo del Real Madrid.

Negli attimi in cui lo ebbi a tiro cercai affannosamente in lui qualcosa di speciale, un segno di originalità, qualche tratto di bellezza... ma non ne aveva. Non era né brutto né bello, né gradevole né sgradevole. Non possedeva l'evidente fascino selvaggio dell'ecuadoriano, né l'ironia incendiaria che avevo visto negli occhi del gagliego che si lasciava fotografare nudo, né il sex-appeal di cui senza dubbio erano dotati tutti gli uomini con cui lei era stata prima del matrimonio. Non aveva nulla a che vedere con la sua pregiata collezione. Avevo ragione: quel ragazzo era entrato negli annali della sua vita per motivi diversi dai soliti, non era in grado di passare la prova, non era una bella pietra preziosa da incastonare nella sua corona di regina del piacere, della sensualità, del godimento della bellezza virile.

Quella scoperta mi rattristò, e mi convinse che Sara non sarebbe mai tornata quella che era, mai più. Chiunque avesse interpretato quell'avventura come un tentativo di tornare indietro, come un atto di ribellione, come il primo passo verso l'abbandono del tetto coniugale, si sarebbe sbagliato. Senza una ragione precisa, già allora ebbi la sensazione che Sara volesse punirsi, e anche dimostrare a se stessa che non aveva perso poi molto con il matrimonio.

Andare in facoltà per spiare l'amante della mia amica non era stata un'impresa di cui andare orgogliosa, ma nemmeno mi rimproverai troppo per averlo fatto. Mi era servito per chiarirmi le idee. E poi, se tutta quella storia era pura follia, io, in un certo senso, mi ero limitata ad adeguarmi all'insensatezza generale. Nel frattempo, Berta mi trasmetteva le sue impressioni positive sulla nuova vita di Sara:

– Le va tutto così bene! Hanno una casa perfetta e piacevole. Devi riconoscere che Sara è riuscita a liberarsi da se stessa. Se avesse continuato per la sua strada, rischierebbe di finire in manicomio prima dei quarant'anni, o peggio ancora.

– Non ha terminato gli studi.

– Questo è il meno. Li terminerà. Dalle tempo. L'importante, per il momento, è che si abitui alla normalità.

L'importante era che ciascuno fosse ben sistemato in un angolino dove non desse fastidio. Ogni cosa al suo posto. Era come riordinare una stanza e mettere via tutti gli oggetti lasciati in giro. Adesso Sara era perfettamente riposta nel suo cassettino. Non doveva fare altro che restarsene lì, ferma e tranquilla. Però lei non stava ferma, anzi, si agitava in un magazzino pieno di libri, accoppiandosi con un tizio qualunque dai calzoni calati. Paragonavo mentalmente la versione di Berta con la realtà di cui io ero al corrente e mi rendevo conto che la cosa non poteva continuare. Da un momento all'altro tutto sarebbe andato in pezzi. Quell'incastellatura non avrebbe potuto resistere a lungo agli attacchi esterni. Ma mi sbagliavo. Adrián si stava forse accorgendo di qualcosa? Trovava che Sara era strana, assente, a disagio, negli ultimi tempi? Un mistero da chiarire, sebbene io sospettasi che non si accorgeva di un bel nulla. Era troppo occupato a teorizzare sulla realtà. Neppure qualche giorno fa, quando è venuto a trovarmi, pareva essersi reso conto di chi avesse sposato.

– Mi domando se negli ultimi tempi provasse una sofferenza continua o se abbia preso la sua drastica decisione in un momento particolare, in un raptus improvviso.

Lo guardavo, rendendomi conto che comprendere Sara non era difficile soltanto per me. Quell'uomo, pur convivendo con lei per anni, non era riuscito a risolvere l'enigma. Era patetico. Che cos'aveva fatto per tutto quel tempo? Si era mai domandato che cosa si agitasse in quella testa di riccioli scuri? Sara gli aveva mai dato la minima opportunità di affacciarsi dentro di lei? Di cosa diavolo parlavano in quella casa così perfetta e piacevole? Si guardavano e si salutavano cortesemente come se si fossero incontrati sull'autobus?

L'attuale moglie di Adrián ha un'aria solida e disinvolta. Conosce perfettamente le coordinate entro cui si colloca. Si muove con sicurezza nel mondo, e sembra sia lei a mantenere i legami con la realtà e con le persone. Lui non è cambiato per nulla, continua a essere noioso e lento nel parlare, continua a galleggiare nell'aria in modo poco aggraziato. Di tutti gli uomini che Sara avrebbe potuto scegliersi, Adrián era il peggiore, il meno adatto, quello che più l'avrebbe condannata alla solitudine e all'incomprensione. Non le offrì nuovi elementi per orientarsi nel mondo, non le diede delle chiavi vere e proprie. La lasciò fare e le impartì le sue lezioni di morale, le sue dottrine sui massimi sistemi, le sue chiacchiere da caffè. Imperturbabile come un ridicolo Ponzio Pilato, le aveva permesso che Sara si inabissasse nelle spire della propria mente, che non era strutturata per accettare regole apparentemente normali per tutti gli altri.

La nuova moglie di Adrián mi strinse la mano al cimitero, con energia e determinazione. Poi mi accorsi di come lo pilotava verso il parcheggio, prendendolo dolcemente ma con fermezza per un braccio. Aveva fatto in modo che non parlasse troppo, che non si impegolasse in una delle sue interminabili disquisizioni teoriche sulla vita e sulla morte. L'aveva aiutato a comportarsi nel modo più appropriato per l'occasione, contenendo qualunque accenno di emotività ed evitando ogni protagonismo. Lui non era più nulla nella vita di Sara, e non doveva esserlo nemmeno il giorno del suo funerale. Se era questo ruolo di moglie-guida infallibile quel che lui si aspettava da Sara, di certo durante il loro matrimonio non aveva avuto la benché minima possibilità di veder realizzate le sue aspettative. Certo che ormai Adrián ha messo da parte gli ideali di gioventù e ha rinunciato alle sue aspirazioni di missionario. La sua evangelizzazione aveva sortito risultati nefasti con la mia amica. Che cosa faceva quand'era con lei? Le recitava capitoli interi del *Capitale*? Le forniva ricette di cucina? O si limitava a esercitare la pazienza quando l'arrosto tardava sei ore a comparire?

Quando si osserva il passato in prospettiva, è inevitabile che appaia disseminato di errori, eppure in quel caso la soggettività non c'entrava. Il matrimonio fra Adrián e Sara era stato un errore enorme, spropositato, fondamentale, il big bang degli errori, da cui erano derivate, a catena, tutte le altre disgrazie. Se Sara avesse sposato un uomo più normale, l'unione non sarebbe durata neppure due settimane. Ma loro erano due alieni di galassie diverse che si erano incontrati sulla terra senza neppure rendersi conto delle norme che reggevano la vita degli abitanti su questo pianeta.

Ancora oggi provo una curiosità antropologica riguardo alla routine delle loro giornate. Avrei dato qualunque cosa per poter accostare l'occhio a un forellino sul muro e vedere come riuscivano a svolgere le attività più normali: svegliarsi al mattino, leggere l'uno accanto all'altra, prepararsi un caffè. Gli arrosti avevo avuto occasione di contemplarli personalmente in tutta la loro immensità.

Sara ruppe con l'inserviente due mesi dopo l'inizio della loro relazione, o comunque si voglia chiamare quel che c'era fra loro. La cosa si svolse nel modo più prevedibile: in fondo quel ragazzo era davvero normale. Cominciò a sentirsi lievemente frustrato per quegli incontri sempre furtivi, sempre sottoposti al rischio di una possibile irruzione di estranei, sempre con i pantaloni alle ginocchia. Aveva voglia di stendersi su un letto insieme alla sua amante, di vederla nuda, di avere un po' di sesso gioioso e tranquillo, meno precipitoso di quel mordi e fuggi della biblioteca. In fondo mi stupiva che avesse sopportato così a lungo una situazione simile. Eppure, quella pretesa così semplice, da amante come Dio comanda, aveva fatto sì che Sara scappasse via a gambe levate.

– Perché? Non mi sembra il caso di spaventarsi. La sola cosa che ti chiede è vederti in modo più civile.

– Ah, no, non se ne parla nemmeno. Non voglio mica una storia con lui!

– Credi che sarebbe peggio?

– Sì, certo che sarebbe peggio. E poi avrei la sensazione di tradire Adrián.

Scoppiai a ridere. Quelle scomode fornicazioni nel magazzino non le davano l'impressione di essere infedele, come se il grado di comfort avesse qualcosa a che fare con il tradimento. O si riferiva al timore di innamorarsi del suo amante?

– Hai forse paura di perdere la testa per lui, o che lui si becchi una cotta per te?

– Ma no, figurati, è un cretino, non pensa ad altro che al calcio e alle moto! E poi ha una fidanzata, si sposa fra poco. È che non mi va di dovergli parlare, di vederlo addormentato dopo una scopata... queste cose, sai.

– Funziona bene il sesso con Adrián?

– Sì, sì, funziona molto bene, ma cosa vuoi che ti dica, è andata così, e non ho voglia di complicarmi la vita.

Non voleva saperne di avere dell'intimità con Tomás, non gli dava alcuna opportunità. Per lei non era stato altro che una macchina portatile per fottere e voleva che le cose rimanessero così come stavano. E non le andava che continuassi a farle delle domande, tanto meno se riguardavano il suo matrimonio. Non ero autorizzata a intromettermi nella sua vita familiare. Per questo c'era già Berta.

A quanto pare Tomás ebbe un moto di ribellione, si arrabbiò. Sara non volle raccontarmelo nei particolari, ma pare che il ragazzo fosse giunto a minacciarla di far scoppiare uno scandalo in facoltà, cosa che poi naturalmente non fece. Poi era sceso a più miti consigli. Aveva detto che era la prima volta che una donna lo usava, ma anche se si sentiva buttato via come un kleenex, non gliene importava, anche lui si era divertito. In fondo aveva agito in modo abbastanza considerato. Agli uomini piace il ruolo del cane abbandonato dal padrone. Si calano in questa nuova condizione imposta dalla modernità, o dall'ingresso delle donne nel labirinto delle crisi personali, autodistruzione compresa. Non si sa cosa sia peggio per loro, se la gloriosa liberazione femminile o il debutto delle donne sulla scena dei tormenti dell'anima. Ma non ci stanno troppo male, contrariamente a quanto si potrebbe pensare.

Gabriel è tornato ieri. Questa volta ha portato un vassoietto di paste. Sembra sempre più convinto che si prepari per lui una nuova separazione. La pittrice thailandese è di quelle donne che sanno far soffrire. Tutto si paga. E il mio amico ritrovato sta pagando a caro prezzo ogni cellula di quell'epidermide senza macchia. Che tutto si paghi, fa della vita una vicenda tremendamente prevedibile.

– Dice che sono un fallito. Per lei un critico d'arte è un fallito, uno che non è riuscito a realizzare le sue aspirazioni creative e si accontenta di fare a pezzi le opere altrui. Non ti sembra terribilmente ingiusto?

È stupefacente che la sua storia si stia deteriorando con tanta rapidità. Di sicuro quel che succede fra lui e sua moglie rimane del tutto fuori dalle nostre oblique conversazioni. Forse l'atteggiamento di Gabriel, così filosofico, così pazientemente scettico, lo danneggia. Una ragazza non ha bisogno solo di passione a letto, ma anche di liti coniugali. Una donna di quelle che sanno far soffrire, deve aver modo di constatare il livello di sofferenza. Ma Gabriel, dopo aver resistito a tutti i possibili rovesci sentimentali, non è disposto ad aprire l'ombrello non appena cadono quattro gocce. Un uomo a cui una delle ex mogli ha rotto due costole nel corso di una lite, ha la pelle molto dura. Da una certa età in poi, dopo certe esperienze, solo i coetanei sono in grado di capirci, al prezzo di annoiarci un po'. Ma come fai a dire una cosa simile a un uomo che esulta di ammirazione per una ragazza giovane e bella con cui va a letto tutte le notti?

Se Gabriel continua a venire a casa mia con tanta assiduità, mi vedrò costretta a non aprirgli più la porta. Detesto essere catalogata fra le donne mature capaci di ascoltare. C'è un che di materno in questo ruolo che mi impone di respingerlo. Eppure ho paura di vederlo sparire dalla mia vita. Lui appartiene al passato, è un pezzo della mia biografia che preferisco conservare. Ci sono momenti, quando ci sembra di non aver lasciato alcuna traccia del nostro passaggio, in cui un piccolo promemoria non guasta. I bambini vogliono sapere dalle loro madri che cosa facevano quand'erano molto piccoli. Sono avidi di ascoltare le loro avventure perché non hanno consapevolezza di averle vissute. A me capita la stessa cosa con i momenti del passato a cui ho preso parte, anche quelli di cui sono stata protagonista. E questo, anche se ti colloca piacevolmente nel presente, ti dà un po' di vertigine. Quindi sarò paziente, Gabriel prima o poi diraderà le sue visite, e quando la situazione con la pittrice si sarà stabilizzata in un senso o nell'altro, tornerà a non farsi più vedere, per poi ricomparire forse quando un altro nostro amico morirà, o si ucciderà, e ci ritroveremo al suo funerale.

Ieri lo guardavo mangiare il croissant. Ne staccava le punte e le lasciava da parte sul piattino. Non ha messo lo zucchero nel caffè. Si puliva ripetutamente le labbra con il tovagliolo dopo ogni boccone, e poi, quando ha finito, si è messo a raccogliere le briciole una per una mentre parlavamo. È pieno di manie. Lo siamo tutti, ormai, come quei vecchi televisori che cominciano a non funzionare e hanno bisogno di qualche manovra poco ortodossa per sintonizzarsi: un paio di colpetti energici, una torsione del cavo, un sostegno all'antenna. La giovane moglie orientale stava pagando il prezzo della sua scelta. Bisogna essere legati da grande affetto a un vecchio rottame per non relegarlo in soffitta. I conti cominciavano a non tornarle? Che cosa si aspettava da lui, l'amore folle e disinteressato della gioventù? Questo Gabriel poteva darglielo, ma non avrebbe mai smesso di strappare via le punte di croissant.

Non sono mai stata molto perspicace in fatto d'amore. Spesso la gente mi ha sorpresa con i suoi innamoramenti, disamoramenti o improvvisi cambiamenti di partner. Eppure avevo sempre saputo che alla storia di Sara con Tomás ne sarebbero seguite altre, e infatti così fu.

Dopo qualche mese che non avevo più sue notizie, un giorno lei mi chiamò. Voleva parlarmi di una faccenda confidenziale. Evidentemente mi aveva riservato il ruolo di ricettacolo delle sue infedeltà. Decidemmo di vederci un giorno per pranzo. Comparve come sempre, un po' levitante, come se non fosse soggetta alla legge di gravità.

Si era preparata il suo discorsetto, perché cominciò dicendo che tutto andava bene: il suo matrimonio, il lavoro e il resto. Esattamente quel che pensava che le avrei domandato. Rinforzava i fianchi, dove qualche rimprovero ragionevole avrebbe potuto colpirla. Doveva avere una storia con un orango, perlomeno. E invece no, mi sbagliavo, la sua conquista era ancora più incredibile. Si trattava di una donna. Naturalmente, la mia prima reazione non fu chiederle chi fosse, ma ripetere stupidamente: «Una donna?». Ancora una volta, Sara era riuscita a sorprendermi. Anzi, perfino a offendermi. Che la più grande seduttrice del paese, la più esperta, la più verace, cambiasse di preferenze sessuali mi scandalizzava fino al midollo. Qualcosa decisamente non funzionava.

– Ma cosa diavolo stai dicendo?

– Una donna, dico che sto andando a letto con una donna.

Aveva alzato la guardia, era pronta all'attacco. Dovevo star bene attenta se non volevo che quel che restava della nostra amicizia andasse in pezzi in quel preciso istante. Inghiottii la sorpresa.

– Be', se dici che ci vai a letto, almeno significa che non lo fate in un magazzino.

Si mise a ridere, grata del mio umorismo acquiescente. La sola cosa che potessi fare era lasciarla parlare, e vista la sua abitudine al laconismo, nemmeno questo mi garantiva di saperne di più. Ma, a suo modo, lei mi informò.

La donna in questione era una docente del dipartimento di francese. Aveva più di quarant'anni, non era sposata. Impossibile sapere se andare con le donne fosse la sua tendenza naturale, anche se poi supposi di sì. Che altro potevo supporre? Sara l'aveva conosciuta mentre rivedeva con lei la lista degli ordini per il suo insegnamento. Avevano chiacchierato a lungo. Quando i volumi erano arrivati, la docente aveva voluto verificare la lista di persona e aveva chiesto a Sara di raggiungerla nel suo ufficio. Una volta lì, senza troppi preamboli, le aveva infilato le mani sotto il maglione e le aveva massaggiato i capezzoli con perizia.

Un esperimento? Ne dubitavo. Se si fosse lanciata goffamente su di lei e avesse fatto qualcosa come tentare di baciarla sulla bocca, forse, ma quel massaggio diretto ed efficace pareva indicare che la docente era una lesbica naturale. Cambiava qualcosa che lo fosse o no? Sì, senza dubbio. Ogni inclinazione sessuale fuori dei canoni comporta l'appartenenza a un piccolo club, con i suoi codici, i suoi ambienti, le sue miserie e le sue insegne. Non era lo stesso che Sara sperimentasse un momento di reciproca soddisfazione con una dilettante, o che invece fosse introdotta nel mondo coeso e spesso esclusivo del lesbismo, soprattutto se quel genere di lesbismo rivestiva i panni della militanza. Sara era proprio il tipo di persona che può finire in una setta di cui non conosce nemmeno l'abc. Ignorando ogni cautela psicologica, tornai a protestare.

– Ma Sara, perché?

– Come, perché? Perché mi piace come me la lecca, e mi piace leccargliela! È divertente.

– E questa ti sembra una buona ragione?

– Cos'hai? Ti scandalizzo?

No, certo che no, non mi scandalizzava. Oppure sì? La mia era una reazione assurda, me ne rendevo conto, ma era difficile ignorare la quantità di rischi insita in quella sua nuova relazione. O forse Sara mi stava mettendo di fronte ai miei limiti ideologici e morali? Non era questo quel che faceva con tutti? Era per questo che la gente non la lasciava vivere come voleva? Magari tutti noi ci sentivamo trattati come piccolo-borghesi bigotti. Troppe domande. Troppa passione. Dovevo ricominciare da capo.

– Scusa, ho sbagliato a porre la domanda. Non volevo chiederti perché.

– E allora cosa volevi chiedermi?

– Non lo so, Sara, non lo so. Dimmi qualcosa tu.

– Io non ho nessuna domanda.

Era davvero su tutte le furie, poche volte l'avevo vista così alterata. Avevo commesso un'indelicatezza alla quale sentivo di dover rimediare immediatamente, e così le chiesi in tono molto più mansueto di raccontarmi la storia della sua nuova amante. E lei me la raccontò. Fu uno di quei suoi tipici racconti a zigzag, punteggiato di osservazioni marginali che a volte lo rendevano incomprensibile, pieno di digressioni e titubanze. Quel che riuscii a mettere in chiaro si riassumeva in questo: lei si chiamava Claude. In realtà era una lettrice di lingua, di quelle inviate direttamente dal governo francese, e aveva quel posto da sei anni. Non aveva molti amici. Era vissuta per tutta la vita in provincia, e il contatto con una grande città spagnola non le era troppo piaciuto. Troppa confusione, troppa gente che andava e veniva, che parlava per telefono, che combinava serate e cene. Lei aveva finito per recludersi nel suo appartamento, anche se non si trovava male con i colleghi di lavoro. Era un po' strana. Soffriva spesso di piccoli disturbi fisici, cistiti, otiti, infiammazioni e infezioni localizzate. Un inverno era rimasta per una settimana intera sola in casa con un'influenza che le aveva fatto venire febbri altissime. Non riusciva nemmeno ad alzarsi dal letto, e per tutto quel tempo non aveva mangiato. Alla fine, una collega era andata a trovarla ed era rimasta inorridita dallo stato in cui l'aveva trovata. Le aveva preparato una minestrina e un po' di pollo, l'aveva aiutata ad alzarsi e a fare un bagno caldo. L'aveva convinta a non fare mai più una cosa del genere, a chiamare qualcuno per chiedere aiuto, a telefonare a un medico, a prendersi cura di sé.

Claude aveva avuto una vita sentimentale semplice e tragica. Stava per sposarsi quando il suo fidanzato era morto in un terribile incidente di moto. Uno scontro frontale con un camion su una strada provinciale. Era volato per aria e doveva essere caduto su un cavo o sul garde-rail, perché era rimasto decapitato.

Fin qui giungevano le informazioni raccolte da Sara o, almeno, quelle che aveva deciso di riferirmi. Nessun indizio su quale tipo di donna fosse la sua amante, quale carattere avesse o cosa volesse dalla vita. Non era molto, ma bastava per dedurre che Claude aveva cercato di colpire la mia amica cucendosi addosso un personaggio che muoveva a compassione. Sola, isolata, cagionevole di salute, con quel fidanzato grondante sangue su un abito da sposa che non avrebbe indossato mai. Un ritratto che ben difficilmente poteva far paura, ma che a me suscitò orrore. Tutta la storia trasudava un che di malsano. Che cosa ci si può aspettare da una donna capace di cuocere nella febbre per una settimana senza tentare nemmeno una richiesta d'aiuto? E quell'episodio del fidanzato ghigliottinato per caso? Per non parlare delle piccole infezioni ricorrenti... Tutto mi induceva a un rifiuto istintivo, radicale. E poi, non potevo fare a meno di pensare che quella storia non fosse vera. Una donna che si getta sugli splendidi capezzoli di Sara senza una sola spiegazione doveva poter contare su risorse di cui la mia amica non era stata informata. Non era di certo un'eterna vittima del destino.

Se tutto ciò era inquietante, lo diventava ancora di più se si pensa che Sara non pareva agire spinta da motivi puramente sessuali. Cosa le stava succedendo? Le piaceva proprio tanto quella quarantenne? Quel che lei aveva sempre cercato era il gioco fine a se stesso. Quali dei suoi amanti, fino ad allora, uomini o donne, aveva mai ricevuto da lei la minima considerazione umanitaria? Il suo non era sempre stato uno scopare privo della minima solidarietà? Che cosa c'entrava con lei quella cronistoria di disgrazie e solitudine?

La incoraggiai a dire qualche sciocchezza sulle vulve, belle e sofferenti, a lanciarsi in uno di quei monologhi trasgressivi e privi di senso con cui era solita esaltare i suoi amanti occasionali. Ma non ci riuscii. Sorrise debolmente e non abboccò. Evidentemente le fighe non avevano la stessa carica allegra e trasgressiva delle verghe. Rimanevano avvolte in un'aura di sacralità che nemmeno Sara osava infrangere.

Malgrado la sua apparente svolta verso i rapporti umani, si rese perfettamente conto che io, per la prima volta, non approvavo una sua relazione. O che, per meglio dire, la giudicavo. Questo fece sì che non mi parlasse più della francese, e che nemmeno tornasse sull'argomento. Non ero affatto soddisfatta di me stessa e del mio modo di reagire, ma alla fin fine sarebbe stato peggio cercare di sistemare le cose, anche perché ero certa che quella sua storia non fosse che un errore, un nuovo modo di autopunirsi. L'altro giorno, Adrián, durante la sua visita, mi ha raccontato come finì quella vicenda, della quale io allora non avevo voluto sapere altro, ma che mostrava fino a che punto Sara era capace di mandare all'aria il suo equilibrio e quello degli altri.

– È stato un trauma, davvero, io non avrei mai immaginato che Sara fosse così dominata dal sesso. Non ero mai stato curioso del suo passato. È assurdo, nessuno ha un passato così tumultuoso in gioventù, eppure lei lo aveva. Era importante? ti chiederai. Certo che no, solo che quella sua tendenza la condizionava, e continuò a condizionarla anche dopo il matrimonio. Anche se l'avessi saputo prima, non sarebbe cambiato nulla, questo sì. Avevo sposato Sara convinto di fare un ottimo investimento in felicità. Mi piacevano la sua allegria e la sua spensieratezza, e la trovavo molto bella. Non mi rendevo conto di privarla di una parte della sua personalità importantissima per lei, il gioco sessuale, la possibilità di avere incontri inaspettati, magari con partner che non la soddisfacevano pienamente, né la facevano vibrare. Lei aveva bisogno di quei rapporti fortuiti, un po' canaglieschi, in fondo. Io allora non sospettavo neppure l'esistenza di questo aspetto del suo carattere. Ero così preoccupato di capire tutto, di spiegare tutto, di farmi un'idea globale del mondo, che non mi ero dato la pena di arrivare fino in fondo alla persona che avevo accanto. Tu sai com'erano quegli anni, c'era sempre qualcosa di nuovo in cui impegnarsi: la politica, la trasformazione del Paese, le nuove idee che arrivavano da fuori a un ritmo incalzante. Non capivo nulla della donna che avevo sposato. A volte mi domando se non l'avessi sposata perché la vedevo come una ragazza intelligente ma poco complicata, capace di vivere nel presente senza fughe, senza deviazioni inutili, una mente del tutto opposta alla mia. Questo mi avrebbe permesso di dedicarmi all'ingente compito di capire il mondo. Che assurdità! Ma allora eravamo così, non ero il solo a esserlo, se questo mi può consolare. Anche se ora non cambia nulla. Un giorno, rientrando da scuola, a quel tempo lavoravo fino alle due del pomeriggio, trovai una donna che mi aspettava sotto casa. Mi riconobbe subito, come se ci fossimo già visti. Aveva un'aria strana. Molto asciutta, rugosa, ma con occhi vivi e pieni di malizia che mi fissavano. Disse che era amica di Sara e che voleva parlare con me. La feci salire. Non mi diede il tempo di dir nulla, prima che potessi rendermene conto si era seduta e mi stava coprendo di accuse tremende. Sara non avrebbe dovuto sposarsi, né con me né con nessun altro, ma tanto meno con me. Mia moglie era un essere libero e io, con la mia sola presenza, non facevo che tarparle le ali, forzare la sua natura, costringerla a una vita squallida e meschina. Avrei potuto prenderla per una pazza con la mania di tormentare la gente, avrei potuto dirle di andarsene, avrei potuto buttarla fuori senza il minimo riguardo. Ma non lo feci. Rimasi lì ad ascoltarla come ipnotizzato e, colmo dell'assurdo, mi sforzai perfino di capirla. Proprio così, di capire lei, una francese che sembrava una strega, che non avevo mai visto in vita mia e che mi stava facendo a pezzi. Non di capire Sara attraverso quel che lei mi stava raccontando, in un discorso disordinato e vacuo, del resto. Non voglio evadere dalle mie responsabilità, lo vedi, ma penso che allora fossimo tutti matti, tutti. Quel periodo assurdo di rapporti assurdi, che volevamo a tutti i costi comprendere e rendere degni, anche se era impossibile, finì per privarci di ogni prospettiva di vita logica e accettabile. Sta di fatto che rimasi ad ascoltarla, e a poco a poco capii che Sara e quella donna avevano una relazione. Lei si chiamava Claude. Non cercava nemmeno di proclamare il suo amore o cose del genere, di questo non disse una parola. La sola cosa che fece fu gettare merda sul nostro matrimonio, con l'intenzione, secondo lei, di restituire Sara alla sua felicità e al suo stato selvaggio. Mi sputò in faccia cose orribili. Non mi rendevo conto delle mie pretese borghesi su una donna che era fatta per vivere libera? Non vedevo che Sara languiva a poco a poco, costretta a una routine miserabile fra la biblioteca e una casa deserta di stimoli? Perfino lei aveva una visione più profonda della mia sulla realtà della donna che era mia moglie. Poi si dilungò nella narrazione di svariati disastri della sua vita e mi parlò di un fidanzato accidentalmente decapitato, della sua solitudine e disperazione. Alla fine pensai che fosse una squilibrata e che Sara la stesse aiutando a uscire dalla depressione. Qualunque cosa pur di non accettare nemmeno per un istante che mi stesse fornendo degli elementi chiave per capire mia moglie.

– E poi cosa successe?

– Sara rientrò dal lavoro alle cinque. Venne in soggiorno e ci trovò lì a prendere il caffè. Ormai le avevo perfino offerto un caffè. Non disse nulla, non reagì.

Ti assicuro che la stavo osservando con più attenzione del solito, e che non mosse un solo muscolo facciale. Claude sorrise stupidamente e la salutò come se nulla fosse. Allora Sara, senza aprir bocca, si voltò e uscì. Andò a rifugiarsi a casa di Berta, fu Berta a telefonarmi, un paio d'ore dopo, credo tu l'abbia saputo.

Sì, l'avevo saputo. Me l'aveva raccontato Berta, ancora inorridita da tutto quel casino. Sara si era sbagliata. Se stava cercando rifugio, non l'avrebbe mai trovato a casa della nostra comune amica. Berta era la sua consigliera per le questioni serie. E la rimproverò, la rimproverò aspramente quando seppe della sua storia con Claude, quando scoprì che stava mettendo a repentaglio il suo matrimonio per una lesbica frustrata e stupida. A che gioco stava giocando? Il periodo universitario era finito. Bisognava dire addio alle rivoluzioni e alle chimere. Non poteva più andare a letto con chiunque le passasse per la testa. A quanto pare Sara non presentava sintomi di pentimento, ma non riusciva nemmeno a raccontare quel che le era successo, e Berta la sgridava, la sgridava come se fosse sua madre.

Adrián non le chiese troppe spiegazioni, né pensò di trovarsi di fronte a un problema che potesse ripetersi. Sara era un po' eccentrica e si era comportata in modo eccentrico mettendosi con quella donna ridicola. Aveva perso il senso dei tempi, per un attimo doveva aver creduto di trovarsi ancora in piena rivoluzione sessuale. Ma non era successo nulla di irreparabile. Un colpo di spugna, e via. A pensarci bene, non era nemmeno necessario un colpo di spugna. In fondo un'infedeltà commessa con una donna non era nemmeno un'infedeltà. E poi, chi poteva sapere se l'infedeltà ci fosse stata davvero? La francese non era credibile, né, naturalmente, si era lasciata andare a fornire particolari sessuali sulla vicenda. Da parte sua, Sara si limitò a tacere. Non vi furono dunque scogli tangibili e insuperabili, immagini carnali e ossessionanti contro le quali lottare nelle notti insonni.

Anni dopo seppi da Ramona che quella storia, ovviamente, non era finita lì. In quel momento si risolse unicamente il possibile scontro coniugale. Ma la donna? Continuò a perseguitare Sara per un paio di mesi. Lei si rifiutava perfino di rivolgerle la parola. Aveva sviluppato una terribile avversione nei suoi confronti. Di colpo, l'ombra con la quale Sara si era incontrata clandestinamente e che non aveva mai assunto per lei consistenza reale, si concretizzava nel mondo dei vivi chiedendo giustizia. Lei la odiò. La odiò per avere osato irrompere nel suo matrimonio a quel modo, ma soprattutto la odiò per aver preso corpo, per essersi resa visibile e quotidiana. Secondo Ramona, per la prima volta Sara la vedeva realmente, e si domandava cosa diavolo ci facesse quella nevrotica nella sua vita. La francese le fece delle scenate in facoltà. Brevi momenti in cui riusciva a incontrarla da sola in corridoio, sulle scale o nel parcheggio. Le chiese perdono, la pregò di continuare come prima, ma si scontrò sempre con il suo silenzio, quel silenzio di Sara che tutti alla fine avremmo conosciuto, un silenzio compatto, di pietra, senza incrinature, un silenzio che sembrava venirle da dentro, da un luogo dove nulla risuonava. Era fatto di paura, quel silenzio? Di risentimento? Della convinzione che fosse meglio tacere, tacere sempre? Alla fine Claude la lasciò in pace. Un episodio isolato di omosessualità, questa poteva essere la diagnosi. Naturalmente non ci fu modo di sapere fino a che punto il matrimonio fra Sara e Adrián ne fu compromesso. Nessuno, a quei tempi, riconosceva le ovvietà della vita sentimentale. Ma Adrián dovette accorgersi che la bella scatola ermetica in cui si rinserrava sua moglie, come una segreta Penelope, conteneva cose che gli erano ignote, oltre al suo riserbo e alla sua originalità.

Questi fatti così vistosi, che avrebbero allarmato o messo in guardia chiunque, rimasero senza conseguenze. Fu necessario qualcosa di molto più scandaloso, di molto più estremo, perché tutti ci rendessimo conto che qualcosa non andava. Ma non ci fu nessuna mobilitazione generale, nessuna chiamata alle armi. Avevamo perso la capacità di sconvolgerci. La nostra cerchia di amicizie, sempre più disgregata, si limitò a parlarne, ad agitarsi un poco. Questa volta non venne coinvolta solo Berta, ma anche Ramona, che nelle vesti di psicanalista fece un primo e timido intervento. Allora sì che Adrián, definitivamente, si sentì chiamato in causa, e fu costretto a rendersi conto che Sara aveva un problema, e che, logicamente, un problema lo aveva anche lui.

– Fu una cosa terribile, terribile, credimi. Non si poteva più minimizzare, relativizzare, era un fatto atroce, per quel che lasciava intravedere della mente di Sara. Perché era andata a cercarsi una storia del genere, perché l'aveva tollerata? Soffriva davvero tanto? Era così tormentata? Arrivai a pensare che fosse del tutto insensibile, come un pezzo di legno. Non mi aveva mai lasciato entrare nelle sue camere segrete, mai, nemmeno affacciarmi sulla porta, sbirciare dentro. Sotto quella sua debolezza da vittima, c'era una durezza spaventosa. La sua ribellione era la sofferenza, quella era la sua ribellione.

Non ho voluto ribattere a un discorso che mi è parso tremendamente ingiusto, anche se parzialmente vero. Della tragedia che mise fine alle infedeltà di Sara, non conobbi mai tutti i particolari. Quella volta non mi telefonò per raccontarmelo, di me non si fidava più me da quando mi ero permessa di dirle quel che pensavo. E mi stava bene. Del resto non sarebbe cambiato nulla se me ne avesse parlato. Era una cosa troppo grave, troppo irragionevole. Credo che se avessi saputo, sarei rimasta paralizzata dalla paura, o forse non sarei riuscita a valutare le possibili conseguenze di quella storia e ne avrei sottovalutato la gravità.

Una sera di novembre, verso le undici, Berta mi telefonò allarmata. Si trattava di Sara. Berta era agitatissima, sconvolta, e una reazione simile da parte di una come lei significava che la situazione era davvero molto difficile. Mi diede un indirizzo e mi pregò di venire immediatamente. Pedro si offerse di accompagnarmi, ma io non volli. La cosa non gli piacque, tutte quelle manovre di solidarietà fra donne lo infastidivano con la loro segretezza. Io lo lasciai a casa. Dovevo andare, che altro potevo fare?

Mi ritrovai in una via malfamata del centro storico. Una casa fatiscente, con le scale sporche che puzzavano di minestra. Uno scenario da thriller. Suonai un campanello temendo di aver sbagliato indirizzo. E invece il posto era quello. Venne ad aprirmi Berta, bianca come un lenzuolo. Non disse una parola. Mi prese per un braccio e mi fece entrare, mi trascinò lungo il corridoio facendomi quasi male. Io ero già seriamente spaventata. Mi aspettavo di trovarmi di fronte al peggio: Sara morta in una pozza di sangue, Sara penzolante da una corda o, forse, Sara assassina, con l'arma omicida ancora in mano, Sara che aveva violentato un minorenne...

La fantasia di ciascuno di noi si basa su situazioni stereotipate, di rado riesce a raffigurarsi scene precise. La scena che mi aspettava in quel sinistro appartamento, invece, era precisissima e di una potenza singolare. Sara giaceva su un letto a due piazze, disordinato e sporco. Il suo corpo nudo era cosparso di piccoli tagli superficiali, forse praticati con un coltellino o con una lametta da barba. Rimasi di ghiaccio. Il cuore mi batteva forte e mi si era fermata la circolazione nelle mani. Non riuscivo a smettere di guardarla. La sua pelle bianca, il suo corpo così bello, le goccioline di sangue che colavano dai tagli. L'insieme faceva pensare a certe raffigurazioni barocche di martiri. Berta mi redarguì per la mia mancanza di reazioni.

– Ma di' qualcosa, per Dio! Non rimanere lì a guardarla come un'imbecille!

Aveva perso la sua abituale compostezza. Mi raccontò precipitosamente che un perfetto sconosciuto l'aveva chiamata non più di un'ora prima. Voleva che andasse a casa sua a prendersi Sara.

– Era ubriaco, o fatto, o qualcosa di peggio.

– Che cosa può esserci di peggio?

– Che fosse un pazzo. E credo lo fosse, davvero, un pazzo pericoloso. Quando gli ho chiesto spiegazioni si è messo a urlare.

– L'hai visto?

– Sì, era qui quando sono arrivata. Credo che qualche sostanza l'avesse presa. È un poveraccio, uno spostato, un mezzo delinquente. Non lo so cosa sia, esattamente, ma ti assicuro che faceva paura. Farfugliava, minacciava, diceva che non voleva vedere mai più Sara in casa sua.

– Ma com'è successo?

– Credo che lei andasse a letto con quel tipo già da un po'. Sai com'è, negli ultimi mesi aveva quel modo di evitarmi, di non raccontarmi quel che faceva... Ma come ha potuto arrivare a questo punto?

– Perché non si sveglia?

– Credo abbia preso qualcosa anche lei. Ho chiamato un medico, però ci sta mettendo un'infinità di tempo ad arrivare. Avrà già capito cosa lo aspetta. Con un indirizzo simile...

– E suo marito?

– Era a una cena della scuola. Ho avvertito anche Ramona, ma neanche lei si è ancora vista. Avrei preferito che quel tizio non mi trovasse. Questo è troppo. Che cosa manca, ancora, che si metta con un assassino? Che si rotoli nella merda?

Mi avvicinai a Sara, ma Berta non volle che la coprissi con il lenzuolo. Era meglio che rimanesse così com'era, nel caso dovessimo chiamare la polizia. Berta poteva essere sconvolta, ma non perdeva mai la testa. Sapeva perfettamente cosa fare. Fece di nuovo il numero di Sara, nel caso Adrián fosse tornato. Lo trovò e gli parlò. Sentivo il suono inintelligibile della sua voce, le inflessioni a volte tranquille, a volte allarmate. Nel frattempo, osservavo il corpo della mia amica, così pateticamente esposto. Sì, si era spinta decisamente troppo in là con l'autopunizione, in realtà voleva punire gli altri usando se stessa come flagello. Domandargliene il perché non sarebbe servito a molto, ormai. In quel momento capii che qualunque cosa facessimo, nessuno sarebbe più riuscito ad aiutarla. Era inavvicinabile come un iceberg, solitaria, e solo in minima parte visibile, pericolosa, gelida, deserta.

Non volli più ingannarmi cercando di aiutarla, perché non potevo far nulla; in fondo temevo di vedermi trascinata anch'io nell'abisso della sua sofferenza, risucchiata dal suo affondare lento, volontario e consapevole. Su quel letto giaceva, in forma di donna, ciò in cui tutti qualche volta avevamo temuto di cadere: l'incapacità di agire secondo una logica, i morsi divoratori di una frustrazione intollerabile, al tempo stesso immutabile ed eterna. Mi spaventai. Colei che era stata il simbolo della gioia di vivere, della libertà, di una leggerezza che negava ogni regola precostituita, era ridotta a un relitto, abbandonato nell'insania di quella stanza dall'aria irrespirabile. Capii che tenersi lontani da lei era una norma di semplice buon senso, e inorridii per il solo fatto di averlo pensato. Mi sentii una miserabile, ma al tempo stesso quel pensiero mi dava sollievo. Se non altro non mi lasciavo influenzare dalla spettacolarità della scena, e nemmeno dalla pietà. Pensai che la pietà fosse da riservare agli animali indifesi e ai pazzi, non a qualcuno che ha deciso di schiaffeggiarsi con furia ogni giorno della sua vita per non aver saputo rinunciare all'impulso irresistibile degli istinti.

Il suo amico risultò essere un tossico, naturalmente. Uno di quei rovinati che sanno essere stronzi e manipolatori fino al limite dell'umano. Erano due mesi che aveva una storia con Sara, quando aveva avuto la bella idea di trasformarla in una Maria Goretti gonfia di pasticche e di alcol. Ma lei, dove l'aveva conosciuto quell'angelo della lametta? Perché questo era stato lo strumento usato per praticarle minuscoli tagli su tutto il corpo. Impossibile saperlo, lei non volle parlarne, e non si lasciò mai sfuggire nulla. Immaginai che quelle vecchie amiche di Sara sempre ai margini della società avessero potuto darle una mano nel reclutamento di un tipo ripugnante come quello. Ma non mi venne nemmeno in mente di dirlo. A che scopo, poi? Le ferite erano molto superficiali e Adrián decise di non sporgere denuncia. Era meglio chiudere l'incidente e dimenticare il prima possibile. Sara aveva bisogno di riposare, di riflettere, di capire dove la stavano portando certi suoi comportamenti. Rimase a casa dal lavoro due settimane, e poi trascorse un lungo periodo di silenzio, senza frequentare nessuno, senza uscire. Questa volta sì, Adrián rimase scosso.

– Non ti immagini che cosa provai. So che è assurdo ripensarci adesso, quando il tempo ha sepolto tutto, perfino Sara, ma ricordo bene fino a che punto rimasi paralizzato. Non mangiavo, non dormivo, e quel che è peggio, non riuscivo a parlare con lei, a farle delle domande, ad avviare un discorso che sarebbe stato così necessario. Lei, come sempre, taceva, e la sola cosa che mi raccontò fu il finale della storia. Quel tizio l'aveva portata a casa sua e avevano bevuto, avevano sniffato e fumato in quantità. Poi avevano completato il tutto prendendo delle pasticche, chissà di cosa, impossibile saperlo. Diceva che da quel momento in poi non ricordava nulla, eppure ricordava benissimo la lametta da barba che le scivolava sul corpo. Non aveva provato dolore, solo una certa curiosità di vedere fino a che punto sarebbe arrivato quello strano rito. Terribile, vero? Era stata spettatrice passiva del proprio supplizio, come se la sua coscienza stesse fuori della sua pelle o qualcosa del genere. Oggi farei di tutto per convincerla ad andare immediatamente da uno psichiatra, ma sai come le vedevamo queste cose, allora, poteva sembrare un intervento punitivo. Eppure non credo che un medico avrebbe potuto aiutarla, gli psicofarmaci erano ancora poco sviluppati. Non so, mi pareva di poterle dare solo comprensione, di dovermi occupare maggiormente di lei, di non dover dare per scontato che la nostra convivenza potesse continuare come prima. D'ora in poi avrei dovuto osservarla con attenzione per capire se stesse male o se fosse sana e vivace. Allora pensai che avremmo fatto bene ad avere un figlio. E, come vedi, funzionò. Certo che nessuna soluzione può funzionare per tutta una vita. La vita non richiede soluzioni ma convinzioni. Più tardi, venni meno alla mia tutela. Nessuno può essere responsabile di qualcun altro per tutta una vita. È un carico troppo pesante.

Perfino Gabriel, che non è certo dotato per l'analisi delle vite altrui, mi ha detto ieri che la decisione di Adrián di avere un figlio gli era parsa, già allora, demenziale.

– È assurdo. Uno scopre di non riuscire a reggere il peso del matrimonio e degli obblighi che la convivenza comporta, e cosa gli si prescrive? Una dose maggiore della stessa medicina. Di male in peggio. Un figlio era evidentemente la sola cosa di cui Sara non aveva bisogno. Sai cosa penso? Penso che dopo quei felici e rivoluzionari anni Settanta abbiamo finito per risolvere i problemi applicando alla nostra vita gli stessi vetusti luoghi comuni di sempre, proprio quelli contro i quali in teoria avevamo lottato. Figli per rinsaldare i matrimoni e curare le tendenze autodistruttive. Atroce. Forse è sempre stato così, forse, in ogni momento della storia, gli uomini ricorrono agli istinti naturali per trovare una soluzione: l'amore, i figli, il possesso di oggetti e beni immobili, mangiare e dormire sotto un tetto... Che ne so! Non si spiega altrimenti una simile fesseria. In nessuno dei miei matrimoni ho avuto figli. L'ho sempre rifiutato. Forse è la cosa più intelligente che abbia fatto, tu non la vedi così? Se avessi avuto dei figli con qualcuna delle mie ex mogli, ora sarei ridotto all'ombra di me stesso, a uno straccio, sarei uno a cui la società si sente in diritto di chiedere responsabilità. E io a questo non sono disposto. Ti sembrerà egoista, ma voglio sparire completamente dalla faccia della terra il giorno della mia morte. Detesto l'idea che i miei geni possano continuare a passeggiare liberi per il mondo quando io sarò nella tomba o ridotto in cenere. Mi si rizzano i capelli in testa al solo pensiero che i miei errori possano sopravvivermi. No, no, basta così. Facciamo pure tutte le pazzie a cui ci sentiamo portati, ma diamoci un limite biologico ragionevole. Quando morirò voglio sparire completamente. Non sono disposto a partecipare alla grande presa per il culo generale. E se a quella ragazza thailandese che ho sposato viene in mente di avere un figlio mio, le dirò che non se ne parla nemmeno. Mi sono fatto vedere con lei da tutte le parti, non ho avuto il minimo problema a prestarmi a giochi poco adatti per la mia età, ma su questo non intendo transigere, la mia ultima parola sarà no.

Gabriel rivendica il suo diritto a scomparire, rifacendosi all'esperienza di una donna morta. Intere generazioni farebbero bene ad adottare il suo punto di vista, portandosi nella tomba tutta la loro discendenza. In questo modo si eviterebbero tanti problemi storici. Anche se credo che sotto questa sua aspirazione filosofica si celino, come sempre, piccole paure quotidiane. Gabriel teme che quella ragazza un giorno lo lasci, e teme che lo lasci perché sa che non sarà capace di far nulla per impedirlo. Ha esaurito le sue riserve di energia, non riesce più a far fronte ai conflitti, riesce soltanto a opporsi in negativo a quel che può capitare: non vuole avere figli, e probabilmente non correrà dietro a una dama che non ha la minima possibilità di accompagnare in un'avventura esistenziale da poco iniziata. Nemmeno io sono disposta ad accettare grandi sfide, e sono molto più ferma di un tempo rispetto a quello che non voglio. Tutti abbiamo sviluppato grandi capacità di negazione. Rifiutiamo con più decisione di inoltrarci in certi tratti angusti del cammino. E rifiutiamo di saperne troppo degli altri, troppe informazioni, troppe precisazioni... troppe ragioni, soprattutto.

L'altro giorno avevo tentato di impedire che Adrián aprisse il suo ultimo capitolo di giustificazioni. Avevo fatto di tutto perché non cominciasse, in modo da non doverlo interrompere. Ma lui non mi ha dato retta e si è tuffato a capofitto nel suo discorso. Tutto quel che aveva detto fino ad allora non era stato che una premessa. Era pronto a consegnarmi il pezzo capace di risolvere il rompicapo che lui pensava tutti noi avessimo in mente e morissimo dalla voglia di risolvere. Ma si sbagliava. Di tutta quella storia finita in tragedia, quel che meno mi interessava erano i motivi per cui Adrián aveva lasciato Sara quando la figlia di entrambi aveva appena tre anni. Me ne fregavo. E poi l'essenziale lo sapevo già: si era innamorato di un'altra. L'aveva sposata ed erano andati a vivere a Strasburgo, abbastanza lontano perché ogni problema gli arrivasse attutito, ammesso che arrivasse. Che importanza poteva avere tutto il resto? Le sottoragioni, le metaragioni, le ragioni pascaliane del cuore? Poi ho pensato che fosse meglio lasciarlo parlare. Di sicuro non l'avrei più rivisto, e aveva scelto me per liberare la sua coscienza di qualche peso. L'avevo lasciato fare. In ogni caso quel che mi aveva raccontato era del tutto irrilevante, non era certo un colpo di scena, di quelli che cambiano il finale della pièce e lasciano lo spettatore a bocca aperta.

La situazione di Sara nel periodo della separazione non era difficile da immaginare. Tre anni prima avevano avuto una bambina bellissima, un incantevole bebè che pareva aver messo fine a tutte le sventure. Berta era esultante, e anche Ramona, come tutti gli amici che, me compresa, andarono a trovare la neomamma al reparto maternità. Adrián era orgogliosissimo, da vero padre tradizionale. Sara nel suo letto d'ospedale, appariva stanca, come se avesse appena scalato una montagna. Eppure aveva quel sorriso beato, abnegato, che hanno molto madri poco dopo il parto, che le fa apparire come sante appena toccate dalla grazia.

Era parecchio tempo che non ci vedevamo, ma ci baciammo con affetto. Le regalai un vestitino minuscolo per la bambina. Era verde e bianco, con un grosso fiocco nella schiena. Sara lo prese con tutte e due le mani e disse:

– È graziosissimo. Sembrerà una libellula.

Scoppiammo a ridere.

Pensieri su Adrián

Adrián, non ti rimprovero che tu l'abbia lasciata. Figurati. Hai avuto più pazienza tu di Giobbe, più di quanta ne avrebbe avuta chiunque nella tua situazione. Davvero, Sara era un disastro, e non mi riferisco soltanto alle sue ruspanti scopate adulterine, sempre più arrischiate e di bassa lega, con cui vivacizzava la vostra vita coniugale. Mi riferisco al fatto che non sapeva vivere in modo regolare, organizzato e solido. E poi, non sapeva imporre la sua originalità. No, lei tentava ad ogni costo di essere normale e quotidiana, e riusciva solo a essere goffa e noiosa. Te lo immagini che cosa doveva capitare nella sua mente ogni volta che andava al supermercato? Me lo immagino io, lo vedo: un disastro. Tutte quelle file di scatole con le scritte colorate dovevano significare ben poco nella sua testa caotica. E tutti quei detersivi. Sbiancante, ammorbidente, lucidante, disincrostante e ravvivante. Un universo che doveva farle venire il panico, come trovarsi di fronte al nulla. Ci sono donne che si divertono così, andando a fare la spesa, scegliendo questo e quello, fermandosi davanti alle scatole colorate e prendendole in mano, leggendo le proprietà di ogni detersivo. Riescono a sentirsi protagoniste di un mondo di possibilità. Lei no. Lei doveva trovare, riflessi in quel mondo, tutti gli obblighi assurdi che le imponeva il suo matrimonio. Lo so, non c'è bisogno che lo dica, se avesse sposato chiunque altro sarebbe andata ancora peggio. Peggio? Forse no. Perché hai resistito tanto? Perché non l'hai lasciata nel momento stesso in cui ti sei accorto che era inadatta alla vita quotidiana? Quanto ci hai messo a rendertene conto? Sei mesi? Un anno? O non te ne sei accorto fino alla fine? Dio mio, non sembravi così stupido! E invece no, lo eri, uno stupido incapace. Voglio credere, accettando la tua buona fede, che ti fossi lasciato ingannare dai tuoi stessi ideali volontaristici. Eri disposto a portarti il mondo sulle spalle come Atlante, e speravi che anche lei avrebbe fatto la sua parte. Fra tutti e due sareste riusciti a costruire una vita comune ricca e proficua. A me tutto questo sembra una porcheria. Se volevi una vita normale, avresti fatto meglio a cercarti una donna normale, equilibrata, ragionevole, con istinti e aspirazioni tipiche delle donne normali. Ti piaceva così tanto la mia amica? Sì, ti piaceva, con il suo corpo perfetto, gli occhi puliti e la bella capigliatura ebraica. Ma non provavi per lei quella che si dice una passione. Cazzo! Come può provare una passione un piccolo filosofo che spacca il capello in quattro? «Dobbiamo tentare di capire tutto», questa era la tua massima. Non hai mai perso le staffe, né quando trovavi i biberon in mezzo ai compiti in classe dei tuoi allievi o i pannolini buttati ovunque. No, tu dovevi capire, ti era indispensabile giustificare quel che succedeva in quella testa matta di tua moglie. Come se mai fossi arrivato a sospettare il suo terrore di affrontare le cose più normali, il supermercato e tutto il resto.

No, mio caro, a ciascuno la sua croce, e la tua era grossa e pesante come quella di Gesù Cristo. Con tutta la tua bontà e la tua comprensione, la tua pazienza e il tuo perdono, non hai fatto che rovinarla. L'acqua che non devi bere, lasciala correre, e invece tu continuavi a cercar di fermare con uno stupido bicchierino il grande fiume che sgorgava da quella sorgente, senza riuscirci mai. Era come cercare di mettere l'oceano in una bottiglia, senza riconoscere, ed è questo il peggio, l'impossibilità dell'impresa. Eri ridicolo! Sembravi uno di quei matti che vogliono a tutti i costi brevettare una macchina chimerica e assurda.

Be', non eri il solo ad analizzare, capire, dibattere e pontificare mentre la realtà andava in pezzi sotto i nostri occhi. Il brutto è che la realtà con cui avevi a che fare tu era viva, ed era una donna, una magnifica donna inafferrabile che non era destinata a nessuno. Lei era una dea della libertà, e la libertà consiste non solo nel poter fare tante cose, ma anche nel non farne nessuna, se per «cose» intendiamo quel concatenarsi di banalità che tutti noi ci rassegniamo a sobbarcarci per vivere. Non ce l'ho con te perché Sara si è suicidata, niente affatto. Il suicidio mi pare l'unica via di uscita possibile per lei, quando non era che un'ombra di quella che era stata o, peggio ancora, di quella che avrebbe potuto essere. Ce l'ho con te perché mi pare sciocco e crudele che tu ti sia arrogato il diritto di prenderti una donna alla quale non avevi il diritto di aspirare.

Ti eri costruito il tuo teatrino dorato, vero? Le tue lezioni, i tuoi allievi, le tue riunioni di docenti... e, al ritorno a casa, nella tua dolce casetta, avresti trovato ad attenderti una donna silenziosa e felice. Allora, la pipa, la tazza di tè, i libri, la musica... un idillio. Un'umile ambizione che nessuno avrebbe potuto rimproverarti. Non eri mai stato di quei pazzi che credevano di poter fare la rivoluzione. Ti eri reso conto che condurre la vita serena e studiosa di un professore di liceo poteva già bastare in questo paese di bestialità e di eccessi. Sei stato saggio, molti hanno finito per fare una vita del genere senza desiderarla, e ancora oggi portano addosso il peso della frustrazione. Tu, invece, hai realizzato il tuo ideale. Con la tua mogliettina bionda, su a Strasburgo, a guardare la pioggia che cade dietro i vetri. Peccato la complicazione di quell'ex moglie e di quella figlia che non vedi quasi mai, appena qualche giorno in estate, qualche volta a Natale. Bene, complimenti per la scelta, ma ci sono cose tue che non potrò mai accettare. Perché hai trascurato la successione logica? Se uno sceglie la serie: scuola, libri, pipa e moglie, deve saper scegliere anche gli elementi giusti. Non ti è venuto in mente, infatti, di dare lezioni di aerobica. Non leggi libri di Danielle Steel. Non vesti a colori sgargianti. E allora, come ti è venuto in mente di prenderti una moglie come Sara, l'eroina di un romanzo non scritto che lei non si era mai proposta di scrivere? Non c'erano altre ragazze in facoltà? Berta, tanto per fare un esempio. Dinamica, decisa, piena di entusiasmo e di buona volontà. Troppo, per te, vero? Certo, ti attirava di più il velo nero del mistero. Credevi di poter avere lei allo stesso prezzo, e invece no. Le merci rare sono molto costose.

Ti sei imbattuto in una delle poche donne allo stato naturale rimaste sulla terra. È ovvio che tu non sapessi cosa fare. Il suo solo difetto fu non avere la forza di ribellarsi. Ma si sa che molte donne sono fatte in questo modo, sopportano, sopportano e sopportano fino all'estremo limite della decenza e della logica. Tutte noi, anche le più ardite, abbiamo la docilità dell'ebreo durante l'Olocausto. È lacerante ammetterlo, ma è così, non riusciamo a far uscire la rabbia e l'aggressività che abbiamo dentro. Se almeno Sara fosse stata affetta da ubriachezza molesta e avesse preso a sberle te o qualcun altro... eppure no, neanche quello, stava zitta e sopportava, mentre dentro di lei si innescavano processi divoratori di cui non sappiamo nulla. Per di più, dandole una figlia, le avevi accollato un sacro dovere: quello di fare la madre. Più i doveri sono sacri, meno sono contestati. Nessuno ebbe bisogno di persuadere Sara che quella bambina costituiva il suo dovere, ma lei lo credette fermamente o fece finta di crederlo, che per quanto ci riguarda è lo stesso. Davvero pensavi che un figlio vi avrebbe dato l'armonia? Che sciocchezza! Come credere che la soluzione ai problemi dell'Africa stia nella carità.

Guarda, Adrián, quando sei venuto a trovarmi avrei voluto dirtelo personalmente tutto questo, ma mi conosci, io non credo nel dialogo, io ascolto e lascio parlare. Non me ne importa un fico secco della tua sindrome di Ted Hughes. Lui, almeno, era un poeta, e tu sei un piccolo professore del cavolo. E poi, nel suo caso, sono state due le ex mogli suicide. Non ti preoccupare, non sarai perseguitato dalle orde femministe. Continuerai ad avere la tua porzioncina di senso di colpa che ti rode l'anima in qualche raro momento sentimentale: una musica che ti smuove dei ricordi, un bicchiere di troppo... nulla che non possa essere allontanato con un colpo di spugna di razionalità. La ragione è dalla tua: chi mai avrebbe potuto rimanere accanto a una donna così disastrosa? Nessuno, né più pazzo, né più savio di te, nessuno.

Tu non hai capito nulla fino alla fine. E tutto perché Sara non si è uccisa per una questione filosofica, per il fallimento di un'utopia, per un pessimismo derivato dalla storia delle idee. Lei non ha mai inserito i suoi conflitti nella macchina del pensiero universale. Come mai Kant pensava tanto e con tanto profitto? Forse perché era gobbo e non usciva mai a prendere il sole. Il breve passo che c'è fra la vita concreta e i grandi sistemi intellettuali rende tutto banale e ripetitivo, qualcosa che non si distacca troppo dal comportamento animale. So come puoi spiegarti il suicidio di Sara, anche se non osi dirlo: «Ha raggiunto l'età matura a mani vuote, priva di tutto quel che viene riconosciuto come valido nella nostra società. Allora, inorridita, invece di porsi delle domande sul passato e di cercare delle risposte, come avrebbe dovuto fare, ha preferito togliersi di mezzo per non vedere il disastro della sua vita. Un lavoro insignificante e noioso, un matrimonio rovinato, una sequela di amanti spaventosi, una figlia che la odiava... non ce l'ha fatta a sopportarlo». Io credo che ti sbagli. Sara era cresciuta al di fuori delle convenzioni sentimentali, al di fuori di tutte le sciocche sofferenze della coscienza, al di fuori dell'assillante domanda sul chi siamo, da dove veniamo e dove andiamo. Lei era una Eva incontaminata ed è andata in pezzi. La sua è stata un'esplosione di dolore. Un gesto impulsivo e disperato, o forse una tentazione che le si era ripresentata più volte. Probabilmente è stata la stanchezza accumulata per anni. Sola in casa, ha cominciato a rigurgitare bocconi di fallimento che non riusciva più a mandar giù, né a sputare, e ha preferito soffocare.

L'influsso di tutti voi, su di lei, è stato letale. Tu, Berta, Ramona, tutti insieme, l'avete resa desiderosa di adattarsi. Lei vi guardava, vi vedeva irreprensibili, ciascuno calato nel suo ruolo. Ramona, assorbita dal suo lavoro; tu, dignitoso e comprensivo; per non parlare delle prodezze materne, sentimentali e professionali di Berta, insuperabili. Berta si mostrava davanti a lei come la capacità stessa di gestire la vita. Sara non era consapevole della mediocrità che vi era in tutto quel che facevamo. Era giunta a credere che la formula «saper vivere» alludesse alla capacità di maneggiare tutto l'armamentario fasullo della socialità e della maternità. Invidiava le donne che salivano sul podio della gloria materna con una medaglia d'oro sul petto. La vita per lei era un'Olimpiade della maternità. Sono sicura che se non avesse avuto figli, avrebbe trovato la libertà necessaria per abbandonarsi a una decadenza progressiva e costante, fino a raggiungere quella che viene definita, pedantemente, autodistruzione. Alcol, droga, eccessi d'ogni genere, sesso sfrenato... e invece no, quella maledetta bambina le aveva imposto la sopportazione, fino al suicidio. Immagino si tratti di un fenomeno comune: tante donne che, lasciate a se stesse, seguirebbero il loro cammino fino all'inferno, si piegano a un inferno altrui per non danneggiare i propri figli. Scelgono la morte in vita e il suicidio a rate, quando potrebbero autoimmolarsi in modo lento e piacevole, creativo. Invece di finire con il fegato allegramente maciullato dalla cirrosi, dopo aver seguito le libere pulsioni del loro ego, finiscono per piegarsi alle regole altrui e vivere un'esistenza miserabile di sacrificio e depressione, fino al momento in cui si ammazzano senza particolare gloria.

Donne suicide, il catalogo è ben noto: attrici sul viale del tramonto, amanti abbandonate, cantanti liriche rimaste senza voce, vedove inconsolabili, povere ragazze povere, e l'ineffabile Giulietta Capuleti, così sciocchina, produttrice di sofferenza fino alla fine. Possiamo metterci anche tua moglie, fra le vittime sacrificali. Mi spiace, Adrián, ma la colpa è tua, pienamente tua, non del fatto che Sara si sia suicidata, ma del fatto che sia arrivata tutta intera fino all'ultimo capitolo. E senza dire una parola! Questo le fa onore, la colloca ad anni luce di distanza dalle folle di donne che cadono nelle mani degli psichiatri, degli indovini, dei confessori (sempre meno, grazie al cielo) pur di parlare, parlare,

parlare. Donne distrutte dalla tristezza che non riescono a far di meglio che raccontare i loro casi a chi voglia ascoltarle, donne che nessuno ama.

Se Sara non avesse avuto figli avrebbe conservato intatta la sua forza di Giovanna d'Arco. Il suo organismo non avrebbe mai prodotto gli umori dell'adattamento, quelli che secerne il corpo di una donna dopo la maternità. Sarebbe sopravvissuta in lei la linfa androgina, giovanile, l'incapacità di riconoscere le verità della vita, l'innocenza estranea ai meccanismi riproduttivi della specie. Né sangue, né liquidi, né latte. Avrebbe conservato la sua essenza di amazzone, la vera essenza della donna. Un corpo lontano dal suo uso economico, con la bellezza di un albero che dà fiori ma non frutti. I suoi occhi non avrebbero lasciato trasparire la stanchezza delle figlie di Gea, quella comunione coatta con il mondo e con le sue regole più infime, quell'inevitabile accettazione delle gabelle materiali che si esigono dalle donne: partorire, allattare, nutrire. Sarebbe stata libera da ogni vincolo con la tragedia delle necessità animali: la fame, la sete, la mancanza di un tetto o di un vestito. Ma tu le hai dato un figlio, e la tragedia animale ha aperto le porte alle tragedie astratte: la colpa, la paura, le domande, la solitudine dell'essere umano. Povera Sara! Nessuno è disposto a permettere l'esistenza di una donna spensierata e felice. Come se ciascuna dovesse assumersi la sua parte di sofferenza ancestrale. Tutto questo mi fa schifo, te lo assicuro. Ti sarebbe stato così facile aiutarla... Sarebbe bastato che la lasciassi passare accanto a te senza trattenerla. Lei godeva della sua allegra promiscuità, non vi era sfida in questo, né provocazione, non era una ribellione meditata e consapevole, la sua. Si limitava a prendere quel che la vita le offriva, nient'altro. Non sbandierava nessuna teoria, né edonismi a buon mercato, né filosofie del *carpe diem*. Semplicemente, le piaceva il sesso. Aveva questa sua genialità che chissà da dove le veniva, forse dall'alimentazione ricevuta ancora in fasce, che ne so... Era una donna normale, mentalmente sana come chiunque. Di tutte le donne che ho conosciuto, era l'unica a lasciarsi guidare da una bussola vitale precisissima, che le indicava sempre la direzione della soddisfazione momentanea. Non era una tenera fanciulla che giocasse in un giardino d'infanzia. Detesto le donne-bambine, che si aggrappano alla loro condizione femminile e la esibiscono come le cosce in un lupanare.

Da quando l'hai lasciata, ha attraversato diverse fasi, molto simili fra loro, fino a trasformarsi nell'essere tormentato che alla fine era. Prigioniera dell'impossibilità di accettare la sua tristezza, mangiava pizze il sabato sera davanti al televisore mentre sua figlia dormiva. Il gioco funzionava secondo regole altrui che lei non poteva capire. Lì stava il nocciolo della questione. Cercava aiuto perché aveva paura di fare del male alla bambina se si fosse consumata con l'alcol e con le droghe. Noi donne siamo così: speriamo in ogni sorta di miracoli: psichiatria, divinazione, amicizia, confidenze, religione, amore. Tu non hai colpa di questo, ma non importa, ti odio lo stesso. Se mai ti fai vedere un'altra volta a casa mia ti butto giù dalle scale.

3

La bambina era magnifica, tre chili di peso, ciglia lunghe e folte, un faccino roseo, niente a che vedere con quei bebè rossi come peperoni che sembrano vecchietti alcolizzati già alla nascita. Andai a trovare Sara in ospedale. C'erano tutti, perfino Gabriel, che le aveva portato un ridicolo fiore bianco, enorme, un dono simbolico o qualcosa del genere. Berta si comportava come se la maternità l'avesse inventata lei. «Essere mamma è una cosa meravigliosa, non è vero?» ripeteva continuamente. Io non riuscivo a non leggere nelle sue parole un sottinteso, come se dicesse: «Perfino una disastrata come Sara può godere delle gioie e dei vantaggi della maternità».

Adrián si muoveva qua e là come un pugile suonato con un sorriso venerabile stampato sulla faccia. Qualcuno fra i presenti credeva davvero che quella bambina potesse mettere fine ai problemi di Sara con il mondo? Immagino di sì, e immagino fossero sinceri. Tutti tendiamo ad attribuire virtù quasi magiche a certi momenti di passaggio della vita: sposarsi, avere dei figli, morire... Non lo so, non che davanti a Sara si aprisse un mondo di possibilità allettanti e salvifiche, ma almeno un figlio era qualcosa, una variazione di rilievo in un matrimonio che, in altri ambienti più convenzionali, sarebbe già stato sciolto.

Ma nonostante quella piena di buoni sentimenti, non potevo fare a meno di vederla fuori posto, Sara, in quella camera d'ospedale. La camicia da notte bianca sotto la quale si notavano i seni gonfi, il ventre flaccido dopo il parto, il pallore del volto... Non riuscivo a ravvisare in quei disastri fisici nulla che sembrasse promettere una nuova felicità. E la cosa meno tranquillizzante era il suo volto, esangue, stanco, solcato dalle occhiaie. Aveva sulla bocca un sorriso fisso che non lasciava trasparire nulla. Pensai che si sentisse tenuta a sorridere in onore della circostanza, per la presenza di tanti amici intorno a lei, e per riconoscenza, visti i tanti regaletti e vestitini che le avevamo portato. Andai a bere una birra con Berta all'uscita dall'ospedale, e le confidai i miei timori. Lei inorridì, anche se in modo affettuoso e dissimulato.

– Tu non capisci, non puoi capire. Quando una donna ha un figlio si mette in moto dentro di lei un meccanismo ancestrale. Prova sentimenti nuovi, si sente crescere dentro una grande forza, la capacità di fare cose che non avrebbe mai immaginato. È un'esperienza, o un dono oppure, se preferisci, è solo un istinto, ma un istinto che dà una forza travolgente.

Lei lo pensava davvero, ci credeva, altrimenti non sarebbe stata così enfatica nella sua spiegazione. Per lei i figli erano sempre stati una ragione di vita, e non solo, anche una vitamina meravigliosa, dai poteri quasi soprannaturali. Nel momento in cui mi esponeva quelle teorie, aveva già avuto il primo figlio, un maschio. Eravamo andati a trovare anche lei in ospedale, e anche lei sorrideva, ma il suo sorriso era molto diverso da quello di Sara. Il sorriso di Berta era di trionfo, di pienezza, di orgoglio. Aveva raggiunto uno dei suoi obiettivi, e il risultato era lì, sotto gli occhi di tutti. Anche il suo atteggiamento non aveva niente a che vedere con quello di Sara, che mi era apparso di sottomissione, di accettazione, di rassegnazione a una dura prova. E tuttavia, se entrambe, Sara e Berta, appartenevano alla stessa specie animale, quella della madri, sembrava quasi impensabile che un atto riproduttivo identico potesse avere effetti così opposti. Mi lasciai convincere. Forse il problema era mio. Non mi rendevo conto del potenziale rappresentato per ogni donna dalla fertilità del suo ventre. Io non mi ero mai proposta di avere figli, non perché l'idea si opponesse al mio modo di essere, ma perché i figli mi avrebbero impedito di realizzare i miei progetti. A quel tempo prendevamo molto sul serio la nostra vita. Berta aveva scelto di dare un ruolo cruciale alla maternità. Io lo davo alla letteratura. Mi domando se non stessimo facendo la stessa cosa: cercare delle ragioni per continuare a vivere.

In ogni caso, non intendevo avere figli. E con Pedro la situazione non era tanto solida da incoraggiare un piano di tale portata. Cominciavo a dubitare della durevolezza della nostra convivenza. Era sempre più chiaro che ciascuno di noi si stava costruendo un piano di vita diverso. Le nostre ambizioni professionali ci stavano a poco a poco allontanando. Forse per lui questo non era un male. Ancora oggi penso che Pedro sarebbe potuto andare avanti così tutta la vita. Il suo era un lavoro disciplinato e concentrato, che aveva a che fare con la tecnica e con concetti statici come i volumi e gli spazi. Il mio invece si nutriva di vita e di complessità umana e, come un grosso animale mostruoso, chiedeva di essere nutrito di esperienze, conoscenze, varietà, nuove vittime sacrificali sull'altare dell'ispirazione. Non ero affatto sicura di poter continuare a vivere una vita ordinata e povera di stimoli accanto a un uomo che era poco più di un buon compagno, sobrio ed educato.

Ma questa è un'altra questione, il fatto è che lì c'era Sara, sdoppiata ormai nel suo piccolo alter ego con poche ore di vita. Ramona mi raccontò, anni dopo, che un giorno Sara, quando già era in analisi, le aveva descritto un'esperienza inquietante:

– Non so come, aveva cominciato a parlarmi della maternità. Non era una confidenza importante. Credo perfino che volesse apparire allegra e farmi ridere, con un resoconto particolareggiato del suo ritorno a casa dall'ospedale. Aveva trasportato la bambina in una di quelle ceste per neonati, tipo lettino portatile. Adrián aveva aperto la porta e lei si era infilata dentro con un po' di paura. Aveva guardato il soggiorno, rimasto un po' in disordine dopo la fuga precipitosa in ospedale. Di colpo notava particolari di cui prima non si era mai accorta: l'intonaco era scrostato sopra le finestre, il tappeto aveva delle macchie... E in quel momento si rese conto di non saper dove mettere la bambina. Ricordo le sue parole: «Non avevamo deciso un posto per lei, e se l'avessi posata dove capitava, mi sembrava che si sarebbe trasformata all'istante in una di quelle cianfrusaglie decorative che riempivano la casa e di cui non sapevo cosa fare».

– Il senso di colpa influì fin da subito sul suo ruolo di madre – dissi a Ramona.

– È vero, ma quella confessione fatta come per caso si spingeva parecchio più in là. Sara vedeva la sua casa, il suo spazio, il centro della sua vita, come una trappola. Quel giorno mi parve di sentire un animale selvaggio parlare della sua gabbia allo zoo. Angusta, insufficiente e piena di cose fastidiose e incomprensibili che, paradossalmente, sarebbero dovute servire a farlo sentire bene. Te le immagini le sue piccole sofferenze quotidiane in una casa dove si sentiva così a disagio? Che cosa significavano per lei le tende, i mobili, o quell'angolo meraviglioso in cui tutti noi amiamo sederci a leggere un libro? Niente, non significavano niente, solo un mucchio di ammennicoli da pulire e tenere in ordine secondo criteri di cui le sfuggiva completamente la necessità.

Io avevo sempre saputo che era così, anche se su un punto Ramona si sbagliava: le sofferenze di Sara non erano piccole, erano continue, ossessive, dolorose. So che si sentiva in carcere, o meglio, come un topo di laboratorio costretto a muoversi fra ostacoli misteriosi posti nella sua gabbietta. Rifare i letti, pulire, cucinare...

tutto era per lei una tortura assurda e meccanica. Odiava le poltrone, i quadri, i trofei portati dai viaggi, tutto quel che secondo la gente comune aiuta a vivere. Eppure, era rimasta lì, in quella casa, fino alla fine. Non aveva mai pensato di poter tornare in un appartamento in affitto come negli anni dell'università. Un appartamento pieno di gatti e di mobili altrui, dove forse anche sua figlia sarebbe stata più felice.

– Be'... – continuò Ramona, – ... eccola lì, con una bambina in carne e ossa che le pesava come una valigia, a girare per casa cercando un posto dove sua figlia potesse sembrare qualcosa di più di un mobile. La prima difficoltà sul suo cammino di madre aveva fatto in fretta a presentarsi, non è vero? Me lo immagino lo stupore di Adrián nel vederla aggirarsi così, come una sonnambula. Certo che ne aveva di pazienza, quell'uomo, oh, se ne aveva! L'idea di dover vivere con una donna poco dotata per la normalità quanto Sara avrebbe messo in fuga chiunque, molto prima di lui. La sua resistenza è stata da record.

– Forse se lui se ne fosse andato prima, Sara si sarebbe salvata.

– Ma no! Cosa dici? Non c'era salvezza per Sara. Può esserci salvezza per chi sovverte le regole, non per chi non le capisce. Lei era patologicamente passiva. Le personalità passive hanno bisogno di un messia che le salvi, e oggi nessuno ha la vocazione del messia, è finita la pacchia.

A quanto ne so, Sara smise di essere infedele a suo marito. L'escalation degli amanti distruttivi finì. Non le servivano più. Ora aveva sua figlia per autoflagellarsi con metodo.

In quel periodo tutti gli amici ancora celibi si sposarono. L'ultimo a farlo fu Gabriel. Sposò una certa Regine, comparsa inopinatamente sulla scena. Una ballerina inglese che insegnava danza in una scuola molto chic della città. Ci lasciò tutti a bocca aperta. Un tipo così schivo e incontentabile, uno che se ne fregava di tutto, incontrava una ragazza che non faceva parte della tribù e se ne innamorava al punto da sposarsi nel giro di due mesi. L'inglese non ci era simpatica, e Gabriel, che non era mai stato troppo socievole, si ostinava a portarsela dietro dappertutto. In più lei era di un vegetarianismo radicale. Mangiava solo frutta e verdura e rifiutava tutto quanto fosse fatto di pelle, perfino le scarpe. Quella sua regola, strettamente osservata, ci infastidiva moltissimo. I problemi politici e sociali del mondo ci parevano troppo gravi perché qualcuno potesse mettere tanto impegno in una questione banale come il cibo. Non che noi ci dessimo molto da fare per risolvere i problemi del mondo, questo è chiaro, ma almeno eravamo consapevoli della situazione e non cercavamo di coprire le nostre omissioni con scelte marginali. Eravamo una tribù dispersa, questo sì, ma intollerante.

Regine, con il suo vegetarianismo e animalismo, giungeva a limiti imbarazzanti. Si spostava perennemente con un set di padelle dove mai nulla era stato fritto con grassi animali, e se era ospite in casa di qualcuno, insisteva nel voler mangiare solo pane e margarina. Solo così riusciva a garantirsi la purezza della sua dieta. Naturalmente Gabriel non la assecondava al cento per cento, ma la difendeva da chiunque osasse criticarla.

Non disse mai di essere innamorato; a quei tempi si evitava l'ostentazione, anche minima, dei sentimenti. Ma lo era, sarebbe impossibile spiegare altrimenti quel che giunse a fare per lei. A un certo punto pensai addirittura che Sara non fosse la sola fra noi ad essersi lasciata catturare in una spirale di disintegrazione della personalità.

L'inglesina decise per un po' di affiancare alle lezioni di danza le esibizioni in un locale notturno della città. Non si trattava di strip-tease, ma di uno spettacolo di rivista un po' piccante. Sapeva che una ragazza aveva lasciato il corpo di ballo a pochi giorni dal debutto e c'era bisogno di sostituirla. Pagavano bene, e aveva accettato. Per Gabriel fu l'inizio di una via crucis. Contro ogni convinzione di modernità e apertura, Gabriel era geloso. Non riusciva a sopportare che sua moglie ballasse in pubblico seminuda, in uno spettacolo basso e volgare. Cominciò ad assistere a tutte le repliche, finché Regine non gli chiese di smettere. L'idea che lui si trovasse seduto in platea, che la fissasse con sguardo attento e censorio, la imbarazzava e la faceva sbagliare. Lui non ci andò più, ma la cosa peggiorò, perché andava ad aspettarla ogni notte all'uscita degli artisti con un coltello in tasca, temendo che qualcuno potesse mancarle di rispetto.

La sua gelosia divenne un'ossessione tale da minacciare la stabilità del matrimonio. Tutti gli amici di Gabriel, me compresa, lo criticavano per il suo atteggiamento. Cosa credeva di essere, un gangster che protegge la sua donna? Ecco cosa gli capitava, per essersi allontanato dal gruppo. Soltanto a lui poteva venire in mente di unire la sua vita a quella di una ragazza così priva di cultura.

La cosa mi diede da pensare. Ormai la nostra vita di studenti era finita. Il tempo in cui avevamo collocato la realizzazione dei progetti, dei sogni, delle prospettive, era arrivato. E allora, quali frutti stavamo raccogliendo nel presente? Alcuni di noi si erano inseriti nel sistema senza grande immaginazione, altri vagavano ai margini in una specie di bohème. Forse non c'era molto altro da aspettarsi, eravamo arrivati molto in fretta al capolinea. I nostri propositi non si sarebbero realizzati, erano così confusi, così tinti di ideologia e di teoria, che non si capiva come avessimo fatto a prenderli sul serio. Ispirazioni generazionali, progetti personali... di che cosa stavamo parlando?

Naturalmente era una situazione che non poteva durare. Ben presto Regine e Gabriel si separarono. Lui rimase gravemente ferito da quel primo divorzio, non tanto per il fallimento sentimentale, ma per gli aspetti della sua personalità che il rapporto con Regine gli aveva rivelato. Non poteva negarlo, e a suo merito posso dire che non lo fece. Lui, che voleva diventare un artista totale, un provocatore e un fustigatore delle convenzioni, si era trasformato in un uomo capace di girare con un coltello in tasca, pronto a sfregiare in una rissa di strada chiunque tentasse un approccio indebito alla sua donna. Non fu facile per lui superare quella consapevolezza umiliante, e quando ci riuscì non era più lo stesso. Fu assalito dai primi dubbi sulla propria integrità, e anche dai primi sospetti sulla genialità della sua pittura. Si pentì di tutto quanto aveva fatto per quella donna, ma soprattutto della quantità di fagiolini, tofu e frutta biologica che aveva ingurgitato, di tutte le padelle che aveva dovuto buttare nella spazzatura perché contaminate dalle bistecche ai ferri. Non aveva nulla da rimproverare alla sua ex moglie, se non quell'insistenza sulla purezza alimentare. Continuava a ripetere, convinto:

– Ma secondo te ha senso essere vegetariani e animalisti in un paese come la Spagna? No, che non ce l'ha. Non si possono dimenticare le tradizioni. La Spagna è un paese dove si ammazzano i tori la domenica, dove ci si riunisce nelle aie a sentir gridare un maiale sgozzato. Io ho dimenticato la tradizione. L'Inghilterra è un'altra cosa. Noi non abbiamo avuto il tempo di adattarci alla civiltà. Come possono essere compatibili due mondi così diversi? Impossibile. Pesano sulle nostre spalle troppi secoli di miseria, di vita rurale, di ignoranza.

Quel discorso così ben argomentato era anche un tentativo di giustificarsi. I mali di Spagna gravavano su di noi come le catene di un penitente. Ma era una teoria che Gabriel esponeva a beneficio degli altri, dentro di sé era ferito nella sua autostima.

Dopo la separazione si diede per qualche mese a frequentare le vecchie amicizie. Vedeva Berta, Ramona, me, e stranamente cominciò ad andare a trovare Sara. Mettevano la bambina sul passeggino e andavano al parco, a prendere il sole. Capii subito che con lei si trovava bene. Con lei non sentiva la necessità di giustificarsi come di fronte a tutti gli altri. Sara se ne fregava dei mali della Spagna. Le sembrava normalissimo che Regine mangiasse solo verze e datteri, e il fatto che Gabriel appartenesse a un popolo che assassinava i tori le era del tutto indifferente. E poi, la loro separazione non la sconvolgeva. Ascoltava e diceva sempre di sì. Per di più, lei era tutta presa dal suo marasma materno.

Io non la vedevo da tempo, ogni tanto ci parlavamo brevemente per telefono, ma la trovavo sempre fredda, distante, come avvolta da una nube di gas ignoti. Nulla di quel che intuivo mi incoraggiava ad andarla a trovare, e lei, con la bambina così piccola, non poteva certo uscire a bere qualcosa con me. Per questo cercavo di farmi raccontare da Gabriel che cosa stesse succedendo in casa sua, come conducesse la sua vita di madre. Ma Gabriel era un pessimo cronista dei fatti quotidiani, ed era del tutto incapace di intuire gli stati psicologici della gente; anche oggi credo che non li percepisca affatto. Così mi rispondeva con luoghi comuni e frasi fatte, che non mi dicevano niente.

– Come sta Sara? È contenta della bambina?

– Sì, contentissima. La porta a passeggio tutti i giorni e la bambina cresce a vista d'occhio. Così dice lei, a vista d'occhio.

– Ed è capace di occuparsene come si deve?

– Cosa vuoi dire?

– Be', lo sai, tutte le cose tecniche: i biberon, i pannolini, gli orari...

– Sì, sì, certo! È bravissima. Ha una specie di thermos che porta sempre al parco. Lì il biberon rimane alla temperatura giusta. La bambina lo prende quando ha fame, così non c'è bisogno di tornare a casa. Sembra una cosa molto pratica.

Quell'informazione non mi serviva a niente, non mi offriva il minimo indizio per capire cosa stesse succedendo. Ma forse i miei timori erano eccessivi e la maternità era caduta su Sara come un manto benefico, facendo di lei un'altra donna, capace di prestare alla sua bambina le cure più efficienti e affettuose. E forse quel manto era così ampio da dare pace e serenità a tutta la casa.

Un giorno, finalmente, mi decisi ad andarla a trovare. Avevo lavorato tutta la mattina e le telefonai per farmi offrire un caffè, a casa sua. Lei si disse felicissima dell'idea, così avrei visto quant'era cresciuta la bambina.

Erano quasi le quattro quando arrivai. Sara, contrariamente a quanto mi aspettavo, era molto dimagrita. Aveva i capelli in disordine, poco puliti, e portava un golf che puzzava di latte inacidito. Tutta la casa era impregnata di odori: acqua di colonia per neonati, talco, panni sporchi e aria viziata. La bambina dormiva sul divano, dove Sara aveva steso vari asciugamani di spugna. In effetti era molto paffuta e carina. Aveva sei mesi. Ci sedemmo al tavolo da pranzo a chiacchierare, ma la conversazione procedeva stentatamente. Innanzitutto, eravamo costrette a parlare a voce bassissima per non svegliare la bambina. Riconosco che era un piacere vederla dormire, ma non poteva portarla in un'altra stanza, se sapeva che aveva il sonno tanto leggero? In ogni caso, sarebbe stato difficile comunicare nello stato in cui si trovava Sara. Era assente, ansiosa, preoccupata. Si alzava ogni cinque minuti per andare a vedere la bambina, che si trovava a due passi da noi. Se per un attimo riusciva a immergersi nella conversazione, di colpo trasaliva, come se si fosse ricordata di qualcosa di molto importante, e girava lo sguardo verso il divano con aria allarmata. Era ossessionata da quella bambina così piccola, capace solo di mangiare e di dormire, non c'era bisogno di essere dei campioni di perspicacia per capirlo. Mi ero ripromessa di non parlare di nulla che avesse a che fare con le sue condizioni psicologiche, ma non riuscii a evitarlo.

– Non credi di preoccuparti troppo per la bambina? – le dissi. Lei sorrise enigmatica e rispose:

– No, almeno questa volta, devo riuscire.

Tutti i miei timori erano confermati. Sara aveva concentrato sulla figlia tutte le speranze di rimediare al fallimento della sua vita. Voleva riuscire. Poteva essersi persa in un labirinto matrimoniale e sociale di cui ignorava i meandri, ma con la bambina sarebbe stato tutto diverso. Perfino gli scimpanzè hanno dei cuccioli, e li amano e li curano, non poteva essere tanto complicato. Questa volta, e proprio su un terreno fondamentale, il più sacro, quello della maternità, avrebbe dimostrato di essere brava quanto tutti gli altri, di essere normale. In passato aveva abortito, ma come Berta le aveva magicamente annunciato, la vita concede a volte una seconda chance, e questa era la sua.

Una partenza delle più allarmanti. Nulla di buono poteva venir fuori da quell'accanimento materno. Soprattutto se per Sara essere una madre perfetta voleva dire rimanere costantemente in uno stato d'allerta inutile quanto stressante. Ma non avevo ancora visto tutto. Quel pomeriggio aveva in serbo per me delle scene che facevano presagire il disastro.

Alle sei in punto Sara guardò l'orologio e disse:

– È l'ora del bagnetto. Ti piacerebbe vederlo?

Sì, certo, il bagnetto di un neonato è uno spettacolo intimo e gioioso, e mi sarebbe piaciuto moltissimo assistervi. Sara si diresse verso il divano e, sebbene la bambina dormisse ancora, cominciò subito a spogliarla. Proprio come avevo immaginato, la bambina, svegliata all'improvviso, si mise a piangere, ma Sara non le badò. Sempre più ansiosa e goffa nei preparativi, era decisa a farle il bagno come se ne andasse della sua stessa vita. Ma la bambina, sempre più irritata, si contorceva, tutta nuda fra le sue braccia, mentre lei cercava di deporla nella piccola vasca di plastica, gridava infuriata fino a diventare paonazza, quasi le mancava il respiro. È vero che non avevo mai visto nessuno così privo di abilità come Sara, ma nemmeno avevo mai visto un neonato impegnarsi così a fondo in una protesta. La tensione era insopportabile, e quando portai a Sara gli asciugamani che aveva scordato di preparare per la fine del bagno, non vedevo l'ora che quello spettacolo spaventoso finisse.

Sara asciugava la bambina con movimenti bruschi che volevano apparire esperti senza riuscirci. Aveva i capelli arruffati, le guance rosse per lo sforzo. Si fermò un attimo, mi guardò e, forse per anticipare le mie osservazioni o sventare un rimprovero, disse:

– So benissimo quel che sto facendo. Ci sono due scuole per la cura dei neonati. Secondo quella francese è il bambino a decidere tutto. Lo si lascia dormire finché ne ha voglia e gli si dà il latte solo quando ha fame. Secondo quella tedesca, invece, bisogna imporre un orario preciso che non deve cambiare mai. Adrián ed io abbiamo scelto quella tedesca.

Annuii con molta serietà. Quelle idee per me erano arabo, come lo erano probabilmente anche per lei. Francamente, nel corso di quel bagnetto, avevo temuto che Sara, colta da una crisi di follia, finisse per affogare sua figlia. Ma poi, una volta informata sulle scuole di puericultura, capii che non sarebbe mai successo niente del genere. Sara aveva scelto se stessa come vittima, e la bambina avrebbe ricevuto solo di rimbalzo gli effetti negativi di quell'autoflagellazione sistematica.

La salutai con una certa precipitazione perché non sarei riuscita a reggere un momento di più. Ero sicura che la bambina, crescendo, avrebbe fatto il possibile per restituire alla madre tutte le sofferenze cui le era toccato assistere. Dubitavo che un essere capace, a soli sei mesi, di protestare con tutta quella rabbia e ostinazione, sarebbe riuscito a sviluppare un senso di tranquillità e comprensione del mondo. No, avrebbe restituito tutti i colpi uno per uno, vendicandosi dell'aggressività nascosta in quella dedizione così impetuosa e ossessiva.

Lasciai Sara in quel soggiorno ridotto a un campo di battaglia e decisi di non rimetterci piede per molto tempo. Avevo i miei problemi, e non ero disposta ad assistere al deteriorarsi della mia amica fino alle estreme conseguenze. Perché ormai era chiaro: invece di rappresentare una salvezza, per Sara la maternità era l'inizio della fine. La sola cosa che non si sapeva era quanto avrebbe resistito prima di arrivare al crollo, e attraverso quali prove sarebbe passata. Non mi sbagliavo, anche se è vero che non avrei mai creduto che potesse durare così a lungo, e nemmeno che le sue vicende sarebbero state così variopinte.

In quel periodo Pedro ed io decidemmo di separarci definitivamente. Non vi fu una rottura violenta né una lite fra noi. Decidemmo di comune accordo. Ci eravamo sposati in base a un patto, e ci separammo in base a un altro patto, o forse al medesimo. Tutto molto civile e razionale, come gli anni che avevamo passato insieme. Non avevamo figli né beni in comune, quindi fu facilissimo sciogliere il matrimonio legalmente. Perfino il giudice, abituato all'anticonformismo che imperava ai nostri tempi, ci disse con un mezzo sorriso: «Un errore di gioventù, non è vero?».

Sì, può darsi che il nostro fosse stato un errore di gioventù senza importanza, ma non mi aspettavo di provare un dolore così intenso. Insieme, ci eravamo creati delle abitudini, avevamo sviluppato delle manie, e così uscire da tutto quanto e affrontare il mondo da sola non mi era facile. Mi resi conto che qualunque relazione sentimentale avessi avuto in futuro sarebbe stata priva di quel senso di amicizia e crescita congiunta. Ma me la cavai bene. Avevo pubblicato il mio primo romanzo e avevo l'impressione che un mondo nuovo mi si stesse aprendo davanti.

Le mie care amiche furono affettuose e piene di premure per me. Vedevo spesso Ramona, a pranzo. Ridevamo. Come sempre, lei si innamorava degli uomini migliori, dei veri campioni, i più belli, i più brillanti professionalmente. Come sempre, non aveva la minima possibilità di essere corrisposta. E non tentava quasi mai un avvicinamento, viveva le sue passioni in silenzio. Ma sembrava che la cosa non le dispiacesse troppo. Le sue confidenze finivano sempre in tono francamente scherzoso. Credo che si preparasse a rimanere sola per tutta la vita. Era sempre più impegnata nel mondo della psicanalisi. Il suo studio andava bene, lei era soddisfatta dei risultati ottenuti con l'analisi didattica, obbligatoria per l'esercizio della professione, alla quale si sottoponeva presso un medico argentino. Si affannava a costruire gli argini per il fiume della sua vita. Immagino che tutti noi lo stessimo facendo.

Berta veniva spesso a trovarmi nella mia nuova casa. Preferiva non lasciarmi sola in un momento come quello, sebbene fosse molto occupata con il marito, i figli, la facoltà. A dire il vero, capivo molto bene che

Berta amasse influire sulla vita degli altri. Era pratica, sbrigativa, e l'aiuto che prestava era reale. Mi accompagnò a comprare tutte le suppellettili della cucina, che avevo dovuto lasciare nella casa del mio ex marito. Sapeva collocare le cose nella loro giusta dimensione, era portata a smitizzare. Non c'è motivo di fare di una separazione una tragedia, mi ripeteva. In realtà, anche lei stava pensando alla possibilità di separarsi. Si era sbagliata sul conto di suo marito, sebbene trovasse ingiusto dirlo in questo modo. Preferiva vedere la cosa in termini di adeguamento. Lui non si adeguava a lei, avevano ritmi diversi. Lui vedeva l'esistenza come una lunghissima successione di eventi, uno dietro l'altro, a bassa velocità, mentre lei aveva sempre l'impressione che la vita dovesse finire l'indomani e che bisognasse fare tutto in fretta, accelerare. Troppi progetti, troppi impegni, oltre al mucchio di proposte che venivano dal mondo, impreviste, e che non era il caso di disdegnare.

Berta sapeva quali erano i veri valori della vita, non aveva dubbi in proposito. Erano del tutto prive di senso per lei tutte le domande senza risposta che giungono a un'unica conclusione: la vita è assurda. Può anche darsi che lo sia, assurda, ma già che ci siamo cerchiamo di prenderla il meglio possibile, cerchiamo di sfruttarne le possibilità secondo un ordine, pareva affermare Berta con il suo atteggiamento. Probabilmente, non ci si scosterebbe troppo dalla verità affermando che lei agiva come se la vita avesse un senso dall'inizio alla fine. Sarà anche stata una posizione poco analitica, la sua, ma si rivelava molto intelligente, se per intelligenza intendiamo l'adattamento alle circostanze malgrado le difficoltà.

A quel tempo aveva già due figli, e li aveva tirati su con perizia, dominando bene la situazione. Si avviavano a diventare ragazzi sicuri di sé, ben adattati, lavoratori, con tutte le virtù che contano sul mercato più o meno invariabile dei valori umani. A me non muoveva alcun rimprovero sulle mie scelte. Non che io avessi un adattamento invidiabile alla vita, ma sapevo come muovermi in un mondo al quale avevo in parte rinunciato. Non sarei mai diventata una donna pratica, rampante, assennata. Non avrei mai dato il più piccolo contributo alla lotta per l'emancipazione femminile. Avevo scelto una via collaterale, marginale, che mi rendeva inadatta a impegnarmi in nome dell'intera comunità delle donne. La letteratura, il fatto stesso di scrivere, mi relegava ai margini di tante cose importanti che sarebbe stato necessario fare. Non avrei mai avuto un ruolo di rilievo in un'organizzazione sindacale, non avrei mai rivendicato soluzioni per i semplici problemi che tuttavia sono alla base della vita quotidiana. La mia indole di intellettuale incline alla narrativa non mi portava a essere impegnata. Avrei mai scritto un'opera cruciale come il *Secondo sesso*? Di sicuro no, mi sarei limitata a confezionare romanzi dal contenuto ambiguo nei quali non avrei fatto altro che testimoniare dei tanti dubbi che assillano l'essere umano in quanto tale. Naturalmente non mi dicevo tutto questo in modo chiaro, ma me ne rendevo conto, recepivo il messaggio senza possibilità di errore. Non era di donne come me che c'era bisogno. Ma di donne capaci di lavorare e al tempo stesso di allevare figli sani, donne abbastanza spiritose da truccarsi o seguire le diete dimagranti e insieme di riconoscere che queste non erano le cose importanti, ma solo abitudini contro cui non valeva la pena battersi.

Berta mi parlava di Sara. Secondo lei, finalmente la sua vita funzionava alla perfezione. Adorava la bambina e si dedicava interamente a lei. Superati momenti di disorientamento, ora riusciva a dare un senso alle cose e a comportarsi come tutti, senza alcun bisogno di ricorrere a strani rituali distruttivi. Andava a lavorare, si occupava delle faccende domestiche, delle esigenze quotidiane... era serena. Un giorno che ne parlavamo, Berta si mise a ridere:

– Figurati che sta già pensando alla scuola della bambina. Non correre, le ho detto, è ancora troppo presto. Ma lei insiste. Ci credi? Sara impegnata in una cosa del genere? Chi l'avrebbe mai detto? Ma succede, quando qualcuna ha dei conflitti interiori, tendiamo a pensare a soluzioni complesse, quasi impossibili, mentre il segreto sta nella massima normalità, e funziona nel novanta per cento dei casi.

La ascoltavo annuendo con un sorrisetto impenetrabile, non volevo lasciarle capire che non ero per nulla d'accordo. Anche se non avevo più rivisto Sara, le tensioni che avevo percepito a casa sua non potevano essersi dissipate. Berta non mi aveva chiesto come mai non mi fossi più interessata alla nostra amica, e se non l'aveva fatto era perché sapeva bene come la pensassi. Da tempo non avevo espresso la mia opinione, ma le mie idee non erano cambiate. Tutti gli aiuti, i consigli, le mani tese verso Sara, non erano che una castrazione. Ma non potevo dirlo, soprattutto perché il concetto stesso di una Sara non castrata sembrava aprire una rosa di prospettive messe al bando dalla società: alcolismo, disordine, emarginazione, forse perfino la morte. Solo a una scettica dedita alla finzione come me sarebbe potuto venire in mente di proclamare il diritto a una vita così disastrata. È bello affermare che ciascuno deve poter seguire i propri istinti, ma chi si occupa poi di raccogliere gli sfortunati che cadono lungo la strada? Cliniche di disintossicazione, assistenti sociali che vanno a trovare le vecchiette sole, malattie veneree, aids... No, non avrei combattuto affinché Sara potesse correre tutti i rischi che la sua personalità comportava. Forse Berta aveva ragione. Adesso Sara aveva un marito, una figlia, un lavoro... le cose per cui la gente vive e si arrabatta. Eppure, chi poteva essere certo che quel che le passava per la testa la lasciasse tranquilla? E se avesse patito enormemente per quel successo sociale che non aveva mai desiderato? Non è questo alla fine l'importante? Il modo in cui percepiamo soggettivamente la realtà?

Bene, sono giunta alla conclusione che la nostra mente funziona in modo abbastanza autonomo, spesso ignorando la realtà che dovrebbe nutrirla. Io stessa avevo creduto che la mia separazione da Pedro sarebbe stata indolore, e non lo era stata. Più tardi pensai che quel dolore sarebbe durato molto a lungo, e invece non durò. Infine, ero fermamente convinta che non mi sarei più innamorata, e invece mi innamorai. Mi innamorai davvero, con un'intensità che mi dimostrò fino a che punto il mio precedente matrimonio fosse stato privo di passione. Che cos'era stato? Un'associazione fra amici, una convivenza temporanea con un collega? Niente di paragonabile a quel che provai più tardi. L'intero processo, al quale a volte non ebbi consapevolezza di partecipare volontariamente, durò tre anni. E i miei pensieri di allora, quei pensieri di fondo che costituiscono la nostra coscienza, furono gli stessi che avrebbe avuto chiunque al mio posto? Non lo so, ma credo di no, e questa sensazione di indipendenza e di eccezionalità era quella che mi riempiva di speranza. La stessa speranza che mi soccorre quando qualcuno muore in circostanze tragiche, al termine di grandi sofferenze, consentendomi ancora di credere che la sua mente fosse da un'altra parte in quei momenti, e che non sia stato orrore né disperazione quello che ha provato.

Purtroppo, il caso di Sara era l'esatto opposto. La sua vita scorreva perfettamente sui binari prescritti, ma la sua mente era incapace di provare la felicità corrispondente alla situazione. Ne fui certa quando mi telefonò tre anni dopo, quando ormai da mesi vivevo con Armando. Dopo tanto tempo, non mi chiamava certo per darmi una buona notizia. Ormai aveva associato la mia persona alla disgrazia, e non era un caso che avesse chiamato me. Sapeva che io sapevo. La calma apparente della sua vita non mi avrebbe ingannata. Io sospettavo il persistere delle sue pulsioni negative, della sua irritazione, della sua infelicità. Per questo aveva cercato il mio numero, per raccontarmi la verità, una parte della verità, senza deludere nessuno. Io non mi aspettavo altro da lei, quindi di fronte a me il suo fallimento sarebbe stato meno grave. E poi non c'era bisogno di cercare tante spiegazioni, la situazione era abbastanza critica da spingerla a chiamare chiunque: Adrián la stava lasciando. Se ne andava con un'altra. Capii che qualcosa di sostanziale era cambiato in lei, o che qualcosa si era spezzato. Ci incontrammo in un bar, e non appena fummo sedute, cominciò a lamentarsi. Era la prima volta che la vedevo lamentarsi di qualcosa, non l'avevo mai vista in quell'atteggiamento tanto tipico di tutte le donne in situazioni simili. La cosa non mi piacque. La mia amica così fuori dall'ordinario, così originale, era caduta nella trappola della banalità, e ormai vedeva il mondo come tutti i comuni mortali.

Da tre mesi era quasi sicura che Adrián avesse un'amante. Aveva cominciato a sospettarlo perché rientrava tardi dal lavoro e rispondeva al telefono a monosillabi, per poi riattaccare subito se lei era presente. E poi usciva all'improvviso senza avvertire, e stava fuori a lungo. La cosa la infastidiva e la riempiva di gelosia. Un giorno suo marito aveva voluto portarla fuori a cena, loro due soli, con il pretesto di poter parlare a lungo con tranquillità. Da quando erano sposati non le aveva mai proposto una cena intima in un modo così formale, e nemmeno una conversazione che andasse al di là della consueta comunicazione quotidiana. Lei aveva capito che era giunto il momento della confessione.

Era infuriata mentre parlavamo, e mi resi conto che non l'avevo mai vista così. Né tanto meno l'avevo mai sentita lamentarsi come lo faceva ora, dopo avermi convocata per farmi delle confidenze e rendermi partecipe di una storia così sordida. Era cambiata. Mi sentivo talmente delusa che cominciai a replicare prima ancora che fosse arrivata a una conclusione.

– Ma, Sara, non capisco perché questo ti infastidisca tanto, anche tu gli sei stata infedele.

– Certo, lo so; e se devo essere sincera non avrei mai pensato di soffrirne così tanto. Però è così, mi sento malissimo, non so cosa fare.

– Forse dovresti lasciarlo in pace, dargli una tregua, permettergli di vivere la sua storia.

– La sua storia? Non ti interessa sapere cosa mi ha raccontato?

– Ma sì, continua pure, parla, ma credo di aver già capito che...

Mi interruppe con una manata sul tavolo che fece saltare le tazze da tè. La gente tutt'intorno si voltò a guardarci. Lei abbassò la voce e mi fissò con gli occhi accesi da una ferocia che non le conoscevo.

– Si è innamorato di un'altra, lo capisci? Qui non si tratta di scopare, non è un brutto momento di cui vuole parlarmi per mettere a tacere la sua coscienza. Quella gli piace, fa la traduttrice o qualcosa di simile, una donna stupenda e tutta d'un pezzo, così me l'ha descritta. Ma per te è tutto lo stesso, tu ti tieni sempre fuori dalle cose, da vera intellettuale di merda. Ma cosa cerchi nella gente? Ispirazione per scrivere?

Sarebbe stato meglio lasciar perdere, darle ragione, ascoltarla, cercare di tirarla un po' su e tagliare la corda il prima possibile. E poi aveva ragione. La definizione che aveva dato di me non si discostava troppo dalla realtà. Sarebbe stato facile risponderle facendo proprio ciò di cui mi accusava: tenermi fuori del gioco e osservare. Ma ormai era impossibile, ero coinvolta perché la cosa mi addolorava, mi sapeva di presa in giro, di fallimento. Ero impazzita, o quella era la stessa Sara con la quale avevo riso fino a cader per terra anni prima, quando mi descriveva le nuove acquisizioni della sua insuperabile collezione di falli? Erano riusciti davvero tutti quanti ad annullare la sua personalità fino alla completa cancellazione? Se il risultato finale fosse stato un foglio bianco, sarebbe stato ancora passabile, ma non era un foglio bianco quello che avevo davanti, era un orribile fantoccio di donna convenzionale che chiama un'amica per consolarsi e mettere al muro il marito infedele. Sara, ridotta a casalinga frustrata e cornificata? Se davvero si sentiva così, non aveva il minimo diritto a venircelo raccontare, almeno non a noi, che l'avevamo conosciuta e ammirata come donna libera, iconoclasta, divoratrice di piaceri.

Ma non riuscii a lasciar perdere. Non stetti zitta, non le diedi l'opportunità di mettere a nudo la sua anima tormentata; anzi, in uno sfogo impensabile per me, alzai la voce oltre il limite delle convenienze, e le dissi:

– Preferisco mille volte essere un'intellettuale di merda che una casalinga piagnona e indolente!

Quegli occhi grandi e neri che aveva, bellissimi, rimasero per un momento in sospeso, come se non mi capissero, come se tutta l'aggressività che vi era nelle mie parole non potesse venire da me. Poi fece una di quelle cose così tipiche di lei, così speciali e così pazze, capaci di mettere fine a ogni discussione salvando sempre l'amicizia. Scoppiò a ridere a crepapelle. Non era una risata isterica o forzata, ma una risata vera, irrefrenabile, che la riempì di rossore. Non riusciva a fermarsi. Mi contagiò e mi misi a ridere anch'io. Poi fu lei a voler uscire di lì per andarci a ubriacare da un'altra parte.

E così facemmo, passammo da un locale all'altro bevendo cocktail fino a non poterne più. A un certo punto della notte mi tradii e tornai sull'argomento che avevamo abilmente aggirato malgrado la crescente ebbrezza. Fu un duplice tradimento, perché le diedi anche un consiglio, se poteva definirsi consiglio quel suggerimento dettato dall'alcol:

– Vattene, Sara, scappa. Molla tutto e va' via. Riparti da zero.

– E la bambina?

– Lascia anche la bambina, se ne occuperà Adrián. Perché non ti cerchi un lavoro in un'altra città?

Lei scosse la testa sorridendo e non volle rispondermi. Si perse in qualche fantasia strana, o forse nel suo senso del dovere, e poi disse, a voce bassissima:

– No, la bambina no.

Anni dopo, Ramona mi rimproverò per quella serata, di cui Sara le aveva parlato, e lo fece molto duramente. Le era parso orribile che io non l'avessi lasciata sfogarsi e trovare sollievo alla sua angoscia, che le avessi dato della casalinga idiota. Ma, con Ramona, era ovvio che le ragioni psicologiche venissero prima di tutto. Secondo lei, la sola cosa che mi preoccupava era quel che Sara rappresentava per gli altri. Non riuscivo a rassegnarmi al fatto che non esistessero donne libere, senza alibi sentimentali né ideologici, donne capaci di anticonformismo allo stato puro e di passione per i piaceri e l'individualità. Per molto tempo ero vissuta nella convinzione che Sara rappresentasse uno di quei rari esemplari, e non potendo rinunciare all'idea, preferivo ignorare la verità. Di quel che davvero provava la mia amica mi importava ben poco; lei era solo un simbolo per me.

Ramona aveva ragione e al tempo stesso aveva torto. Che cosa segna la differenza fra quello che siamo e quello che rappresentiamo? Dobbiamo per forza amare qualcuno per quello che è? Sì, certo. Ma lo è quando si mostra agli altri, quando prova dei sentimenti, quando ragiona, o quando sviluppa il suo monologo interiore nella più stretta intimità? La psicologia semplifica le cose nel tentativo di spiegare tutto.

In ogni caso, dal momento che quel giorno non ero ubriaca, né in collera, né mi sentivo emotivamente toccata da quel che diceva Ramona, non feci altro che risponderle nel modo più coerente possibile, senza tentare di scusarmi né di difendermi. Indipendentemente dal fatto che io avessi ascoltato o meno le confidenze di Sara, tre mesi dopo quella notte finita in sbronza, suo marito la lasciò. Andava a vivere a Strasburgo con la donna tutta d'un pezzo. Avrebbe visto la bambina un paio di volte l'anno, a Natale e durante le vacanze estive. Avrebbe passato loro un tanto al mese. Degli aspetti legali della separazione si sarebbe parlato più tardi, quando lui avesse avuto le idee più chiare ed entrambi fossero stati in grado di prendere una decisione di comune accordo.

Potrei dire che Sara crollò, ma non fu così. Sara non si concesse alcun crollo, perché aveva una figlia e doveva essere la sua ancora di salvezza. Credo che si sentisse particolarmente tradita perché non aveva mai pensato al matrimonio come a qualcosa di desiderabile e importante. Era come se qualcuno l'avesse persuasa a trasferirsi agli antipodi per il suo bene e, una volta lì, in un paese sconosciuto, l'avesse lasciata sola, nell'impossibilità di fare alcunché, con le navi bruciate. Ma lei non si rivoltò. Berta e Ramona, le amiche a cui aveva dato ascolto quando le avevano consigliato di sposarsi, furono di nuovo convocate, consultate, ascoltate e venerate. Più di quanto non lo fossero mai state. E la bambina di tre anni, che già aveva mosso i primi passi sulla via dell'odio più accanito nei confronti della madre, divenne la protagonista della scena per la moglie abbandonata.

Gabriel mi sta preoccupando. Non mi dispiace che venga a trovarmi, è una presenza più che tollerabile.

Ma ultimamente parla troppo, e non voglio che cominci a considerarmi come una specie di terapeuta silenziosa che ascolta tutto senza aprire bocca. Dovrei dirgli qualcosa, contraddirlo di tanto in tanto, ma non so da dove cominciare. Non dimostra più entusiasmo di me per le cose, e mi domando fino a che punto si senta davvero ferito nei sentimenti come dice. A volte ho l'impressione che si trascini per la vita di malavoglia, che sia sul punto di rinunciare all'azione. Mi ha detto che ultimamente la sua adorata moglie thailandese si infuria spesso con lui:

– È come se desse la colpa a me perché non ha ottenuto il successo che vorrebbe come artista. Non può argomentarlo razionalmente, certo, e allora mi ferisce continuamente in modo gratuito. E visto che non conosce abbastanza bene lo spagnolo per essere ironica o per battermi dialetticamente, va su tutte e furie, mi maledice nella sua lingua, mi insegue da una stanza all'altra chiedendomi spiegazioni della mia passività. Non ti immagini fino a che punto riesce ad arrivare, la collera degli orientali è temibile, credimi. Lo sanno tutti che il carattere orientale è fatto di grandi contrasti, di brusche impennate e ripide discese che vanno dalla più tenera delicatezza alla più spietata ferocia. All'inizio credevo che bastasse sopportare e tacere, non accettare le provocazioni. L'altro giorno si è resa necessaria la fuga, e me ne sono andato di casa. Non ho fatto niente di speciale, sono andato al cinema e all'uscita ho bevuto qualcosa in un bar. Al mio ritorno lei si era calmata, e abbiamo fatto l'amore.

«Mi domando cosa ci sia in me che eccita i sentimenti più violenti delle donne, gli istinti che si suppone voi non abbiate. Violenza fisica, aggressioni dirette, pugni alzati. Le donne mi hanno fratturato le costole, mi hanno insultato, hanno gridato così forte da spaccarmi i timpani, e sono sicuro che se qualcuna di loro ne avesse avuto il coraggio, mi avrebbe pugnalato, mi avrebbe piantato una forchetta in un occhio, mi avrebbero sparato, se avesse avuto un'arma a portata di mano. Sì, ridi pure, ma è così. Sono gentile, comprensivo, possiedo tutte le piccole virtù che dovrebbero facilitare rapporti distesi, civili. Eppure è inutile, tutte mi prendono a bastonate alla prima occasione.

«Naturalmente sono convinto che la colpa sia mia, del mio modo di presentarmi agli altri, poco propositivo e tendente all'inespressività. Se almeno riuscissi a perdere il controllo, a piangere, a ridere, a commuovermi, anche fingendo, come un attore, con apparente naturalezza... Ma è inutile, non ne sono capace, sono flemmatico, anche se dentro sono roso da mille denti di topo. Forse ad altre latitudini nessuno se ne accorgerebbe, o tutti lo riterrebbero normale, ma qui... Con la mia incapacità di reagire ottengo solo che le donne si sentano poco apprezzate. Loro credono che non le prenda sul serio, che me ne freghi dei loro lamenti, della loro disperazione.

– Be', è un rischio a cui ti esponi volontariamente, non fai che avviare una relazione dopo l'altra.

– Lo so, lo so, immagino che sia per via del sesso. Ogni volta pensiamo di essere arrivati davvero alla fine della corsa. Tu non ce l'hai mai questa sensazione? È duro riconoscere di aver già avuto tutto il sesso che ti spetta. Penso sempre che passando a un'altra donna si apra un periodo nuovo della mia vita. Nei primi tempi, mi dico: «Certo, dovevo ancora provare tutto questo». Il sesso riesce sempre a farci credere che lo stiamo riscoprendo da capo. Ma d'ora in poi ci penserò bene. Non ci saranno più nuove relazioni. Una volta che sarò riuscito ad allontanare la mia amata pittrice, deporrò definitivamente le armi. È finita, è troppo faticoso, troppo doloroso quando si arriva al fallimento. Non ha senso perseverare in una cosa che riesce sempre male. Anche se nutro ancora la speranza che questa storia non finisca.

Durante queste conversazioni provavo grande simpatia per Gabriel. A forza di voler essere sincero con se stesso, dimenticava il punto fondamentale, l'impossibilità di conoscere le nostre motivazioni più intime e, soprattutto, l'inutilità di questa conoscenza quando è quasi certo che, per quanto sappiamo dove stia l'errore, non saremo capaci di evitarlo quando se ne ripresenterà l'occasione. Non era così analitico da ragazzo, con lui avevi sempre l'impressione che stesse passando di lì per caso, che fosse diretto altrove, e che non si sarebbe fermato abbastanza a lungo da degnarti di attenzione. Forse per questo le donne lo aggredivano, per bloccare la sua mente volatile con un gesto concreto e inappellabile, materiale.

Devo dire, però, che Gabriel si comportò come qualcosa di più di una presenza passeggera quando Sara fu abbandonata da Adrián. Berta era riuscita a reclutarlo per la causa. Anche lui ebbe un ruolo in quella vita che sembrava stessimo costruendo pezzo a pezzo fra amici. Tutti, da quel momento in poi, ci trovammo qualcosa da fare, un compito, una quota nell'impresa di tirar fuori Sara dal baratro e darle la possibilità di riprendersi, anche se non era questo quel che Sara chiedeva, né l'aiuto di cui avrebbe avuto bisogno. Sara si lasciò cadere a peso morto e lasciò che fossero gli altri a raccoglierla. Berta la sollevò con tutta la forza che aveva e se la caricò sulle spalle. Noi ci limitammo a interventi puntuali. In questo modo il disastro che seguì è da imputare a più di una persona. Povera Sara, il peggio per lei era la singolarità del suo caso. Lei non rappresentava nessuno, non era il simbolo di nulla. È molto meno affascinante il caso della vecchietta che muore di fame nella sua soffitta perché si è giocata tutta la pensione al bingo, che quello della sua coetanea che muore di fame in Russia prima della rivoluzione. Ma chi può dire quale delle due morti sia più drammatica? Dare una risposta è difficile, se cerchiamo la verità, ma bisogna riconoscere che sulla vecchia russa si scrivono libri e si cercano spiegazioni storiche, mentre l'esempio della vecchia che butta via la sua pensione è visto solo come il risultato della demenza. No, non è così facile. Sara era la vecchietta del bingo, e nessuna cornice storica la aureolava di grandezza.

Nei primi tempi dopo la separazione cercò di riorganizzarsi, proprio come Berta le aveva consigliato. Naturalmente Berta aveva la sua vita, i suoi doveri e i suoi problemi, quindi non poteva dedicarsi anima e corpo a Sara. E poi, l'obiettivo da raggiungere, almeno sul momento, era che imparasse a vivere da sola e ad allevare sua figlia senza l'intervento costante di terzi. Il tutto fu pianificato come una campagna di aiuti internazionali a un paese colpito da una calamità naturale o da una grave recessione. Un paese del Terzo Mondo, certo, privo dei requisiti minimi di maturità e civiltà per fare da sé. Sara avrebbe ricevuto la consulenza tecnica di base, un sostegno morale costante e, se la situazione l'avesse richiesto, un intervento immediato.

È strano, ma tutta quell'organizzazione pareva motivata dalla presunta incapacità della nostra amica di reggere da sola il peso di una famiglia. Era anche un modo per sopperire alla delusione infertale da un uomo che, dopo averla spinta ad accettare i parametri sociali convenzionali, costringendola a dimenticare i propri, ora la abbandonava alla sua sorte. In fondo si trattava di risarcirla di una truffa. Questo dimostra chiaramente come nessuno pensasse che Sara avesse davvero adottato con convinzione gli usi e i costumi della tribù familiare. Ma adesso non era sola, aveva una figlia e un'unica scelta: rimanere dov'era. Come sarebbe potuta tornare alla vita della sua folle gioventù con una bambina di tre anni a carico?

La cosa più strana fu che nessuno di noi pensava alla delusione amorosa. Quelli che sarebbero stati i punti forti nella storia di una donna normale, vale a dire: il dolore per l'abbandono, per l'amore tradito, la mancanza della persona amata, la gelosia, il rancore, tutti i sentimenti tipici di queste situazioni, parevano non rivestire la minima importanza nel suo caso. Davvero nessuno pensava che Sara avesse amato Adrián, sia pure un poco? No, la commedia era stata prima incoraggiata e poi accettata in modo abbastanza mostruoso, e ancora oggi mi pare contro natura che persone colte e progressiste come si presume lo fossimo noi, in piena liberazione post-sessantottesca, fossero state capaci di unirsi in un'impresa così poco eroica: un matrimonio combinato. E includo anche me nell'obbrobrio, perché avrei potuto oppormi con voce forte e chiara e, se non avessi ottenuto nessun risultato con le mie proteste, avrei potuto andarmene indignata e non volerne più sapere di tutti i miei amici, Sara e suo marito compresi. Ma non avevo fatto nulla di tutto ciò, per questo la colpa è anche mia.

Sara si adattò perfettamente a quel programma di assistenza non scritto né stipulato, ma attivo. Si sentiva in diritto di esigere da noi un po' di collaborazione. Telefonava, ci dava appuntamento per un tè, una chiacchierata e, per la prima volta in vita sua, parlava molto. Tutto il resto era scritto sulle Tavole della Legge. Gabriel prestava l'assistenza tecnica per le riparazioni di casa, Berta la indottrinava, Ramona le dava sostegno psicologico, io la incoraggiavo... Credo che in fondo io fossi l'unica con cui si permettesse di aprire un poco il suo cuore, di mostrare il suo vero «io». In un certo senso, le servivo da complice. Mi chiamava, ci trovavamo da qualche parte (io cercavo sempre di evitare casa sua per il terribile senso di claustrofobia che mi suscitava) e chiacchieravamo. Era stupefacente come fosse cambiata. Mentre prima si esprimeva in modo schematico e non raccontava mai nulla della sua vita quotidiana, ora lo faceva senza nessuna inibizione. Parlava. Mi pareva che nelle conversazioni con me cercasse di esprimere il suo stupore per tutte le cose che si vedeva costretta a fare nella sua nuova vita di madre sola.

Mi ricordo di un pomeriggio in cui ci trovammo per prendere un caffè. A quel tempo portava già la bambina alla scuola materna, e aveva più tempo. Ma alle quattro in punto usciva di corsa dal bar per non arrivare tardi a prendere sua figlia. Ebbene, mi raccontò come fossero le sue attese davanti alla scuola, come lei le vivesse. La maggior parte delle madri avevano più di trent'anni e si vestivano per andare a prendere i figli come se stessero andando a un cocktail: ciglia cariche di rimmel, capelli fissati con il gel, abiti aderenti, tacchi alti. Raccontavano istericamente le piccole vicende dei bambini in casa: abitudini, malanni e avventure quotidiane. Con le loro labbra dipinte e i vestiti ben scelti sembravano approfittare, in quel modo assurdo, dei loro ultimi anni di splendore.

– Ho l'impressione che facciano a gara l'una con l'altra, davvero. Si lasciano dietro una scia di profumi tutti mescolati che non ti puoi immaginare.

Sara sosteneva che quelle donne dovevano rifarsi delle lunghe ore di prigionia imposte dai bambini, delle orribili constatazioni davanti allo specchio: seni cadenti, ventri allentati... Erano consapevoli di essere finite a popolare una riserva in cui la libertà e la seduzione non erano più a portata di mano, e allora si affannavano a dimostrarsi fra loro di possedere ancora innegabili attrattive, di essere ancora quotate sul mercato dell'amore. Sara era convinta che fosse una messinscena degradante, e io le davo ragione. Lei si escludeva dal gruppo, ma l'interpretazione che ne dava implicava una chiara comprensione di ciò che spingeva quelle giovani madri a comportarsi così: la disperazione. Recisi i vincoli sociali in seguito alla maternità, dimenticato il loro orgoglio di giovani femmine, coltivavano la pianta dell'ostilità e dell'esibizionismo. Trentenni in piena crisi di ribellione tardiva al cosiddetto ordine naturale delle cose. Ultimi ardori prima di rassegnarsi alla decadenza. Una lotta impari contro i colpi dell'età e ciò che questa significa una volta che ti sei piegata alle norme generali. Primi incontri con la chirurgia estetica. Mentre lei ne parlava mi venivano in mente certe suore di trent'anni, soggette ai supplizi della carne, raccolte in preghiera affinché Dio le liberi da tanta pena, gli occhi rivolti alle statue di Cristo, che era carne, con le lunghe cosce nude e le costole scoperte. Mi immaginai Sara, silenziosa, in mezzo al cicaleccio teso, per nulla tranquillizzante, delle madri, i loro lamenti per le emicranie, la tendenza alla depressione, la poca voglia di alzarsi al mattino... Lei non aveva nulla in comune con quelle donne, eppure tutto quel che dicevano le era familiare. Forse per la prima volta, con perplessità, si rendeva conto di essere del tutto fuori posto come giovane madre. I suoi tentativi di integrarsi nel gruppo si limitavano alla pura presenza fisica, non si sforzava nemmeno di sorridere, e se provava a dire qualcosa, le sue frasi suonavano sempre fuori luogo.

– Mi sembrano una banda di puttanelle che non vedono un cliente da mesi. Fanno pena.

Può darsi, ma Sara non fece nulla per allontanarsi da quel mondo. Andava a prendere la bambina a scuola ogni giorno, mescolandosi al gruppo delle madri. Credeva fosse suo dovere, lo faceva per sua figlia. Se la bambina aveva una madre fuori del normale, l'unico rimedio era fare in modo che la cosa si notasse il meno possibile.

Sara era molto volenterosa, sua figlia era la sua priorità, e qualunque sacrificio si rendesse necessario, lei era disposta a compierlo. All'inizio pensai che quell'atteggiamento quasi eroico fosse eccessivo, si dovesse alle giudiziose esortazioni di Berta, e invece no, nasceva da un impulso più profondo e personale. Sara il dovere lo portava impresso a fuoco in qualche angolo dell'anima, quella bambina era il suo contributo al genere umano, e dal momento che l'aveva messa al mondo liberamente, senza esservi costretta in alcun modo, si sentiva tenuta a farne una persona felice, o equilibrata o socievole, e a darle tutto il necessario perché potesse dire un giorno di avere avuto una buona madre.

Io, come ho già detto, non avevo più voluto mettere piede in casa sua. Non mi andava di vederla in azione, quindi conoscevo appena la bambina. Eppure, avevo notizie attraverso Berta e Ramona, e il loro rapporto non andava bene. Certo, Sara si sforzava moltissimo e cercava di darle tutto il meglio, ma non otteneva buoni risultati. Pareva che la figlia la detestasse e la trattasse con durezza insolita in una bambina così piccola. Ramona ne parlava con il suo sorriso di lieve sufficienza quando Berta non era presente.

– Cosa vuoi che ti dica, un vero caos! La bambina fa il bello e il cattivo tempo come se fosse la regina d'Inghilterra che passa in rivista le truppe, e Sara è al suo completo servizio. Non riuscirà a cavarsene fuori, vedrai. Berta è convinta che basti un po' di buona volontà, ma qui ci vuole qualcosa di più. Sara avrebbe bisogno di un uomo accanto a sé, una figura maschile che metta un po' d'ordine in tutto quel casino.

Ma il peggio era che la bambina la detestava. Piccola com'era, quando si trovava con sua madre faceva di tutto per comportarsi male. Faceva capricci, metteva su il muso, era dispettosa e ne cambiava di tutti i colori. Ramona non aveva dubbi circa l'interpretazione psicologica da dare a quell'atteggiamento:

– È come se quella maledetta bambina si rendesse conto dell'insicurezza di sua madre, come se volesse fargliela pagare per la sua incapacità. I bambini sono come gli animali, fiutano il pericolo, le carenze, i disagi altrui.

La ricetta psicoanalitica da lei proposta non era molto complicata: Sara aveva bisogno di un uomo che spezzasse il maleficio abbattutosi sulla sua casa.

– Lo sai come vanno queste cose: o hai un buon papà o una buona mamma, e poi, a suo tempo, un buon partner, o sei fregato per il resto dei tuoi giorni. È così. Un uomo dà sicurezza. Il solo fatto che ti metta una mano sulla spalla mentre cammina accanto a te è una dichiarazione di principio, come una coperta capace di proteggerti dal freddo.

Ramona era in analisi da dieci anni (avrebbe continuato per altri due), e ormai non si faceva più illusioni. Aveva imparato la lezione dell'inesorabilità del destino, e sapeva che la psicoanalisi non è che un palliativo a una dura realtà. Ai pazienti, questo l'avrei saputo più tardi, non lo diceva con altrettanta chiarezza. Un buon papà e una buona mamma. Quanto a Sara, ormai doveva concentrarsi sulla seconda parte del programma. Era ancora possibile che trovasse un uomo adatto a lei, una coperta per il suo freddo così rigido?

– E perché no? Sara è molto bella, e già questo è un vantaggio. Può trovare un uomo davvero valido, mentalmente sano, ce ne sono un mucchio, e riprovarci di nuovo; questa volta con la consapevolezza che non può fare tutto quello che vuole, che ci sono delle regole da rispettare.

Dopo un po', Sara si mise all'opera. Non sono sicura che ci fosse stato bisogno di spingerla. Credo di no, credo che fosse uscita spontaneamente a caccia le prime volte, e che non lo facesse per trovare un padre a sua figlia, ma perché non sopportava più la frustrazione e l'orrore della vita solitaria che conduceva, accanto a una bambina che la odiava, in una casa che aveva sempre detestato e che non sapeva gestire. Così cominciò un periodo terribile di quella vita che il destino mi permetteva di seguire a distanza. Mentre la giostra stava per mettersi in moto, Sara continuava a raccontarmi di tutte quelle donne che aspettavano i bambini davanti a scuola, e da come ne parlava mi resi conto che qualcosa stava cambiando.

– Prendono qualsiasi cosa pur di farsi passare il mal di testa, qualsiasi cosa: pillole e caffè, litri di caffè. Sono delle isteriche, una banda di ninfomani che per star bene avrebbero solo bisogno di andarsene in giro a scopare.

Era una diagnosi precisa e spietata, che Sara non applicò mai a se stessa. Di fatto, lei non parlava mai dei suoi problemi, né li riconosceva, almeno non di fronte a me. Ma di problemi ne aveva, un mucchio. La bambina era diventata un essere odioso che pretendeva troppo e non era mai contenta. Eppure lei teneva duro. Alla fine uscì per la prima volta alla ricerca di un uomo. Non come l'aveva fatto in passato, con l'allegria dell'avventura e del gusto di vivere, ma in modo furtivo e colpevole. Pagò per qualche sabato una studentessa della facoltà perché si occupasse della bambina, e cominciò a uscire. Non so nulla di quelle sue esperienze, ma venni informata da Ramona che era riuscita a rimorchiare ogni sera un uomo diverso. Eppure doveva esserle capitato qualcosa di allarmante, perché Berta entrò in azione. Secondo lei, se Sara avesse inaugurato una nuova serie di amanti con l'incoscienza che la caratterizzava, ben presto avrebbe avuto qualche brutta sorpresa. Ciò di cui aveva veramente bisogno era un compagno capace di starle accanto e di aiutarla a trovare un equilibrio, proprio come aveva fatto Adrián in un felice passato. Ma, soprattutto, aveva bisogno di un padre per sua figlia, visto che quello vero non avrebbe esercitato la sua influenza nella vita quotidiana. La sua analisi era molto chiara. La piccola Camila non odiava sua madre, proprio per niente, ma il suo umore risentiva della mancanza di una figura paterna.

Credo di ricordare che neppure quella volta protestai, né tentai minimamente di oppormi al nuovo progetto di Berta: il reclutamento di candidati per il difficile ruolo di compagno stabile di Sara. Non protestai, ma solo a sentire quei piani inorridii. Com'era possibile che la prudente e sensata Berta, così pratica e realistica, consigliasse a Sara di commettere lo stesso errore che l'aveva rovinata? Se il matrimonio combinato con Adrián era sfociato in quella situazione, perché pensare di ripetere la manovra? Ormai nessuno credeva minimamente nella capacità di Sara di camminare da sola nel mondo. Nemmeno io ci speravo. Era troppo tardi, e poi Sara non era sola, aveva quella tremenda bambina alle calcagna, pronta a ostacolare ogni suo passo. Fare una preselezione dei possibili mariti era un progetto assurdo. Berta non lo capì mai, non era disposta ad ammettere che il suo primo tentativo fosse stato fallimentare, anzi, che quel suo intervento così deciso avesse rovinato la vita di Sara, proprio quando l'intenzione era di salvarla.

Ramona sorrideva degli sforzi di Berta, con la quale in fondo si trovava d'accordo. L'esercizio intensivo della psicanalisi la rendeva sempre più indifferente ai problemi altrui. Come se li vedesse attraverso una lente di professionalità che le permetteva di considerarli in modo più distaccato, allo scopo di valutarli meglio. Non l'ho mai vista divertirsi tanto come quando fu richiesta la collaborazione di Gabriel, che ammise i suoi dubbi una sera in cui ci vedemmo noi tre soli.

– Degli amici maschi? Amici a cui io possa raccomandare Sara come fidanzata? Stavolta Berta è veramente ammattita. Ma cosa posso fare io? A chi posso rivolgermi? Anche se avessi una lista infinita di maschi disposti al sacrifico, cosa dovrei fare, secondo lei? Dovrei prenderli uno per uno e dire: ho un'amica meravigliosa che ha giusto bisogno di un tipo come te come padre e sposo?

Ramona si piegava in due dal ridere. La faccia di Gabriel, i gesti che faceva, la sua incredulità, le parevano la cosa più comica che avesse mai visto. Poi si fece seria e disse:

– Berta ha un'energia, una capacità di azione e di trasformazione fuori del comune. Non dobbiamo sottovalutarla. C'è chi è capace di intervenire nella propria vita e in quella altrui, raggiungendo gli obiettivi che ha in mente. C'è gente fatta così, con la psiche molto sana. Forse noi non sapremmo essere come lei, ma questo non vuol dire che non possa ottenere quello che si prefigge.

In quegli anni la sua opinione aveva acquistato un valore innegabile per tutti noi. Ramona sapeva come funzionavano le cose, conosceva i meccanismi segreti che regolano il comportamento umano. Coltivava una scienza fatta apposta per questo, un sapere al quale non era possibile accedere con la semplice esperienza o con il buon senso. Anche pensandoci su per vent'anni, Gabriel ed io avremmo perso di vista le pulsioni inconsce, i misteri più intimi della psiche. E poi Ramona non faceva nulla per introdurci nell'ambito segreto che soltanto lei dominava. Alle nostre domande, aveva due reazioni: o le prendeva sul ridere, o si mostrava irritata per la curiosità della gente comune, che si avvicina alla psicanalisi in modo dilettantesco, come alle provette del piccolo chimico dove i liquidi diventano magicamente azzurri con l'aggiunta di una sola goccia della sostanza giusta.

In ogni caso, era cominciato un nuovo capitolo della tormentata biografia, ora conclusa, della povera Sara. Un capitolo che non fu certo l'ultimo, ma fu in qualche modo conclusivo, perché dopo di allora lei non ebbe più nulla da raccontare. Sperava davvero, la mia amica, di trovare quel che cercava? All'inizio pensai di no, ma devo riconoscere che si illuse davvero, e a ripensarci provo una gran tristezza, la stessa che provai allora. La stessa che provo quando vedo prendere di mira un toro, destinato a morire senza la minima grandezza e, soprattutto, senza suscitare la minima pietà.

Per fortuna quel piano di reclutamento dei pretendenti, rivolto a una Penelope al contrario, non si sviluppò in tutta la sua estensione. In quel periodo Berta si separò da suo marito, dopo il tentativo di strangolamento, così estemporaneo e imprevisto. Inutile dire che non era dell'umore ideale per ricomporre le vite altrui, avendo già abbastanza da fare con la propria. Questo salvò Sara dal disastro di un nuovo matrimonio combinato, e la precipitò in un baratro di promiscuità pseudoamorosa dei più umilianti. Berta, da parte sua, si rifece una vita, con l'abilità, la linearità e la decisione di uno stratega che conosce bene il campo di battaglia e la potenza delle armi di cui dispone.

In questi giorni ho rivisto anche lei. Mi ha telefonato dopo il funerale. Forse i miei amici intuiscono che potrei scrivere un libro sui fatti in cui tutti noi fummo coinvolti. Cercano l'umile perdono di un piccolo dio, onnipotente solo sulla carta. Come se il piccolo dio non fosse miserabile come loro, come se non fosse incorso cento volte nell'errore pur aspirando all'obiettività.

Che cosa potevo dire a Berta? Che deploravo il suo intervento nell'«affaire» Sara? Eccola davanti a me, nel suo elegante tailleur di lana pettinata, sicura e magnetica come sempre, malgrado i cinquant'anni, abile nella conversazione come lo è stata in tutto quel che ha fatto. Chiunque altro nella sua situazione non avrebbe dedicato un grammo della sua energia ai problemi altrui. Nessuno si sarebbe preoccupato per Sara al punto da offrirle scelte, consigli, aiuto, comprensione. Fece quel che poté, e quel che poteva era molto.

– Ho conosciuto una delle sorelle di Sara. L'unica persona della sua famiglia che si sia degnata di venire al funerale. Li ho avvertiti tutti, capisci? Tutti, ma nessuno aveva voglia di venire a vegliare una sorella suicida. Ci credi? Ci credi che esista gente tanto egoista e spregevole? Se non altro sono stati chiari, non so se sarei riuscita a tollerare falsità e ostentazioni di dolore fasullo. Per loro era già morta da molti anni, quando se ne era andata da casa. Sua sorella non mi ha fatto una buona impressione, è venuta per fare il suo dovere, per obbligo sociale, in rappresentanza della famiglia. Non mi è parso nemmeno necessario andarla a salutare all'uscita della chiesa.

Con la forza che metteva nella voce e i gesti precisi delle mani, mi sembrava un'avvocatessa trionfante, sempre convinta delle sue ragioni, mai in atteggiamento di richiesta, come se per lei vincere o perdere fosse una semplice questione di prestigio.

– Tu penserai che l'abbiamo lasciata sola negli ultimi tempi, ma che altro potevamo fare? Sai cosa penso? Penso che certe persone non sanno gestire la loro vita e vivono male, non riescono a essere efficienti, non riescono a essere felici, non hanno una visione ampia. Ma la situazione di Sara era ancora peggiore. Lei distruggeva sistematicamente quello che aveva. Non solo non sapeva vivere, ma non riusciva a fare a meno di farsi del male e far del male a chiunque avesse intorno. È così. Sembrava camminare in punta di piedi fra le cose, quasi senza vederle, mentre in realtà calpestava tutto, ma proprio tutto! Lasciava impronte incancellabili, dopo il suo passaggio non cresceva più niente. Era negativa, e al tempo stesso inconsapevole della sua terribile capacità di distruzione. Non vedeva il mondo come gli altri, e per di più questo non le sembrava un problema. Non capiva che se la gente fa le cose in un certo modo, è perché quello è il modo più adatto per preservare quel che consideriamo valido. Credo che, in altre circostanze, se avesse assecondato fino in fondo la sua tendenza, avrebbe potuto facilmente trasformarsi in una serial killer, in uno di quei mostri che spargono il male intorno a sé senza motivo, come se seguissero un imperativo morale. Ti sembra spaventoso quello che dico? Cerca di vederlo nel suo contesto, nella giusta misura. Poche volte l'ho vista piangere di pentimento o dispiacere. Questo va benissimo, mi dirai tu, so come la pensate voi intellettuali dallo spirito creativo. Ma dimmi, se non ti poni dei limiti, come fai a sapere dove andrai a finire? Nella vita devi sapere dove vai, non puoi galleggiare sull'acqua come plancton e lasciarti spingere dalle onde un po' qui un po' là. Se non sei un pesce guizzante che cerca le correnti più adatte, devi almeno essere un crostaceo che aderisce saldamente a uno scoglio. Ma lei non lo capiva, è stato tutto inutile, lo sai.

Si agitava come un'adolescente per una donna che non vedeva da almeno dieci anni, una donna che non era più necessario accettare o rifiutare, perché era morta, e morta di sua propria mano, una scelta talmente proscritta dalla società da non lasciare dubbi sul fatto che ormai non le importasse più nulla di quel che potevano pensare gli altri.

Non riuscivo a fare a meno di guardarla. Lei non capiva che ci sono uomini e donne a cui è impossibile sapere dove vanno, e che cercano di non domandarselo mai, perché si sentono più felici se non lo fanno. Un obiettivo nella vita, qualcuno che ti aspetta al traguardo, che ti dà una pacca sulla spalla per la tua vittoria, o anche solo l'idea dell'alloro intorno alle tempie, per loro è una tortura.

Ma dovevo lasciarla parlare, non interromperla finché non avesse finito tutto il suo discorso retrospettivo. Non sarebbe servito a nulla contraddirla o insinuare un ragionamento diverso. A che scopo? Tutti i discorsi sulle persone morte sono di un'assurdità che mette a disagio. Eppure, doveva avvertire il mio silenzio come un'aggressione, perché era sempre più categorica nei giudizi.

– Abbiamo perso solo tempo, tutti quanti, e montagne di energia, nel tentativo di aiutarla ad affrontare i suoi problemi e a trovare delle soluzioni. Lei se ne fregava. Sono giunta alla conclusione che tutti quelli che si dibattono nella vita senza ottenere nulla finiscano per credersi in diritto di ricevere aiuto. È come se dicessero: «Tu ci capisci qualcosa, no? E allora fa' tu che sai. Fallo al posto mio». Si credono in diritto, anche se Sara non mi ha mai chiesto niente, per la verità, si limitava ad accettare quel che le offrivo. Io non mi lamento, certo, non ho mai preteso che si inginocchiasse ai miei piedi per ringraziarmi. Mi spiace solo che non sia servito a nulla e che, vedendo fino a che punto ci davamo da fare, lei non abbia mai fatto il minimo sforzo per approfittare delle opportunità che le venivano offerte.

Quest'ultima frase mi ha fatto capire, finalmente, come mai Berta sia così infuriata. Non si tratta dell'ingratitudine dimostrata da Sara, e nemmeno del tempo perso per lei. Quello che Berta non riesce a mandar giù è il senso di fallimento. Sara rappresenta forse l'unico fallimento della sua vita. Non metto nel conto il fallimento del suo primo matrimonio, che lei non considerò mai tale. Quello per lei non fu che un errore di percorso, che riuscì a correggere benissimo. E poi, cosa ci si poteva aspettare da un uomo apparentemente educato e civile, che tenta di strangolare la propria moglie? No, Sara sì che era stata un fallimento, voluto, ripetuto e irreversibile. Quel che Sara aveva messo in discussione erano le norme della felicità, lo standard di vita che tutti, fin dai tempi degli antichi greci, cerchiamo di raggiungere. Berta si rifiuta di ammettere che Sara avrebbe potuto cavarsela benissimo da sola vivendo secondo parametri diversi dalla norma, più o meno elastica, che noi ritenevamo valida, e così facendo essere anche felice.

Ma ormai, come ho detto, niente di tutto questo importava, speravo solo che Berta smettesse di parlare e se ne andasse a casa, dal suo nuovo marito, dai suoi figli, che rientrasse nella sua perfetta organizzazione esistenziale. Il fallimento che aveva subito con Sara non sarebbe stato registrato nella colonna dei passivi, nessuno ne era al corrente, e se io ne avessi scritto, così come lo sto facendo ora, che importanza avrebbe avuto il nome di un pugno di personaggi che ben pochi coetanei avrebbero potuto ricondurre ai modelli in carne e ossa? Tutto sarebbe stato dimenticato. La sola a poter ricordare qualcosa è Camila, la figlia di Sara, ma non lo farà. Lei farà di tutto affinché l'immagine di sua madre si cancelli, anzi, tenterà di liberarsene lei stessa quanto prima. Mi è parsa interessante la sua espressione durante il funerale. Aggrottava le ciglia come se fosse arrabbiata, e forse lo era. Che sua madre sparisse dal mondo di sicuro le andava bene, ma che l'avesse fatto in quel modo, attirando tanta attenzione, tanti commenti... Non avrebbe potuto morire di cancro, per esempio, di infarto al miocardio? E invece no, era stata esibizionista e scomoda anche nella morte, inopportuna. Se tutti reggevano il peso delle loro miserie fino a un naturale decesso, perché diavolo lei doveva fare sempre a modo suo, sfidando le norme rispettate dagli altri? E poi, se proprio voleva farla finita, non poteva risolvere la cosa in modo più discreto e appartato, buttandosi in mare, per esempio, o schiantandosi in macchina contro un muro, in modo che tutti potessero pensare a un incidente? Gli occhi di Camila, fissi a terra, non guardarono mai la bara di sua madre. Il suo era un odio compatto come la pietra. Mi domando che cosa se ne farà ora della sua capacità di odiare, lungamente sviluppata per tutta una vita. Contro chi rivolgerà il suo disprezzo? Forse Sara le mancherà, rimpiangerà l'oggetto del più forte dei suoi sentimenti.

Camila, malgrado la tenera età, fu protagonista nel periodo in cui Sara si diede alla ricerca di un uomo. Era sempre presente, e si faceva notare. Che cosa successe? È molto semplice. All'inizio, quando fummo coinvolti nel reclutamento del nuovo marito-padre, ci fu un fervere di attività. Poi, il mancato strangolamento di cui era stata vittima allontanò Berta dal progetto e, venendo a mancare il motore principale, tutti noi perdemmo energia. Ma Sara era già perfettamente consapevole del suo dovere, e cominciò a prendere l'iniziativa da sé.

La fase iniziale del reclutamento non presentava difficoltà, perché Sara era ancora molto bella. L'inconveniente, la parte oscura della storia, stava nel terreno incerto su cui lei si muoveva. L'ambiente universitario, e tutto quanto vi ruotava intorno era stato scartato, per non compromettere il suo lavoro in biblioteca. Gli scenari che restavano erano scontati: bar, cinema, ristorantini... Ramona me ne parlò anni dopo.

– Gli uomini che incontrava appartenevano a una categoria... come dire? Era come ritrovarsi subito dopo la guerra dei Cent'Anni, quando le battaglie erano definitivamente vinte o perse, l'Europa era ridotta in briciole, e le strade erano percorse da gente miserabile, affamata, di reduci, di pazzi, di feriti. Così erano gli uomini a cui Sara si rivolgeva nella speranza di dare un padre a sua figlia e di avere lei stessa un compagno solidale. Puoi immaginare che panorama. Ti parlerò solo dei candidati più solidi, quelli di cui mi giunse notizia, perché naturalmente ce ne dovettero essere molti, alcuni così spaventosi che Sara non osò nemmeno parlarmene. Uscì con un medico scapolo, parecchio più vecchio di lei, che la portava sempre a casa sua a scopare. Aveva un appartamento di un certo lusso fuori città. Ben arredato, forse con gusto convenzionale, pareti color crema, quadri e ricordi di viaggio dappertutto. Sai cosa voglio dire: maschere tibetane, scudi africani, statuette indiane... tutti quegli oggetti banali che ricordano un passato di vacanze costose e piaceri edonistici. Le prime volte Sara si spaventò, perché quello si ostinava a legarla al letto, ma poi capì che non c'era niente da temere, era una messa in scena da teatrino. Non era sadico né masochista, tutto quel bondage non era molto più che una mania da uomo di mezz'età abituato a vivere solo. Ne aveva altre di manie, altrettanto inoffensive: mettere in forma le scarpe non appena se le toglieva, o spruzzarsi in bocca uno spray rinfrescante prima dell'incontro amoroso. Fissazioni da vecchio scapolo che non lo rendevano particolarmente sexy, soprattutto se si pensa che era grassoccio e calvo. Ma Sara preferiva lasciar perdere perché con lui si divertiva abbastanza. Naturalmente, il medico si rifiutò tassativamente di conoscere Camila, sebbene lei sperasse che col tempo le cose potessero cambiare. Per abituarlo all'idea, gli parlava continuamente della bambina: gli ripeteva le sue frasi buffe, gli raccontava dei suoi progressi... Un errore diplomatico. Non credo proprio che al maledetto scapolo interessasse l'argomento. In ogni caso, dopo qualche mese in cui si videro tutte le settimane, le cose cominciarono a peggiorare. Ogni volta che arrivava a casa sua ed entrava in camera, Sara trovava il letto sfatto e in disordine. Fra le lenzuola comparivano indumenti intimi femminili: perizomi di pizzo nero, mutandine rosse, culottes di seta champagne. Mutande da puttana. Lui le raccoglieva con indifferenza e le buttava in un angolo, senza nasconderle. È evidente che, se non era un sadico sanguinario, preferiva l'umiliazione simbolica. Che cosa cercava di ottenere lasciando in giro quegli indizi accuratamente studiati? Dimostrare a Sara che era una delle tante nella sua lista di amichette? Non brillava certo per acume, il tipo. Sara era immune a questo genere di cose, in fondo non gliene importava un fico secco di vedere in giro mutande altrui. Ma alla fine si stufò. L'idea che quel cretino si prendesse il disturbo di disseminare false prove comprando lui stesso quegli indumenti su qualche catalogo porno le dava il voltastomaco. Era disposta a sopportare un maniaco scarsamente attraente pur di godersi un po' di sesso allegro e di aprire prospettive al suo futuro, ma quel giochetto morboso era insopportabile. Finì per mandarlo al diavolo quando tutto le parve troppo assurdo. Non si arrabbiò né si angosciò per questo, almeno in apparenza. Né si fece domande sul futuro. Sai che aveva ben poca attitudine all'astrazione. Questa era la cosa bella di lei, non mostrò mai rancore contro nessuno dei suoi amanti, e posso assicurarti che nella serie c'erano casi patologici da manuale, gente davvero tremenda. Ebbene, secondo lei, nessuno riusciva a farla soffrire. Non era vero, certo, fu un logorio continuo che la portò fino al crollo finale, ma nessuno può negare che avesse spirito sportivo.

– Forse voleva solo serbare intatta la sua capacità di sofferenza per impiegarla con sua figlia.

– Sì, lì si procurava le sue autoflagellazioni più serie, da fervido penitente, da monaca di clausura. Ma almeno, dal periodo del reclutamento ricavò un certo piacere. Ricordo un altro dei suoi fidanzati, un insegnante di ginnastica più giovane di lei. Si erano conosciuti in un locale. Era il tipo del narcisista convinto che tutte le donne si innamorino automaticamente di lui. Come puoi ben capire, con Sara trovò un osso duro. Amore? Che roba è? Con cosa si mangia? Si comportava con lei da amante delicato e svenevole. La chiamava tesoro, amore, zucchero, cose che la sconcertavano. La trattava come se lei fosse pazza d'amore e non volesse ferirla. Accettò perfino di uscire qualche volta con lei e con la bambina che, come suo solito, si diede da fare per spaventarlo a forza di capricci e richieste snervanti. La seccatura maggiore in tutto questo era che l'insegnante di ginnastica scopava male. A letto era passivo, stucchevole, teatrale. Non si preoccupava di godere, ma di avere la conferma che una donna moriva per lui. La loro storia andò avanti arrancando, con incontri sempre meno soddisfacenti. Ma Sara non si decideva a lasciarlo perché adorava vederlo nudo, contemplarlo. Diceva che era bellissimo, che aveva un corpo muscoloso e sobrio da antico romano, un antico romano vissuto bene. Sara era fatta così, era sorprendente. Pur con tutti i suoi problemi aveva ancora la calma necessaria per godere alla vista di un uomo nudo. La conoscevo bene, e posso assicurarti che non vi era in lei nessuna tendenza a credersi una donna fatale.

– Sì, immagino che quella sua capacità di essere neutrale con gli uomini si fosse sviluppata nel suo periodo di sesso indiscriminato.

– Per lei l'amore era un'attività sportiva e spassionata. Amava guardare gli uomini, questo era tutto. Ovviamente a lui non dispiaceva essere oggetto di tanta ammirazione. Non si trova tutti i giorni un uomo che ami esibirsi disteso su un fianco, lievemente inclinato in modo che i testicoli pesino e risaltino. Sara lo descriveva come il perfetto *majo* di Goya. Lui, del tutto consapevole del proprio narcisismo, aveva trovato in lei il suo pane. Si diede all'egolatria allo stato puro. Purtroppo, il suo solo pregio era l'attitudine a esibirsi come un modello pittorico, ma al momento di scopare il suo rendimento era davvero scarso. Comunque, fu lui a mettere fine alla relazione, quando si rese conto che la sua amante non avrebbe mai avanzato rivendicazioni amorose. Le telefonava, per annullare un appuntamento e si sentiva rispondere: «Va bene». Con il suo stoicismo, lei non gli avrebbe mai fatto una scenata lacrimevole. Ma lui non era abituato a omaggi femminili limitati a un'ammirazione superficiale. Credo che il finale della storia sia degno di figurare in un'antologia. Lui le aveva chiesto: «Ma tu, non mi ami?». E lei, laconica oltre che sincera, aveva risposto: «Non credevo fosse indispensabile». Sara mi giurò che in quel momento non aveva nessuna intenzione di essere sarcastica. Era seria. Credeva che anche lui stesse cercando qualcosa di concreto in quel loro rapporto, e che tirare in ballo l'amore non avesse il minimo senso.

Anche se erano passati diversi anni da quella vicenda, Ramona moriva dal ridere raccontandomela, la trovava divertente e molto rivelatrice della personalità di

Sara. Ramona era stata presente nel corso dell'intero conflitto. Il periodo in cui fu protagonista degli aiuti comunitari a Sara fu quando lei era già molto giù. Riuscì subito ad affidarla alle cure di un collega, come sono soliti fare gli psicanalisti amici del paziente. Così poté seguire le cose con equanimità e divertirsi di quelle che erano divertenti. Posso dire che il mio caso fu diverso. Io ero pochissimo coinvolta nella vita della mia amica in quel periodo. Un'unica volta accettai di prendere parte a una cena, e lo feci solo perché doveva essermi presentato un pretendente, il più brillante, il candidato in testa alla classifica, il solo che avesse ricevuto la benedizione della papessa Berta in persona.

Le cose si presentavano così bene e si stavano sviluppando in modo talmente promettente che Sara mi invitò per farmelo conoscere. Tutti gli altri l'avevano già visto in altre occasioni e ne erano rimasti incantati.

Era un andaluso alto e molto prestante. Si occupava di computer; era una sorta di pioniere venuto in città per informatizzare diversi ambiti istituzionali: il tribunale, il consiglio provinciale... impossibile ricordare ora cosa facesse esattamente. La novità era che a Sara piaceva davvero. Me ne parlò con entusiasmo. Voleva che le dicessi sinceramente la mia impressione.

Mentre guidavo verso casa sua, quella sera, fui colta da un brutto presentimento. Si prospettava una situazione simile a quella che mi era toccato subire anni prima: Sara, il suo uomo, e l'incertezza di una cena che tardava ore ad arrivare. Mi spaventai, ero di nuovo caduta in trappola, dopo essermi fermamente ripromessa di non ripetere mai più quell'esperienza. Ma era troppo tardi per cambiare programma. Scesi dalla macchina e mi avviai verso casa sua con una bottiglia di vino e una torta. Eppure, mi dicevo, un pensiero simile aveva qualcosa di superstizioso. L'uomo che dovevo incontrare non era lo stesso e non c'era nessuna pretesa di continuità nel loro rapporto. Era tutto diverso, mi convinsi. Ma non pensai che Sara fosse cambiata, sapevo che non era così.

Non appena lo vidi, capii che quell'uomo era un candidato serio, e che la mia amica gli piaceva davvero. La guardava con occhi teneri, e non era un uomo comune, un soffio d'aria fresca da qualche parte gli arrivava. Aveva un ciuffo divertente sulla fronte. Ebbi subito fiducia in quel ciuffo, e pensai che forse lui potesse rappresentare la soluzione per Sara. Era un uomo normale, che non si teneva sulla difensiva, né si comportava come se il mondo avesse accumulato debiti con lui. Sorrideva, la guardava... Ramona diceva sempre che esiste gente molto sana. Perché non aver fede in quell'uomo, che forse era stato inviato dalla provvidenza con una specifica missione? Ora non sono più nell'età in cui si crede nei rimedi miracolosi che la fata buona mette sul tuo cammino al momento giusto, ma allora mi lasciai trasportare. E se Berta avesse avuto ragione? E se la buona volontà, la fermezza, la capacità di non perdere il coraggio, avessero portato davvero al trionfo?

Chiacchierammo, mentre Sara ci serviva un bicchiere di vino prima di andare a tavola. La bambina dormiva, il soggiorno era in piacevole penombra e l'andaluso si esprimeva con il suo accento così particolare, molto vicino alla sensualità. Tutto pareva svolgersi nel modo più sereno e armonioso. Il clima era così positivo che mi disinteressai di tutto ciò che quell'occasione doveva preparare: un padre per la bambina, un affetto stabile per Sara... eravamo semplicemente tre amici che chiacchieravano e ridevano, sembrava non esistessero progetti per il futuro né fallimenti alle spalle. E poi, colmo delle benedizioni, Sara non aveva preparato un arrosto per cena, il menu si riassumeva in una varietà di insalate e salmone. Gli ultimi timori che ancora palpitavano nella mia coscienza si dileguarono quasi del tutto.

Cenammo e conversammo senza incidenti. Mi accorsi che l'andaluso sapeva come divertire Sara, e me ne rallegrai, era il modo giusto di trattarla. Lui rideva delle sue osservazioni del tutto prive di solennità e assisteva al suo piccolo caos mentale senza alcun intento critico né proposito moralizzante. «Questo è l'uomo giusto» mi dissi. Era così assurdo pensare che esistesse un uomo adatto a Sara? Lei aveva perso la sua innocenza di ninfa ma era rimasta una pietra preziosa allo stato grezzo. Lui non era affatto uno stupido. Ci illustrò il suo modo di vedere la vita, e disse cose sensate. Disse che secondo lui i principi morali validi per tutti non devono necessariamente essere accettati senza discussioni. Poi aggiunse che riguardo alle cose rispettate da una vasta maggioranza è meglio essere prudenti: non calpestarle, cercare di capirle e valutarle nella giusta misura. In quel momento udii la voce di Sara pronunciare una domanda che non avrebbe mai dovuto fare:

– Come per esempio avere dei figli?

Lo spasimante rimase per un attimo indeciso, ma non si lasciò catturare dallo strano imbarazzo che si diffuse fra noi, e rispose sorridendo:

– Ma certo, avere dei figli è una buona cosa per la maggior parte della gente, quindi mi pare rispettabile.

Una minima esitazione nel suo sguardo mi fece capire che l'argomento non affiorava per la prima volta, probabilmente era stata Sara, con la sua tremenda mancanza di senso dell'opportunità, a tirarlo in ballo. Povera Sara! Ero giunta a credere che quell'uomo le piacesse, che cominciasse a provare il piacere di stare con una persona normale dopo tante scimmie ammaestrate. E invece no. Era completamente in preda all'ossessione di riempire con una figura maschile il vuoto apertosi in casa sua. Niente di più: ogni possibilità di unire l'utile al dilettevole le era vietata. Non aveva bisogno di un innamorato, né di un compagno, solo di un riempitivo. Se non si era mai divertita con un uomo senza pensare che presto sarebbe potuta passare a un altro, come poteva cominciare ora? Le mie impressioni positive cominciarono a svanire. Berta e la sua coorte celeste potevano indicarle la via, ma non sarebbero mai riuscite a capire che cosa lei volesse davvero. Lei non voleva un gentile compagno di vita. Nulla sarebbe cambiato, mai. L'avrebbero distrutta, ma non avrebbero trasformato la sua essenza più intima.

Dopo cena successe quel che avevo temuto da quando ero entrata in quella casa. La bambina si svegliò. Si mise a urlare come se la stessero sgozzando, e Sara, di colpo serissima, balzò in piedi e sparì in corridoio. Rimasi sola con l'andaluso che, in silenzio, si concentrò sulle briciole della tovaglia. Dalla camera della bambina giungevano piagnucolii ansanti, e i sussurri di Sara. Il vero problema, fino a quel momento clandestino, reclamava diritto di cittadinanza. Mi domandai se quel bell'uomo sarebbe stato disposto a tramutarsi nell'amabile san Giuseppe che si fa carico dei figli altrui. Ma la mia impressione era che fosse all'oscuro di quel che si pretendeva da lui.

Sara non riuscì a consolare sua figlia *in loco*, e non trovò nulla di meglio che portarla in soggiorno avvolta in una coperta, una di quelle coperte che hanno il potere di trasformare chiunque in un profugo di guerra. Di tutti gli effetti che avrebbe potuto produrre la sua apparizione, quello era il peggiore. Madre e figlia, una bambina di cui la madre riusciva a reggere a malapena il peso, sembravano vittime di un terremoto che implorano con sguardo dolente: «Adottaci!». Non avevo mai visto niente di più raccapricciante. A nessuno piace vedersi assalire in mezzo alla strada dai mendicanti che usano i bambini per attivare l'attenzione, è addirittura una pratica perseguita dalla legge. Ma il peggio era che Sara aveva ormai rinunciato a restituire alla situazione una parvenza di normalità. Era immersa nel suo marasma privato e non sapeva reagire. Vagava per la stanza con la bambina appesa al collo. Tentò di posarla sul divano per tornare a tavola, ma fu inutile, le grida ricominciarono. Allora decise di sedersi accanto a sua figlia.

Da quel momento in poi ogni tentativo di conversazione amichevole fu condannato al fallimento. La bambina interferiva alzando la voce, chiedendo da bere, piagnucolando. Prendeva a due mani la faccia della madre e la voltava verso di sé perché guardasse lei e soltanto lei. Sara non poteva parlare né ascoltare nessun altro, e forse non ci provava nemmeno. Era come un sequestro, un'oppressione tremenda. Una volta che la bambina ebbe rovesciato la zuccheriera, acceso il televisore a tutto volume e dato sfogo a un pianto irrefrenabile per qualche suo dolore segreto e strano, la serata si ritrovò in pezzi senza nessuna speranza di ricomposizione. Sara ci salutò dalla porta, con Camila sempre appesa al braccio. Non appena fummo in strada, l'andaluso aspirò l'aria fresca della notte come se fosse sul punto di affogare. Cercava ossigeno con la disperazione di un pesce rosso gettato su una moquette polverosa. Non mi parlò, mi diede la buonanotte e si allontanò nel buio. Di sicuro, se avesse continuato a vedere Sara, l'avrebbe fatto da amante occasionale, mai da onesto san Giuseppe, esultante di pazienza e accettazione, pronto a portare il fardello della sua maternità.

E così fu. Io, dopo quella serata spaventosa, giurai di disinteressarmi di quella ridicola selezione a scopo matrimoniale. Mesi dopo seppi da Ramona che Sara aveva smesso di farsi illusioni su un padre di ricambio. Pensai, senza molta pietà, che l'andaluso si era salvato per un pelo. Battaglia dopo battaglia, la piccola Camila era riuscita a vincere la guerra.

Pensieri su Camila

L'altro giorno, mentre aspettavo il metrò, sono rimasta per più di dieci minuti a guardare un manifesto pubblicitario. Ne ero soggiogata. Non era niente di speciale, ma mi ha colpita al punto da inchiodarmi lì. Vi appariva la gigantesca fotografia di una giovane madre bionda con il suo bimbo in braccio. Il testo diceva: «Tu lo nutri, lo curi, gli dai affetto e protezione. Per questo, quando sarà grande, gli darai il nostro yogurt, il più sano». Capisci, una raccomandazione semplice, senza enfasi. Un appello diretto all'istinto materno. Certo, è un fatto, anche un mezzo sofisticato come la pubblicità fa appello agli istinti primari. Sembra una cosa ovvia, l'istinto materno. Ma a quale scopo esiste ancora? Nessuno di noi vive nelle caverne. La nostra società non permette di abbandonarsi a istinti ormai superati, come quello della caccia. Che senso ha, allora, dare per scontato l'istinto materno? Se dovessimo rivendicare la dignità di tutti gli istinti umani torneremmo alle guerre tribali, usciremmo in strada con la clava in mano, coperti di pelli. Lo capisci, tu, come mai lo stesso discorso non vale per l'istinto materno? Io no. Capisco che, dato il calo delle nascite, sia in corso una campagna per restituire alla maternità tutta la sua aura eroica. Ma lo sappiamo tutti che l'aura dura meno di un profumo nell'aria, poi si torna alla realtà. Quel che più trovo strano è che perfino le donne progressiste si siano fatte prendere da questa confusione. Scusami, non voglio annoiarti con tante riflessioni teoriche inutili, così tipiche della mia generazione. Torniamo al manifesto. Credi che tua madre avrebbe potuto posare per una foto come quella? Te la immagini sorridente e felice, guardarti rapita mentre progetta di darti lo yogurt quando raggiungerai l'età adatta per mangiare lo yogurt? Sinceramente, non lo so. Non so che cosa vedessero i tuoi occhi di bebè quando tua madre ti cullava. Non ho idea di cosa tu potessi percepire in lei che ti spaventasse tanto. Certo, fiutavi la sua insicurezza, la perplessità che emanava da tutto il suo corpo, un corpo che non era fatto per essere macchiato dal sangue del parto, né per zampillare latte a volontà.

Ramona dice che, in fin dei conti, sei una brava ragazza e che in realtà volevi bene a tua madre. Incredibile, vero? Ti hanno rovinato il fantastico numero che avresti potuto permetterti se tua madre si fosse suicidata prima, quando eri più piccola. Adesso non ha più senso far scoppiare una tragedia familiare. Non hai avuto una madre tenera e ragionevole, ma ti assicuro che lei ci provava. Nel suo modo goffo e infantile, ci provava. Le avevano dato ogni genere di consigli affinché fosse una buona madre. Per lei erano cinese. L'avevano torturata con la parola «casa», che già di per sé è patetica. Era disposta a lasciarsi influenzare da chiunque pur di darti un nido confortevole nel quale potessi crescere come si deve. Fra tutti quanti le martellavano in testa ogni genere di concetti incomprensibili: la lotta quotidiana per migliorare il carattere, l'atmosfera di fiducia necessaria per crescere, l'amore e la tolleranza per se stessi. Una lista infinita di luoghi comuni uno più abominevole dell'altro. Una serie di prove materno-psicologico-lavorative che la facevano sentire sempre più frustrata, più aliena, più colpevole e carica di doveri.

Tu, cara Camila, la spingevi con la tua sola presenza verso il disastro, e per di più le impedivi di godere della libertà necessaria per sceglierti una forma di decadimento più adatta a lei. Non poteva permettersi alcun eccesso, né drogarsi, né ubriacarsi, né prendersi amanti a man bassa. L'istinto di protezione nei tuoi confronti le impediva di rovinarsi come le pareva. Il suo non è stato un caso eccezionale. Come forse saprai, molte donne si vedono private, per colpa degli istinti e dei doveri nei confronti della prole, di un'autoimmolazione lenta e gaudente, di una bohème intellettuale e artistica. Invece di finire con il fegato a pezzi o con i neuroni bruciati, seguendo fedelmente le pulsioni funeste della loro anima, tengono duro, preparando merende e soffrendo di qualche patologia psichica passiva e banale. Tua madre era di quelle, e si è concessa unicamente il suicidio, quando ormai sapeva che non poteva più traumatizzarti, ma solo darti sollievo.

A volte non capiamo che la vita è un'opera corale, e che il nostro destino ha ben poca importanza. Le formiche sono considerate insetti perfettamente organizzati, eppure spesso costruiscono formicai in luoghi rischiosi, vicino a vie transitate. Un uomo che cammina, una bicicletta... e muoiono a centinaia. Ma non importa, la comunità può permettersi la scomparsa di pochi individui. L'armonia del cosmo non è alterata dalla perdita. Questo avverrà anche con tua madre. La vita segue il suo corso. E poi, lei non era rappresentativa di una categoria di donne. Lei non credeva fermamente nella vita, come pare sia d'obbligo, né comprendeva l'andamento naturale delle cose, né le importava un fico secco della bellezza di procreare e mettere su famiglia, di costruire un futuro e tutto il resto. Si sforzò di vedere l'esistenza come qualcosa di logico, ma non ci riuscì. La vita è difficile, un formicaio sul ciglio della strada, dove possono calpestarti senza che nulla cambi. Tua madre è stata rovinata dalla logica degli altri. Procreare, convivere, la famiglia, l'amore... tutto questo era puro veleno per lei. Anche se immagino che per te, questa storia delle formiche, sia un'enorme idiozia, e che se adesso mi avessi davanti mi manderesti volentieri a lavare i vetri in un lebbrosario o a rifare i letti in un manicomio, a fare qualcosa di utile e solidale, più adatto alla tua generazione che alla mia, la cui unica occupazione era teorizzare.

«Ogni vita è meravigliosamente individuale» dissero gli psichiatri a tua madre dopo averla manipolata per bene. Immagina quanto doveva importargliene a lei. Praticamente niente. Ma per molta gente queste sciocchezze sono verità incontestabili. A loro la logica della vita appare armonica e bella, e non si sognerebbero mai di attentare al suo funzionamento. In virtù di questa logica i panettieri fanno il pane e i pompieri spengono gli incendi. Sara cercava di piegarsi a questi imperativi così evidenti, ma non li capiva. Tutti la martellavano, credimi, anche tu lo facevi. Avresti dovuto mollare la presa molto prima, non accanirti su di lei fino alla fine.

L'altro giorno, per strada, guardavo la gente che mi veniva incontro. C'erano molte donne che uscivano dagli uffici, che correvano ansiose verso casa. Immaginai che rientrando avrebbero trovato i loro bambini ad aspettarle, perché tutte avevano la faccia stravolta dal senso del dovere e della colpa. Si preparavano al traumatico incontro con i loro figli, lasciati per troppe ore all'asilo, pronti a rivolgere contro di loro il rancore per essere stati rinchiusi in un luogo collettivo e impersonale. Non appena rivedono le loro mamme, quei bambini le aggrediscono, in modo violento o sottile, e loro sono costrette a trasformare tutto quell'odio in amore. Cercano di farsi perdonare, ma inutilmente, sono condannate in partenza. Un'intera generazione di madri è odiata dai propri figli. Non si sa chi abbia lanciato questa maledizione, per i secoli dei secoli. Ma le madri, ignare della sua inesorabilità, continuano a sforzarsi di cuocere le verdure, di trasmettere amore. In passato le madri si sentivano maltrattate dai figli e muovevano loro laceranti rimproveri, proteste amorose alle quali i figli si vedevano costretti a rispondere. Si sentivano sempre malpagate, come un immigrato clandestino costretto a un lavoro estenuante. Facevano il possibile per esigere un salario amoroso equo. Si lamentavano, gridavano, imprecavano, erano molto noiose. Oggi si sono moderate e non protestano mai per gli affronti subiti. È una fortuna, credimi.

Chi ti ha dato la notizia che tua madre si era uccisa? È stata Ramona, vero? Lei sa come si fanno queste cose, conosce le frasi giuste, se esistono frasi giuste per dire una cosa simile. Sei stata tu a dare la notizia a tuo padre? Non vi siete mai curati molto l'uno dell'altra, vero? Per questo non vi odiavate. L'odio lo serbavate intatto per la mia povera amica, e questa è una cosa che non posso perdonarti. Tu penserai che non eri libera, che la odiavi perché non avevi altra scelta, che tutto quello che hai fatto l'hai fatto solo perché eri condizionata dall'educazione ricevuta. Ma ti sbagli. Avresti avuto la possibilità di staccarti da lei molto prima, se la odiavi tanto, e invece hai preferito rimanere lì, in stato di guerra permanente, aggredendola con ogni sguardo e ogni parola. Non è stata un'opera buona, no di certo.

Ti avranno forse detto che tua madre era un disastro, ma non è vero. Era una donna magnifica che non si meritava lo schifo di vita che ha fatto. Tu hai contribuito attivamente e passivamente alla sua rovina, e questa è una cosa che non ti perdonerò mai. Voglio che tu lo sappia, anche se non te ne importa niente. Devi saperlo che c'è qualcuno al mondo che non ti perdona, e che non ti perdonerà finché avrà vita.

Nient'altro.

4

Be', non posso certo dire di essere stata molto presente nella vita di Sara. Ci provai, ma finii sempre per scappare di corsa, temendo che i suoi guai potessero trascinarmi in qualche disastro. Tutta la mia vita è stata un lungo cammino verso il non-coinvolgimento, verso l'indipendenza, verso l'ideale raggiungibile di non avere nessuno che dipendesse da me. Ho esercitato questa politica per anni, senza fare eccezioni, perfino con persone nei confronti delle quali provavo forti tentazioni di fraternizzare, di interagire. Ma la mia solida determinazione di persona non allineata ha sempre prevalso. Non comincerò ad analizzare, ora, le ragioni profonde di questo mio modo di procedere, è troppo tardi. Se una di queste ragioni è la paura, non smetterò certo di provarne. Se è stato egoismo o mancanza di umanità da parte mia, non credo di poter cambiare alla mia età. So solo che mi dà fastidio che qualcuno mi ami, mi ringrazi, si senta in debito con me. Lo detesto quasi quanto detesto essere odiata e disprezzata. Per questo, la piccola rivoluzione scoppiata dopo la morte di Sara comincia a irritarmi. Gabriel che mi compare in casa con aria tragica, le visite dei vecchi amici, che si susseguono, come se i protagonisti del dramma si dessero il turno. Ci vorranno dei mesi prima che riesca a togliermi dalla mente tutto questo, o a relegarlo in uno spazio più ridotto. Se non altro, nessuno è riuscito a smuovere in me pensieri indesiderati. Potrei domandarmi quale ruolo benefico avrei potuto avere in questa lunga storia. Potrei trarne lo spunto per un bilancio della mia vita, ma per fortuna questo non mi succede.

Ieri era sabato, e Gabriel mi ha chiesto di andare a fare colazione con lui in un bar con i tavolini all'aperto. Ho accettato. Perché no? C'era un sole splendido, e dipendeva solo da me non far durare troppo quell'incontro. Alla fine è stato divertente, lui si è messo a filosofare sul mondo d'oggi, sulle cose che non riesce più a capire. Forse gli converrebbe filosofare sulle cose che non gli va più di capire. Dubito che sia davvero così perplesso. Lo vedo saldamente piantato dentro di sé, mentre vaga per il mondo esterno come ha sempre fatto. Non si è mai inserito del tutto nella realtà, ma ormai non credo che la realtà gli sia così necessaria. Sta andando da qualche parte, solo lui sa dove, o forse si muove spinto da un'inerzia generale e indeterminata che lo spinge avanti, e a questo movimento non sa rinunciare. Accumula fallimenti amorosi nella convinzione di trovare un giorno il rapporto perfetto. Io non sono mai riuscita del tutto a capirlo, a discernere la sua vera personalità, se una cosa del genere esiste. Ieri inzuppava il suo cornetto nel caffè con avidità, con gusto, e quando ha posato la tazza vuota sul piattino ha chiuso gli occhi e ha alzato la faccia al sole. Erano gesti spontanei, di una serena vitalità che mi ha stupita. Poi si è acceso una sigaretta, e quando pensavo che stesse per parlare della sua pittrice thailandese, è tornato sull'argomento Sara. Sara è nella sua mente come nella mia, a brandelli, a raffiche, ma di continuo. Ho capito che, pur non essendone consapevole, anche lui ha assistito all'intera vita della nostra amica, vedendola da un'altra prospettiva. Sara è ancora con tutti noi, come una vittima sacrificale del destino, che in un certo senso ci libera dalla fatalità del disastro e della morte. È stata lei la prescelta dalle tenebre. Può darsi che nessuno di noi sappia davvero vivere, ma siamo ancora in piedi, mentre lei è caduta. Il dio spietato, divoratore e francamente figlio di puttana, ha avuto la sua vittima, e noi siamo in salvo. Anche Gabriel, ieri, pareva liberato dalla maledizione generazionale. Guardando le auto che passavano, ha ripetuto più volte il nome di Sara a bassa voce, come un padre che si lagna di una figlia degenere. Poi mi ha raccontato un'avventura amorosa della nostra amica che io non conoscevo. Una storia sorprendente, forse il suo canto del cigno, svoltasi nel periodo in cui mi ero fatta la promessa di non interessarmi più alle sue passioni passeggere, promessa che, per una volta, avevo mantenuto.

– Ti ricordi di Roberto?

No, non sapevo nulla dell'esistenza di Roberto.

– Era uno che sembrava davvero innamorato di Sara, anche se come padre di Camila non poteva certo andar bene, né per ricoprire un altro di quei ruoli per i quali cercavamo un candidato. Berta volle che lo vedessi per farmene un'idea, ma tu sai che farmi un'idea della gente non è mai stato il mio forte. Be', non importa, lo feci lo stesso, andai da Sara e conobbi quel tipo, che mi parve subito un idiota senza remissione, di quelli che sanno tutto di tutto, moderni, informati e di sinistra. Era molto giovane, faceva l'insegnante, credo. Ma fu lì che mi resi conto che qualcosa stava cambiando nel mondo: lui era di sinistra ma non era più come noi. Metteva in dubbio tutto, anche il progresso, e invece di preoccuparsi per la libertà, per la democrazia, per il sesso senza frontiere e tutto il resto, si mise a dissertare sugli eccessi della scienza, sulle case farmaceutiche e le aggressioni all'ambiente. Ci credi? Era un ecologista di prima generazione! Uno che si batte per l'equilibrio della vita, per la riduzione dei consumi e l'organizzazione del tessuto sociale. Be', a me sembrava un idiota, ma forse farei bene a rivedere la mia opinione. Forse erano le nostre idee a essere in declino, anche se allora non me ne accorsi, sebbene la cosa fosse davanti ai miei occhi come una verità palpabile. E forse Sara era più avanti di noi e aveva colto il valore di quell'idiota, gli aveva dato il giusto peso, e si era innamorata.

– Non credo. Sara, in fatto d'amore...

– No, non se ne era innamorata, ascoltami bene. Tutto il casino che avevamo combinato per aiutarla era arrivato a un tale livello di assurdità che lei stessa mi chiese di parlare a Berta e di dirle che quel tipo mi pareva il candidato ideale. Ti rendi conto? Come se

Berta fosse sua madre, come se avesse bisogno del suo permesso o della sua acquiescenza per mettersi con chi voleva.

– Forse, con tutta la pena che Berta si era data per lei, preferiva non deluderla con un fidanzato che non possedesse i requisiti adeguati.

– E questo non li possedeva, puoi starne certa. Non doveva avere più di ventiquattro anni. Si era appena laureato quando Sara l'aveva conosciuto, sembrava un bambino. Lei diceva che era bellissimo. Immagino lo fosse, aveva un aspetto infantile e nervoso che può esercitare grande fascino su certe donne. Insomma, da quel che ti sto dicendo avrai capito che non era certo il tipo dell'uomo protettivo che stavamo cercando per Sara, e di cui lei, secondo tutti gli indizi, aveva bisogno. Doveva essere intelligente, questo sì, perché si era laureato a pieni voti in filosofia e aveva trovato subito lavoro. Stava preparando una tesi sull'umanesimo in Nietzsche o qualcosa del genere, non mi ricordo. Che cosa aveva visto in quel secchione la nostra piccola analfabeta circondata dal caos? Non lo so, ma a quanto pare si incontravano tutti i giorni, si cercavano, si telefonavano... Un amore in piena regola.

– E la bambina?

– Non lo so. Non so cosa facesse la bambina. Non ho mai capito bene quale fosse il problema con quella bambina del cavolo. Immagino stesse sempre fra i piedi, a rompere le scatole, a pretendere che sua madre le dedicasse ogni secondo della sua vita, per rovinargliela. Però una bambina non può occupare tutte le ore del giorno, dorme, va a scuola... Loro due si vedevano continuamente. Qualche volta sono uscito a cena con loro.

– Com'erano, insieme?

– Sara ascoltava rapita le tirate intellettuali di Roberto. Forse è per questo che lo consideravo un idiota pieno di sé. Direi che la affascinava con la sua brillantezza intellettuale. Quel che mi domando è cosa potesse tenerli insieme con tanta intensità. Il sesso, immagino.

Il sesso, cos'altro se no? Sara aveva adottato quel ragazzo così assennato, così studioso, così orgoglioso del suo sapere. Ma questa volta doveva ricavare qualcosa dal figlio adottivo. Se lo scopava, e si faceva scopare come una matta, da davanti e da dietro, appoggiata al muro e sdraiata sul tappeto, in bagno e in ascensore. Ne spremeva tutto il succo, gli dimostrava ciascuno dei suoi teoremi filosofici per via genitale. Non c'è bisogno che qualcuno me lo dica, è come se li vedessi. Roberto, lo studente modello, stava imparando qualcosa che non si impara sui libri. Dovette accorgersi subito di essersi imbattuto in una donna fuori del comune, non in una ninfomane né in una bulimica del sesso, ma in un'artista particolarmente dotata, capace di fargli conoscere tutte le sfumature, tutte le pieghe e tutti i meandri del sesso, con allegria e naturalezza, con una fame mistica.

Quel capitolo mi era sfuggito, non figurava fra le mie note biografiche, me l'ero perso. Perché Sara non mi telefonò per confidarmelo? A tal punto avevo tradito la sua fiducia? Mi sentii abbastanza sollevata per lei mentre Gabriel me lo raccontava. Almeno la dea Sara aveva potuto chiudere la sua collezione con una verga giovane e inesperta, qualcuno da indottrinare secondo il suo splendido magistero.

– E poi cosa successe? Come finì?

– Non l'ho mai saputo nei particolari, ma un giorno, quando già avevano smesso di vedersi da mesi, Sara mi telefonò, era ubriaca, e mi disse che aveva smesso di tirargli l'uccello da un giorno all'altro, proprio così, come te lo sto dicendo ora. La prima volta che non era riuscito, nessuno dei due aveva dato peso alla cosa, ma poi l'incidente si ripeté. Sara balbettava fra i fumi dell'alcol che avevano passato più di tre mesi andando a letto senza riuscire a scopare. Roberto era diventato impotente, come per una stregoneria, una maledizione.

– Sara l'aveva prosciugato, l'aveva spremuto fino all'ultima goccia.

Gabriel si è messo a ridere, facendo volar via qualche colombo, ma per me era tutto chiaro. Quel ragazzo era davvero attratto da Sara, attratto fino al midollo. Si era lasciato trasportare dalla passione senza fare piani per il futuro, né tanto meno pensare di entrare a far parte di un nucleo familiare. Il ruolo di padre adottivo di una bambina indemoniata e marito di una donna più grande di lui, che gli sarebbe toccato proteggere e guidare, non doveva certo tentarlo. Ma era felice, e lo fu finché la cosa funzionò. Non credo si fosse trattato di un declino progressivo, e non credo nemmeno che quella volta Camila fosse stata l'elemento dissuasore. Sono quasi convinta che a mettere in fuga il giovanotto, a placare i suoi bollenti spiriti, fu la vertigine stessa che provò stando con Sara. La loro storia andava avanti, la conoscenza fra i due si faceva più profonda e i loro incontri a letto dovevano essere mitici. Forse quel ragazzo impegnato e intellettuale, poco esperto della vita, non aveva mai goduto tanto del sesso, con un'intensità così sapiente e personale, come se i piaceri della carne fossero stati inventati da Sara soltanto per lui. Eppure, a un certo punto, dovette provare la vertigine del baratro di Sara. La sentì, la annusò, la percepì come un animale. Quella donna era avvolta da un alone di pericolo, un fatalismo frenetico la accompagnava in ogni suo movimento. Questo non le succedeva in gioventù, ma dopo sì, perché ormai le erano state tarpate le ali, come a un uccello raro, ed era lambita dal velo nero della morte. Il ragazzo captò un segnale inequivocabile che lo respinse. La sua natura, senza dubbio tendente a somatizzare, lo privò del vincolo che lo univa a Sara. Il suo pene smise di funzionare.

– Fu allora che Sara cadde in depressione – azzardai.

– Non saprei dirti quanto tempo dopo, ma credo di sì, forse appena qualche mese. Io smisi di vederla per un po'. Ero molto preso dai miei problemi, il matrimonio con la mia seconda moglie cominciava a traballare, e lei nel giro di un anno mi lasciò. E poi, sai com'era Sara. Finché durò la storia con quel ragazzo, mi telefonava spesso, chiedeva di vedermi a ore insolite, per parlare, per chiedermi consigli che io non potevo darle. Se ci vedevamo a casa sua, c'era sempre la bambina, e quella tensione terribile fra loro due... Impossibile sopportare quell'atmosfera, ti dava la claustrofobia, aggiungeva inquietudine a inquietudine. Non ricordo come provocai il suo allontanamento. Probabilmente smisi di darle retta, trovai delle scuse per non vederla, penso che bastò questo. Sembrava che per non affogare ti si stringesse forte al collo, tirandoti giù con lei. Io non ero disposto ad affondare, nemmeno di un centimetro. Farei la stessa cosa adesso.

Sì, li conoscevo bene gli attacchi di claustrofobia provocati da Sara, la paura di essere trascinata nel suo abbraccio disperato. Sono sicura che fu allora che la sua capacità di sopportazione si esaurì, e l'equilibrio che ancora conservava si spezzò. Non riuscì ad accettare che quella verga giovane e fresca si rattrappisse davanti a lei come un piccolo cadavere. Era stata capace di accettare, da parte di ogni uomo che l'aveva avvicinata, il rifiuto di essere sposo e padre, ma l'impossibilità di mantenere in stato di erezione un semplice amante fu troppo per lei.

Mi mancava quel capitolo per avere la storia completa. Avevo sempre sospettato che non fosse stato un semplice susseguirsi di fallimenti a condurla alla depressione, e ora Gabriel mi aveva porto la chiave dell'enigma: il giovane Roberto e il suo cazzo moscio. Questo fu l'inizio del periodo più terribile nella vita di Sara. La legna lungamente accatastata avvampò. L'ultima goccia ignominiosa fece traboccare il vaso. E in quel momento Ramona prese le redini della situazione.

Un giorno mi telefonò dicendo che Sara era andata a trovarla, molto preoccupata. Viveva in uno stato di ansia perenne, aveva difficoltà a dormire e piangeva per qualunque cosa. Ramona andò a casa sua e la trovò, in effetti, sciupata e straordinariamente nervosa. Si spaventò, e ritenne opportuno consigliarle un colloquio con uno psichiatra. Nel suo caso, l'eterodossia non era contemplata: lo psichiatra doveva essere anche psicanalista, uno del suo clan. Ancora una volta, Sara agì con docilità e accettò la psicanalisi, non a scopo esplorativo e introspettivo, ma per ricavarne un aiuto urgente.

Come seppi più tardi, gli psicanalisti non sono molto propensi a formulare diagnosi e ad appiccicare etichette in base alla patologia. Per loro la psiche è individuale come il soggetto che la possiede, e parlare in termini astratti, applicabili a tutti, sarebbe come delineare in anticipo una conoscenza che potrà affiorare soltanto nel corso del trattamento. Tuttavia, nel caso di Sara, si disse che soffriva di depressione con una forte componente ansiosa.

Sarà non mi telefonò e io non le telefonai. Pensai che fosse in buone mani e che le cose stessero andando nel modo giusto. Non attraversavo un periodo tranquillo, ma ero felice. Mi ero di nuovo innamorata, e Santiago ed io stavamo progettando di vivere insieme. Ma ci fu un imprevisto. Santiago doveva smontare quella che era stata la sua vita precedente e questo gli avrebbe richiesto un paio di mesi. Io dovevo fare la stessa cosa, ma il mio contratto d'affitto scadeva e non valeva più la pena di rinnovarlo. Ramona, che era un'amica dalla generosità inesauribile, si offrì di darmi alloggio. Mi parve una situazione economica e piacevole. Sistemai i mobili in un magazzino e mi presentai da Ramona con un paio di valigie.

Mi sistemai nella camera degli ospiti. Ramona viveva sola e aveva un appartamento diviso in due parti: abitazione e studio. Credo fosse contenta della mia presenza, anche se i nostri orari di lavoro non ci permettevano di passare molto tempo insieme. Il suo impegno era mastodontico ed estenuante. Spesso finiva l'ultimo colloquio alle dieci di sera, dopo aver cominciato a ricevere pazienti alle nove del mattino, con una breve pausa per il pranzo. Mi domandavo come potesse gestire ininterrottamente quella valanga di nevrastenia e dolore morale che si rinnovava di tre quarti d'ora in tre quarti d'ora. Apparentemente ci riusciva senza troppe difficoltà. Se qualche sera cenavamo insieme, preparavo qualcosa io perché non dovesse affaticarsi, ma la vedevo tranquilla e serena, senz'altra tensione sul volto che quella dovuta al lavoro prolungato.

In quei due mesi non mi dedicai affatto a una full immersion nel freudismo, ma mi feci un'idea di come si svolge la vita di uno psicanalista.

Ramona era stata una studentessa allegra e disinibita. Giocava a calcio nell'unica squadra femminile dell'università. Smitizzava i problemi quotidiani, amava divertirsi e rideva a crepapelle come un Falstaff. Era molto simpatica. Quando ci vedevamo per studiare aveva il vizio di disegnare organi sessuali su un foglietto. Erano raffigurazioni simboliche. I falli, un tratto verticale, come una piccola colonna ionica con le volute alla base. Le vulve, necessariamente più astratte, erano degli ovali con un triangolo inscritto. Quel passatempo pseudoartistico la impegnava per ore, riempiva di scarabocchi cripticamente osceni i margini dei libri. Forse quell'iconografia così specifica era un preannuncio della sua vocazione psicanalitica successiva.

La nostra era una bella amicizia, una di quelle amicizie senza complicazioni, più epiche che liriche, più maschili che femminili. Non eravamo portate alle confidenze, chiacchieravamo fino all'alba di argomenti neutri, a volte ci sbronzavamo, cantavamo canzonacce goliardiche che lei imparava durante le sue trasferte sportive. Non avrei mai pensato che si sarebbe interessata alla psiche umana, le ragazze come lei in genere sceglievano campi più concreti e meno controversi, l'ortopedia, per esempio. E invece no, la malattia mentale divenne il suo oggetto di studio. Più tardi, quando lei stessa era in analisi per diventare a sua volta psicanalista, mi domandai che cosa diavolo avesse da raccontare al suo terapeuta durante le sedute. Come poteva, la sua mente apparentemente sana e semplice, prestarsi a un'esplorazione così prolungata? Quali vicende poteva rammemorare Ramona distesa sul lettino? Erano sogni, fantasie sessuali saffiche che la assalivano dopo le partite di calcio? Berta un giorno mi rimproverò duramente. Io non avevo idea, la più pallida idea, ripeteva, dei problemi che aveva Ramona, problemi profondi, così radicati nel suo cuore che era difficile risolverli. Berta sosteneva che se non avevo mai ricevuto una confidenza da Ramona né da altri amici era perché il mio cinismo e la mia freddezza impedivano a chiunque di avvicinarsi a me col cuore aperto. Forse aveva ragione, e non so se mi pento di essere stata così. Dovrei pensarci.

Bene, il fatto è che al termine degli studi Ramona entrò a far parte della parrocchia psicanalitica. Per lei fu come entrare in un labirinto. Ci sono labirinti da luna park, multicolori e inoffensivi, dai quali si può uscire quando si vuole, appena la festa è finita. E ce ne sono altri dai quali non si esce mai perché costituiscono un rifugio. Dodici anni in analisi. Tutta una vita passata ad analizzare gli altri.

Io, allora, avevo un'idea molto preconcetta della psicanalisi. Non riuscivo a non associarla a certe inquietanti immagini che avevo visto negli studi medici. Donne in abiti lunghi, con i capelli sciolti, circondate da un'assemblea di studenti di psichiatria. Occhi che le osservavano esperti e compassionevoli. L'attenzione di tutti rivolta alle spiegazioni del professore sulle disgrazie di quelle creature traviate. Ma il peggio per me erano i mali delle donne, strani e tormentosi, a volte spettacolari e quasi circensi: impossibilità di camminare senza nessuna causa organica, rifiuto del cibo nonostante la fame. Isteria, malattie imparentate con le maledizioni magiche, con gli incantesimi della stregoneria, con i castighi inviati direttamente da Dio. E rimedi prossimi al miracolo: imposizione delle mani di Freud, impregnate di odore di pipa, paterne. A volte, in certe antiche fotografie, le malate sono in camicia da notte. Camicie da notte di lino, lunghe fino ai piedi, con ampie pieghe e volants, come pesanti zavorre. Allora l'impressione di debolezza della donna è ancora più forte. Sui volti dei medici appare un rispetto dolente e una curiosità scientifica tinta di pietà. Di fronte a una povera squilibrata l'espressione degli scienziati è simile a quella di chiunque davanti a un bambino selvaggio trovato nella foresta amazzonica.

Una sera che eravamo tutte e due abbastanza alticce, dissi a Ramona: «La psicanalisi, la Chiesa, la maternità, sono le tre cose che più hanno fatto male alle donne nel corso della storia». Lei si arrabbiò, neppure troppo, e mi rispose: «Ma vaffanculo». Poi scoppiammo a ridere, e non tornammo mai più sull'argomento da sobrie. In quei primi anni Ramona era molto impegnata nella sua nuova professione.

Eppure, durante il mio soggiorno a casa sua, quasi otto anni dopo l'inizio della sua carriera di psicanalista, mi resi conto che tutto era cambiato. Un incrollabile senso pratico si era impadronito di lei e delle sue decisioni. Un pragmatismo così assoluto ed essenziale da apparire come una vera e propria filosofia di vita. Credo fosse il risultato della psicanalisi applicata a se stessa e alla cura dei pazienti.

In casa sua si riuniva una volta alla settimana un gruppo di amici di Ramona, tutti psicanalisti. Lavoravano insieme e poi consumavano una cena fredda alla quale ciascuno contribuiva portando qualcosa. A quelle cene partecipavo anch'io. Ero colpita dalla differenza d'età che c'era fra loro e che non impediva una perfetta intesa. Mi spiegarono che in quelle riunioni ciascuno esponeva i problemi che si presentavano nella terapia dei pazienti e che le decisioni venivano sottoposte al parere dell'assemblea. Ne fui stupita, avevo sempre immaginato la pratica analitica come un segreto fra due persone, ben custodito dalla professionalità del medico. Certo, non si facevano i nomi dei pazienti, ma si parlava dei loro strani complessi, delle loro ossessioni, dei loro sogni. Il tutto mi parve di un'impudicizia inquietante. I colleghi di Ramona non si frenavano neppure davanti a me, che non ero parte del clan. A volte, forse per sdrammatizzare, si permettevano di fare dello spirito sulle storie che raccontavano, come se fossero barzellette. Il tipo che aveva la mania di mostrare il culo alla finestra, la notte. La ragazza che conservava le mele in un cassetto finché non marcivano e poi se ne spalmava tutto il corpo. Quelle riunioni informali in mia presenza mi davano i brividi, ma non riuscivo a sottrarmi al fascino che esercitavano su di me. Vi circolava un'aria viziata, come un odore fecale. Gli aneddoti più terribili venivano raccontati con la massima naturalezza. Per esempio, la storia della donna che conservava le proprie feci nel freezer per poi contemplarle con orgoglio. O quella dell'uomo che andava a spiare le donne nei gabinetti pubblici.

Loro ridevano di queste cose, e io me ne scandalizzavo. I traumi dell'infanzia trattati con leggerezza, come incidenti banali, e poi trasformati in materia astratta mediante una selva di termini impenetrabili. Li sentivo confrontare i loro problemi di lavoro senza il minimo riserbo. Lavorare per i servizi pubblici era orrendo, dicevano, li costringeva ad affrontare tutto quel che capitava: casalinghe piene di nevrosi, vecchi in preda alla demenza senile, psicotici all'ultimo stadio, ogni genere di tarati, carne da manicomio. Niente a che vedere con gli interessanti e piacevoli casi che si presentavano negli studi privati: professionisti in crisi esistenziale che desideravano comprendere meglio se stessi, donne di mezz'età, afflitte da una lieve depressione, che volevano colmare le lacune della loro personalità. Questi pazienti sì che erano degni di essere analizzati, tutti sospiravano per averne.

A poco a poco cominciai a capire come funzionasse la loro accolita in quanto gruppo sociale: stringevano amicizie durevoli, si sposavano fra loro, andavano in vacanza insieme e si sentivano sempre protetti. Capii che Ramona aveva delle buone ragioni per dedicare la sua vita alla psicanalisi. Aveva trovato un rimedio alla solitudine. Lì, fra casi sanguinosi e accurate diagnosi, c'era un posto per lei.

Be', forse non era il caso di scandalizzarsi tanto. Un chirurgo plastico non preferisce forse operare una bella signora un po' sciupata dagli anni che la vittima orribilmente ustionata di un incidente? Le loro chiacchiere erano normali, umane, prevedibili e sincere. Senza dubbio ero influenzata dalle antiche credenze che legavano la follia alla divinità. Nella pratica terapeutica quotidiana non era il caso di pretendere troppa abnegazione dal medico. Eppure, non potevo fare a meno di pensare che quegli psicanalisti coltivassero un genere tutto loro di spiritualismo scientista.

Un giorno che mi trovavo nella mia stanza mentre Ramona incontrava un paziente nel suo studio, sentii il rumore ripetuto di una pallina da ping-pong. Giocava con il paziente? Fino a quel momento la mia discrezione era stata assoluta, ma quella sera non resistetti e glielo domandai. Mi rispose in tutta tranquillità:

– Sì, giochiamo a ping-pong. È un ragazzino di dodici anni. Usiamo i colpi della racchetta nell'elaborazione dell'aggressività.

Non ebbi il coraggio di dirle che a me quella pareva una presa in giro, forse la più sottile e sofisticata di cui avessi mai avuto notizia, ma pur sempre una presa in giro. Elaborazione dell'aggressività. Una pallina che va e viene su una scrivania sgombrata dalle carte. D'accordo, lo ammetto, è una bella idea, ma quella maledetta seduta ginnica costava un bel po' di soldi ai genitori del ragazzo. Non so, sarà anche un pensiero piccolo-borghese da parte mia, ma una simile pratica mi pareva anomala, irregolare, poco ortodossa. Mancava di un ingrediente base, per me, non meno importante della curiosità intellettuale, e quell'ingrediente era la pietà, la pietà verso il malato. Non una pietà lacrimosa e sentimentale, ma il rispetto che deve ispirare ogni sofferenza psichica.

Tuttavia, quella non fu la peggiore delle conclusioni a cui giunsi. Il peggio venne fuori dalle mie lunghe conversazioni con Ramona durante le serate a casa sua, molto più protratte e approfondite di quanto non fosse mai capitato prima. Ramona, dai frondosi rami dell'albero analitico, discendeva a poco a poco fino alle radici più sotterranee. Questa discesa era innaffiata dal copioso pianto delle confidenze dei suoi pazienti, rese durante sedute coscienziosamente pagate con denaro sonante, una dopo l'altra. Ma, alla resa dei conti, rami, radici, foglie, fiori e frutti, venivano a dare un unico risultato: le condizioni fondamentali per il raggiungimento dell'equilibrio e della felicità consistevano nell'avere un marito o una moglie come si deve, figli legalmente riconosciuti, prestigio sociale e professionale, amici... A questo si riduceva tutto il desiderabile, tutto ciò a cui l'uomo può aspirare per godere di buona salute mentale. Di conseguenza, la dotazione necessaria per essere ragionevolmente felici prevede stabilità, sicurezza, agio borghese, il tutto simboleggiato alla perfezione dalla barba ben curata di Freud.

Il segreto era cercare dentro se stessi per trovare se stessi. Erano così eliminate le connotazioni negative della parola egoismo, e il concetto veniva messo in funzione a pieno regime. Per Ramona, nubile e vissuta sempre sola, questo principio si traduceva in atti ben poco eroici, quotidiani e banali, ma carichi di praticità e utilità. Per lei era importante avere imparato ad aggiudicarsi il miglior sedile in aereo o il solo tavolo libero rimasto in un ristorante. La psicanalisi le aveva permesso di diventare una potente madre di se stessa. L'arte di prendersi cura di sé, che l'analisi le aveva trasmesso, la aiutava a vivere bene in un mondo difficile. Non poteva non riconoscere, però, un fatto evidente: le mancava la cosa più desiderabile: un uomo che le stesse accanto. Ed era troppo tardi ormai, le sue nuove abitudini pratiche allontanavano gli uomini. A nessuno piace una signora che sgomita come una chioccia di se stessa.

– Ci sono cose che solo un uomo può offrirti – diceva Ramona. – Il suono della sua voce quando rientra a casa, il braccio che ti circonda le spalle mentre cammini accanto a lui. La sicurezza che ti dà un uomo è unica, deliziosa.

Non perdeva la speranza di trovare un compagno e sposarlo. A quanto mi raccontava, nel suo gruppo di psicanalisti erano nati solidi connubi tardivi: colleghi che all'approssimarsi dei sessant'anni avevano deciso di unire le loro vite. Perché lei avrebbe dovuto rinunciare alla presenza rassicurante di un uomo al suo fianco? Era ottimista.

– Non si possono cancellare gli errori commessi nella vita, ma si può evitare di commetterne di nuovi. Anche se non è facile: un errore tende a generarne altri. Una volta che ti trovi nella scomoda posizione a cui ti ha condotta un errore, qualunque soluzione è sbagliata. Solo una buona organizzazione può liberarti dalla catena dei passi falsi esistenziali. Ma, attenzione, non puoi organizzarti secondo le regole che poni tu, devi adattarti alle regole degli altri, a quelle che tutti rispettano e seguono. A me, per esempio, piacerebbe moltissimo avere un figlio, ma non mi verrebbe mai in mente di farlo da sola. Bisogna piegarsi alle norme. Ogni cosa ha il suo posto e la gente sa molto bene qual è.

Ramona, implacabile nella sua diagnosi, non si rendeva conto di essere lei stessa ai limiti della norma. Di essersi rinchiusa in un mondo settario e a sé stante.

– Le cose importanti per tutti, sono importanti davvero. Fare figli è una di queste. Per questo Sara deve cercare di non fallire come madre.

– È questo che le sta inculcando il suo psicanalista?

Lei si mise a ridere.

– Noi psicanalisti non inculchiamo niente, ma facciamo in modo che l'individuo si adatti e trovi la sua tranquillità.

Non le dissi che le madri che avevo conosciuto io non facevano che rafforzare il cordone ombelicale, creando un rapporto ermetico ed esclusivo con i loro figli. Non le dissi quanto trovassi terribile che tutta la protezione, tutte le cure, tutta la dedizione delle madri fosse rivolta sempre a una sola persona. Non le dissi che il rapporto delle madri con il mondo era per me molto meschino, un vincolo abominevole: sempre individuale, sempre materiale, sempre privato. Eppure, non potevo tacere la mia opinione riguardo a Sara e a sua figlia.

– Credi davvero che Sara stia ricevendo buoni consigli? Ho sempre pensato che farebbe meglio a liberarsi di una figlia che le sta rovinando la vita, che potrebbe darla in adozione.

Mi pentii subito di aver parlato. Ramona era capace di risalire alle origini del conflitto, Elettra, Edipo e tutto il resto. Il grande circo freudiano permetteva sempre la piroetta capace di lasciare il pubblico a bocca aperta. Ramona poteva mettersi a dissertare sull'aggressività, che in definitiva esprime il desiderio di ricomporre le lacerazioni e i guasti. Sì, a volte è necessario dare un bel colpo all'edificio e demolirlo, solo così si può ricostruire su fondamenta più solide. I bambini sono molto intuitivi e queste cose le sanno, anche se nessuno gliele ha insegnate. Cominciavo ad avere un certa esperienza quanto all'applicazione pratica delle belle teorie di Freud, e mi aspettavo un'arringa piena di concetti apparentemente contradditori, di quelli che i comuni mortali non riescono a cogliere a prima vista. Ramona invece aprì le braccia come per dire: «Le cose stanno così». Può anche darsi che la vita sia più artigianale che artistica, ma nessuno può abbandonarne gli sviluppi al caso. Bisogna intervenire in modo deciso cercando di rabberciare il tutto: una tiratina lì, un'aggiustatina qui, usare buoni materiali, essere coscienziosi e scrupolosi nel lavoro... niente di troppo creativo o dirompente. In fin dei conti, l'idea generalizzata di felicità non si distacca troppo dai parametri psicanalitici: denaro, salute, amore. Chiunque vada in cerca di innovazioni originali, di libertà a oltranza o di risposte filosofiche, non è in buona fede. In fondo l'unica massima applicabile alla psiche è il ben noto «Si vive una volta sola» e, naturalmente, se è questa la vita di cui dobbiamo approfittare, non ha senso voler rompere gli schemi o farsi pionieri di un'anti-routine giornaliera.

Era una volgare beffa che l'estrema sofisticazione psicanalitica e le convinzioni popolari più pedestri finissero per coincidere nell'essenziale? No, Ramona e i suoi amici terapeuti sapevano di cosa parlavano. Anno dopo anno passavano tutte le mattine e tutti i pomeriggi aprendo le porte dei loro studi a uomini e donne, soprattutto a donne. Dopo cinquanta minuti esatti li vedevano uscire. Avevano ascoltato brandelli di vita, di fantasie, o pure divagazioni, sogni... Spesso non avevano proprio niente da ascoltare: i pazienti si rinserravano in un silenzio testardo o raccontavano un film visto in televisione, o li insultavano gratuitamente, anche senza penare attraverso il gioco del ping-pong. Ebbene, quei fiumi di informazioni sgorgati dall'anima sfociavano in un mare magnum di simboli, di false piste, di tasselli sparsi che dovevano mettere in ordine. Se dopo tanti ragionamenti e tante interpretazioni il consiglio da applicare si basava sul ben noto «tranquillità e dieta sana», un motivo ci sarà pure. Potrà anche sembrare un luogo comune, ma non importa. Tranquillità di fondo e un'alimentazione equilibrata, e se le due cose potevano essere fornite da un buon marito o una buona moglie, tanto meglio.

Ma affinché tanta semplicità brillasse di luce propria, era necessario attraversare una selva oscura. Il lavoro di Ramona era caratterizzato da aspetti impudichi, punteggiato di confessioni sessuali, complicato da patologie contorte come nodi. Restituire la linea retta a personalità traviate era la vera difficoltà.

Ramona constatava un fatto terribile attraverso la sua massiccia esperienza: la donna è vittima preferenziale della malattia psichica. Una grande verità. Esistono statistiche e studi comparativi incontrovertibili. I disturbi non hanno numero. Le sindrome femminili sono diffuse ovunque. Le casalinghe mandano giù di tutto pur di sentirsi meglio: tranquillizzanti, antidepressivi, ansiolitici. Lottano come possono contro le emicranie e lo stress. Soffrono di malattie psicosomatiche. Hanno disturbi del sonno. Sono afflitte da isteria, da sindrome premestruale, da depressione post-partum e da malinconia post-coitum. Ci sono le alcoliste mascherate e le cleptomani da grandi magazzini, c'è la demenza precoce, la ludopatia da bingo e da macchina mangiasoldi. Ci sono le anoressiche e le bulimiche. E soprattutto ci sono le donne che prendono caffè, decine di caffè. Caffè che suddividono la giornata dal mattino alla sera affinché la vita abbia un senso. Il caffè della colazione, il caffè di metà mattina, il caffè del dopo pranzo, il caffè di metà pomeriggio, il caffè del dopocena. Caffè che tira su il morale e dà qualcosa da fare. Sono un esercito, le donne psichicamente a pezzi, un esercito che punta le proprie armi contro di sé.

Ramona non era d'accordo quando io le esponevo le mie teorie.

– Dal momento che non rivolgiamo la nostra aggressività contro gli altri, finiamo per aggredire noi stesse con le patologie mentali – dicevo.

Lei negava che fosse così, non voleva nemmeno sentirne parlare. Le donne sono più portate alle malattie psichiche mentre gli uomini soffrono più facilmente di disturbi cardiaci. Non era il caso di indagare oltre. Lei, che si occupava professionalmente dei simboli e della loro interpretazione, respingeva categoricamente la mia teoria. In questo era concreta, meccanicista, scientifica. Dovevo arrendermi all'evidenza: noi donne siamo alla base dell'equilibrio e dell'armonia, e al tempo stesso siamo carne da psichiatra. È così e basta.

Nei due mesi che passai a casa sua tentai più volte di confutare questo ragionamento semplicista.

– Gli uomini usano la loro aggressività all'esterno, permettendo ai loro conflitti interni di affiorare, non li tengono chiusi dentro di sé fino a farsi venire dei cancri mentali. E poi da sempre hanno la possibilità di impegnarsi nella creazione artistica di ampio respiro. Epopee, sinfonie, cattedrali. Che cosa facciamo noi donne non appena ci vengono passati gli arnesi della creazione? Mio Dio! Ci areniamo in piccole storie introspettive sulla nostra infanzia, sui sentimenti, sull'amore.

Ramona rideva, ma scuoteva la testa. No, le cose sono come sono. Capii che non sarebbe mai stata d'accordo con me. La base del suo sapere era nettamente individualista, non avrebbe mai preso in considerazione teorie generali.

Le portai la fotografia di una scultura che mi piaceva molto. L'artista era un lituano che viveva negli Stati Uniti. Era una bella statua lignea intitolata *Maternità*. Raffigurava una donna che allatta un bambino. Il bambino non badava al seno materno, ma si dedicava a risolvere un cubo di Rubik che aveva fra le mani. Dalla schiena della donna sporgeva una chiavetta, come quella dei giocattoli a molla. Le misi quell'immagine sotto gli occhi.

– Vedi, qui è chiaramente esposto il problema. Il bambino, futuro uomo, pensa solo al suo gioco, che rappresenta la pura intelligenza astratta, e per di più improduttiva. Quanto alla donna, eccola lì, che sconta la sua condanna come un automa: si occupa delle necessità primarie dell'uomo, seguendo il suo imperativo animale, badando all'essenziale, mentre la sua fatica è ignorata perfino da chi ne trae direttamente beneficio. Questo è il ruolo della donna. Davvero la psicanalisi vede questo stato di cose come l'ideale a cui dobbiamo tendere?

Lei rideva come una matta mentre brandivo quella foto davanti a lei. Non mi prendeva sul serio, ma era divertita dalla determinazione che mi spingeva a mostrarle delle rappresentazioni grafiche delle mie teorie. Quando riuscì a smettere di ridere, mi guardò seria:

– Senti, non estremizziamo. Ieri, in metropolitana, si è seduta vicino a me una donna che mi ha molto colpita. Aveva una cinquantina d'anni e un'aria esausta. Probabilmente tornava dal lavoro. Era una donna comune, di bassa estrazione sociale, vestita con roba del mercato, con i capelli rovinati dalle tinte e dalle permanenti. Eppure mi accorsi che aveva curato tutti i piccoli dettagli che le permettevano di avere un suo riconoscimento sociale: anelli d'oro alle dita, un ciondolo con il suo segno zodiacale, una camicetta di seta sintetica, scarpe dello stesso colore della borsetta in finta pelle... È stupefacente, ma tutti obbediscono alle norme senza che nessuno debba imporgliele. Di sicuro quella donna lavora in un'impresa di pulizie, esce con suo marito la domenica, impara dalle riviste o dalla televisione tutte le novità dettate dalla moda a ogni stagione… Perfino i pazienti psichiatrici ricoverati in ospedale, completamente disturbati, vittime di allucinazioni spaventose, fobie continue, ossessioni aberranti, perfino loro portano giacche e pantaloni di taglio attuale, usano il tovagliolo durante i pasti, si salutano cortesemente quando non sono troppo fuori di testa. Tutti tendiamo verso la norma che abbiamo ereditato dalla nostra civiltà.

Nell'intero periodo che trascorsi in casa di Ramona, in quelle lunghe conversazioni serali, non parlammo mai di Sara come di un caso personale. Anzi, credo che entrambe evitassimo di farlo, anche se l'argomento era nell'aria. A volte veniva fuori l'esempio di sua figlia, e allora Ramona era inflessibile.

– Non dire che quella bambina sta crescendo nell'odio gratuito verso sua madre! Sara non ha saputo darle la minima tranquillità e sicurezza. Manca di un padre, manca di ordine… E quegli amanti deplorevoli che fanno tutto quel che pare a loro anche davanti alla bambina! Guarda, puoi permetterti di essere disperata, di vivere alla giornata, di andare a letto con chi vuoi, di fare l'eccentrica se non hai figli. Una volta che li hai, è finita, capisci? È finita. I figli durano tutta la vita.

Molte volte pensai che Ramona fosse così rigida perché non andava a letto con nessuno. Sospettavo che si fosse innamorata del suo psicanalista, magari solo nei primi anni, per poi dimenticarsene. In ogni caso, si era innamorata, senza mai confessarlo. Non aveva fortuna con gli uomini. Non era brutta, ma mancava di attrattive, era grigia, semplicemente a modo. Da come si presentava agli altri ci si faceva subito l'idea che non fosse una donna capace di vivere una passione e, quindi, nemmeno di suscitarla. La maggior parte degli uomini che conoscevamo avrebbe preferito andare al cinema da soli piuttosto che uscire con lei. Alla fine era entrata nel club delle donne che vivono tutta la vita senza un uomo accanto. Ma a lei non dispiaceva, si era organizzata alla perfezione dentro al guscio della psicanalisi. Aveva un lavoro ben remunerato, aveva amici, viaggiava e andava a cena fuori. Sembrava non le mancasse nulla, tranne i figli. Parlammo anche di questo, qualche volta, nei due mesi che durò la sua ospitalità.

Sì, il mito dei figli aveva fatto breccia nel suo cuore. Un ventre sprecato. Nessuno che l'avrebbe chiamata mamma. Seni che non avrebbero dato latte. Stanze dove non si sarebbe mai sentito un grido infantile. A me sembrano tutti luoghi comuni a cui lei si aggrappava senza neppure troppa convinzione. Eppure, non mi sarebbe mai passato per la testa di contraddirla. No, eravamo grandi ormai, erano finiti gli anni lieti della facoltà, quando ciascuno gridava la verità in faccia all'altro e si rimaneva sempre amici. E poi la cosa non aveva più importanza. Tutti abbiamo bisogno di esibire la nostra frustrazione, una frustrazione riconoscibile e accettabile dagli altri. È un modo come un altro per integrarsi. In fondo, non penso che il senso pratico di Ramona le permettesse di passare molte notti in bianco rimpiangendo di non aver partorito. Se così fosse stato, avrebbe buttato a mare tutte quelle regole di felicità firmate Freud e avrebbe concepito un figlio con un amico, oppure si sarebbe fatta inseminare artificialmente.

Dal periodo trascorso in casa sua avevo tratto utili insegnamenti sulla disciplina psichiatrica a cui lei aveva dedicato la vita e, francamente, li trovavo molto preoccupanti. La mia amica Sara, la mia cara amica Sara dalla quale mi ero allontanata, ma che continuavo ad ammirare e ad amare, era sotto l'influenza di quelle idee. Il modello secondo il quale veniva rieducata implicava la necessità di marito, figli, proprietà e prestigio sociale. E non come semplici coadiuvanti, come eccipienti, ma come sostanza essenziale dell'equilibrio mentale necessario per vivere. Sara non aveva la minima possibilità di uscire indenne da un trattamento simile. La sua struttura emozionale, cerebrale, chimica e fisica non si sarebbe mai adattata. Anzi, tutti quegli elementi erano contrari al suo più intimo e genuino modo di essere. Di conseguenza, il contrasto avrebbe potuto trasformarsi in un ciclone capace di raderla completamente al suolo. Sottoporre lei a psicanalisi era come voler far sì che una formica, con il solo esercizio muscolare, raggiungesse la forza fisica di un elefante. Non solo non ci sarebbe mai arrivata, ma lo sforzo l'avrebbe distrutta. Nulla pareva cambiare. La via che aveva intrapreso l'aveva gettata in uno stato di abbattimento e depressione. Ora, per tirarla fuori, veniva usata una filosofia simile a quella che aveva causato il suo declino. Per di più, l'aspetto medico della cura dava al tutto una patina scientifica. La medicalizzazione del problema non faceva che attirare nuvoloni neri sulla scena. Si può sfuggire all'influenza di una corrente di pensiero, alla pressione di un gruppo sociale dominante, ma non è mai facile sfuggire agli artigli di una terapia che ufficialmente cerca il tuo bene. Tutto ciò che ha un aspetto neutro rischia di essere letale. E poi, chi accetta una terapia riconosce chiaramente una posizione di inferiorità, una debolezza. Abbandona l'orgoglio, le difese, la ribellione che dà forma a una personalità. Esistiamo in opposizione a ciò che ci circonda, e ammettere di essere malati, cercare una cura, è il primo passo verso la sconfitta.

Non sapevo cosa fare per Sara. Era passato troppo tempo senza nemmeno una telefonata. Se l'avessi chiamata ora, senza una buona scusa, che cosa avrei potuto dirle? In realtà fra noi non c'era mai stato bisogno di scuse, ma in quel momento, con tutto quel che era successo e stava ancora succedendo, in quella situazione che nessuno sapeva dominare... Eppure dovevo tentare qualcosa. Qual era il piano? Metterla al corrente delle mie scoperte nella casa-studio di Ramona, d'accordo, era facile a dirsi, ma se lei si era aggrappata alla terapia come alla sua sola ancora di salvezza, che figura avrei fatto io dicendole: «Attenzione, ti stanno distruggendo»? E quale alternativa potevo offrirle? La sola cosa che potevo fare era un ultimo sforzo, un tentativo grandioso e trionfale che toccasse le corde giuste della sua anima, che la spingesse a reagire. Sara doveva tornare indietro, come se tutti quegli anni non li avesse mai vissuti, ricordarsi di quella che era stata e ritrovare se stessa, la Sara primigenia, incosciente e sventata, felice collezionista di sesso e di momenti.

Le telefonai e le chiesi di vederci, la invitai a cena fuori. Lei accettò e mi disse che avrebbe cercato una baby sitter per sua figlia. Ci trovammo alle dieci di sera, in un ristorante che avevo scelto con attenzione. Lei arrivò perfettamente puntale. Era vestita di scuro, un abito verde leggermente cangiante. Aveva gli occhi truccati e la sua indomita, bellissima capigliatura ebraica non aveva perso nulla della sua forza. Era ancora molto sexy, ma il suo sguardo non aveva la luce di un tempo. Era magrissima.

Ci sorridemmo subito e, senza motivo, scoppiammo a ridere, forse ricordando le matte risate che ci eravamo fatte in passato. Mi abbracciò con affetto, e questo mi fece capire che ero contenta di vederla, molto più di quanto non avessi immaginato. A parte la magrezza e lo sguardo spento, mi parve di avere davanti la Sara che avevo conosciuto in gioventù. Forse i miei auspici influivano su quell'impressione.

Volli subito sedere al tavolo, bere qualcosa, chiacchierare. In omaggio a lei, ordinai il miglior vino della carta. Mentre il calice le veniva riempito, lei lo guardò un po' prevenuta:

– Non dovrei bere. Sto prendendo psicofarmaci. Ma per una volta...

Quella reazione positiva, che in qualche modo relativizzava il trattamento, mi parve incoraggiante. Sì, forse si cominciava di lì. Perché non sperare in un miracolo? E se dopo aver toccato il fondo stesse cominciando a risalire in superficie? In fin dei conti, poteva succedere, eravamo lì, lei ed io, amiche di sempre, sedute in un bel ristorante alla moda, pronte a trascorrere una piacevole serata. Nulla faceva pensare a tragedie familiari, vite straziate, confidenze drammatiche. Eppure, ero stata io a convocarla lì, e proprio per parlarle di argomenti niente affatto leggeri: la psicanalisi, i pericoli che la insidiavano... Forse mi stavo spingendo troppo oltre.

Brindammo, e lei mi guardò con aria divertita e maliziosa. Mi disse:

– Sei bella, hai l'aria di star bene.

– Sto bene.

– Lo so. Sei innamorata e stai per cominciare una nuova vita.

– Con te è impossibile avere dei segreti.

– Vedo spesso Berta e Ramona. Me ne hanno parlato. Era un segreto?

– No, figurati.

Era tanto che non ci vedevamo, e le nostre vite erano così diverse, che non poteva bersagliarmi di domande sulla mia nuova situazione amorosa. Non lo fece, e gliene fui grata. Si limitò a sospirare allegramente mentre diceva:

– Di sicuro ti andrà bene. Tu hai sempre avuto buon senso in queste cose.

– Ti ricordo che si tratta del mio secondo matrimonio.

– Appunto. Chi si sposa più di una volta dimostra talento in fatto d'amore e convivenza. Vuol dire che la cosa ti interessa, che è presente nella tua vita.

– A te non interessa?

– In questo momento non so bene cosa mi interessi e cosa no. Dico sul serio. Ma non importa. L'importante è che riesca a mettere un po' d'ordine nella mia vita, e fare in modo che tutto funzioni come si deve.

Stavamo rapidamente scivolando verso il punto a cui volevo arrivare, eppure avevo la sensazione che fosse troppo presto, che non si fosse ancora creata l'atmosfera giusta per quel genere di discorsi. Era meglio lasciarla parlare, farmi raccontare che cosa davvero la preoccupasse in quel momento.

Mentre mangiavamo, osservai con più attenzione il suo volto. La struttura ossea era rimasta quella, non era prematuramente invecchiata, solo un po' provata, come se l'insieme dei suoi tratti fosse stato sottoposto a erosione interna. Pensai fossero i segni lasciati dalla sofferenza. Sì, doveva essere così. Erano tanti anni che soffriva. Questo la rendeva così diversa dai tempi della sua allegra gioventù. La sua vitalità disordinata, la sua incapacità di condurre un'esistenza normale, erano in lei da sempre, solo che allora non le sentiva come qualcosa di tragico. Forse aveva continuato a vivere in un limbo nei primi anni del matrimonio, perfino quando si lasciava andare alle sue storie con amanti impossibili. La vera sconfitta, per lei, era proprio questo, cominciare ad avvertire la sofferenza, provare la frustrazione di non riuscire a essere come le si richiedeva. Pensai a tutte le ore angosciose che doveva aver passato cercando di imporsi dei modelli che intimamente non capiva né condivideva. Doveva essere stato qualcosa di simile al tormento di un animale di laboratorio che non sa perché ci si accanisca su di lui con tanta ferocia. Se almeno avesse respinto quel che ci si aspettava da lei, se avesse avuto la consapevolezza necessaria per opporsi alle regole, allora la sua battaglia sarebbe stata logica e perfino benefica, anche se alla fine avesse perso la guerra. E invece no, lottava per imporsi quel che le era perfettamente estraneo, lottava per credere in ciò a cui lei, per sua natura, non credeva. Tutto questo ne faceva una sorta di mercenaria al soldo del sistema, una martire disposta a immolarsi per un dio che non le era stato rivelato.

Quanta sofferenza inutile! Quanto eroismo sprecato! Nessuno può andare contro la propria natura. Alla fine saltano fuori le nevrosi, i conflitti interiori, l'insoddisfazione. Nell'ultima fase del processo si è completamente devastati, ci si riduce a nulla.

– Va tutto bene? – le domandai.

– Adesso sì, va tutto bene. Ho smesso di aspirare a grandi cose e mi occupo di quelle piccole.

Alzò il bicchiere con aria di trionfo, e per la prima volta i suoi occhi smorti luccicarono un poco.

– Finalmente credo di essere ben organizzata. Faccio le cose secondo un ordine prestabilito e tutto funziona. Non era poi così difficile, sai? Lavoro, preparo il pranzo, leggo un po', vado a prendere la bambina a scuola e poi sto con lei: facciamo insieme i compiti, chiacchieriamo, ceniamo... Come un orologio, credimi. I disastri sono finiti.

– Magnifico, davvero magnifico!

Aveva parlato con orgoglio sincero, come una bambina tutta contenta di avere imparato ad andare in bicicletta. In passato non si sarebbe mai esibita così davanti a me. Io ero la complice del suo lato selvaggio, condividevamo idee comuni: il rifiuto delle convenzioni, il disinteresse per le cose domestiche. Sembrava essersene dimenticata. Perché? Pensava che fossi cambiata e avessi abbracciato anch'io i valori della massa? Forse il mio avvertimento contro la psicanalisi sarebbe arrivato troppo tardi e sarebbe parso ridicolo. Mi indignai con me stessa. Che cosa volevo fare, smontare quel che Sara aveva ottenuto a costo di tanti sforzi: una vita armoniosa, semplice, pacifica e senza imprevisti? Non era stato forse per il disordine che regnava nella sua vita che mi ero allontanata da lei? Ero io quella che non aveva imparato niente, quella che restava ancorata a quattro luoghi comuni a buon mercato: la libertà, lo sviluppo della persona, la rottura degli schemi e la fedeltà a se stessi. Ottimo, d'accordo, meraviglioso, tutto questo sarà anche stato indispensabile per un essere eccentrico come lei, ma io nel corso degli anni mi ero permessa ogni genere di compromessi e deviazioni. Scrivevo romanzi non proprio rigorosi come sarebbe stato l'ideale, conducevo una vita piacevole e tranquilla con abbondanza di contatti sociali e, per di più, avevo da poco avviato una nuova e gratificante storia sentimentale. Certo, io non possedevo il fondo irriducibilmente anarchico della mia amica, tuttavia, correre in suo aiuto mi parve in quel momento come una delle decisioni più assurde che avessi mai preso. Non le avrei detto nulla, naturalmente.

E poi, non era necessario. Via via che la cena procedeva e i bicchieri si vuotavano e tornavano a riempirsi, la Sara che avevo davanti agli occhi mi ricordava sempre più il modello originale. Sorridente, dispersiva nella conversazione, divertente e piena di uscite imprevedibili, dimostrava forse di aver raggiunto un equilibrio che le permetteva di fare emergere nuovamente la sua vera personalità. Tutti noi eravamo cresciuti, ed era logico che nel corso del tempo fossero cambiati alcuni aspetti del nostro carattere. Dopo le sue sofferenze, dopo il concatenarsi di errori che era stata la sua vita, sembrava che finalmente si fosse lasciata alle spalle la sua concezione dirompente dell'esistenza e il suo uso liberissimo del sesso, e che tuttavia stesse ritrovando altri aspetti: il suo orrore per l'affettazione, la sua spensierata gioia di vivere.

Quel che mi aveva raccontato sul nuovo andamento della sua vita non mi pareva molto attraente: lavoro, passeggiate, ritorno a casa nel primo pomeriggio, dedizione alla bambina... Eppure, quando si è stati molto male, quando si sta tentando di risalire la china della depressione, trovare la pace della routine quotidiana può essere benefico.

Nonostante l'atmosfera carica di buoni auspici, non ebbi il coraggio di domandarle nulla sulla sua crisi depressiva. In fondo, potevo anche non essere al corrente di quest'ultima disavventura che aveva oscurato la sua vita. Al momento del dessert, però, fu lei ad affrontare l'argomento.

– Sto andando da un'analista. Mi aiuta molto. Imparo ad affrontare le cose con armi diverse da quelle che avevo usato finora. Sai, senza rendertene conto, puoi ritrovarti incanalata nella direzione sbagliata. Vai incontro al mondo equipaggiata solo del tuo narcisismo, cercando una compensazione in luoghi o persone che non te la potranno mai dare. Finché non ce la fai più e tutto va in pezzi. Io sono andata in pezzi, capisci? In mille pezzi. Credevo di essere forte, di poter resistere a tutto, ma non era vero. Sono crollata. Qualunque cosa mi affaticava: muovermi, parlare... volevo solo essere lasciata sola, in un angolo. Non volevo vedere mia figlia e sono rimasta a casa dal lavoro per più di due mesi. La notte avevo incubi spaventosi. Ma non erano i tipici sogni dell'orrore in cui ti vedi morto o c'è un mostro che ti insegue. No, era stranissimo. Sognavo paesaggi o oggetti che avrebbero dovuto muoversi e non si muovevano. Vedevo alberi con le foglie assolutamente immobili, anche se tirava un vento fortissimo. Io lo sentivo, il vento, ma gli alberi rimanevano sempre immobili. Vedevo anche delle fontane, con gli zampilli come congelati nell'aria. L'acqua usciva ma non scorreva, se ne stava lì, ferma e paralizzata. Una cosa assurda, come ne capitano nei sogni. Eppure queste immagini assurde mi davano un'angoscia tremenda. Mi svegliavo nel cuore della notte tutta sudata, e invece di calmarmi subito, perché in fondo era stato solo un sogno, rimanevo sveglia, piena di paura e di ansie per ore... Secondo te, potevo andare avanti così? Fare una vita normale?

– Immagino di no. Per questo hai deciso di andare in analisi?

Scoppiò a ridere. Ma mi parve che vi fosse amarezza nella sua risata, o scetticismo, o perfino una certa disperazione.

– Ho deciso? Deciso, io? Quando mai hai visto, da che mi conosci, che io abbia deciso qualcosa? O anche solo pensato che fosse il caso di prendere una decisione? Pensi che mi sia mai resa conto che qualcosa non funzionava? Lo so, è difficile capirlo, ma tu mi capisci, mi capisci molto bene. Io non so esattamente quando qualcosa non va. Forse non ho neppure un'idea di cosa vuol dire quando qualcosa va bene, o forse ho la sensazione che vada sempre tutto male, sempre, e quindi di essere poco obiettiva. Insomma, il fatto è che non mi sono accorta che stavo crollando neppure nei momenti in cui ero a terra. Forse sono una santa, forse ho la vocazione al martirio, o forse della mia vita non me ne frega un bel niente.

Cominciai a preoccuparmi per il tono della sua voce. Stavamo lentamente scivolando verso una drammaticità inaspettata, verso confidenze strazianti, di segno opposto alle apparenze di poco prima? La ascoltavo con interesse, ma non potevo togliermi dalla testa il timore che da un momento all'altro lei esplodesse, coinvolgendomi in una situazione imbarazzante e assurda. Non conoscevo nessuno dei codici di emergenza per gestire Sara. In realtà, non sapevo neppure in quale situazione si trovasse veramente, quali cambiamenti avesse subito nel lungo e accidentato periodo in cui non ci eravamo viste. Cosa avrei dovuto fare se si fosse lasciata risucchiare in un'inarrestabile spirale verso l'abisso? Come mi succedeva ogni volta che ero con lei, provai l'irrefrenabile tentazione di fuggire, di mettermi in salvo, di respingere ogni responsabilità rispetto a lei. Probabilmente né Berta, né Ramona, nessuna delle persone che avevano inciso con i loro consigli sulla vita di Sara, aveva agito di propria volontà. In quel momento giunsi a pensare che tutti loro si fossero sentiti indotti a intervenire, che ciascuno, senza eccezioni, avesse avvertito, come me, quel muto e implicito appello a partecipare, a riempire lo strano vuoto che la circondava. Solo che loro avevano intrapreso azioni concrete che, alla prova dei fatti, avevano soltanto complicato il problema. E io? Avevo mai cercato di impedire a Sara di commettere altri errori? No. E la mia mancanza di reazioni non si doveva alla convinzione razionale che fosse meglio lasciarla stare, ma al desiderio che tutti lasciassero stare me. Che cosa avevano in mente, una maledetta campagna di massa allo scopo di vivere tutti quanti una sola vita comune e aperta al dialogo? Da una parte mi sentivo egoista e limitata, per aver sempre rifiutato qualunque impegno e conflitto. Dall'altra, provavo una forte avversione per quella corsa alla solidarietà.

– Una sera mi sono chiusa nel bagno – continuò Sara. – Camila si è messa a chiamarmi per tutta la casa, non riusciva a trovarmi. Mi chiama sempre gridando a squarciagola, come se fosse scoppiato un incendio, come se le stesse succedendo qualcosa di terribile. Io la sentivo, ma non rispondevo. Mi sentivo bene lì dentro, sola, isolata. Volevo solo stare tranquilla, e quello era l'unico posto della casa dove potessi chiudere la porta a chiave e lasciare fuori tutto quanto. Ti assicuro che non intendevo allontanarmi dalla bambina, non stavo cercando di fuggire da lei. No, ero preoccupata per lei come sempre, mi domandavo cosa stesse facendo, come avrebbe fatto a trovare le cose di cui aveva bisogno per cenare e mettersi a letto. Ma la mia voglia di pace era più forte di tutto. Non rispondevo alle sue grida, anzi, avevo smesso di sentirle. Ho aperto i rubinetti della vasca e l'acqua ha cominciato a scorrere, canticchiavo come se stessi facendo il bagno. Mi sono spogliata e mi sono immersa fino al collo. Non ricordo nemmeno se l'acqua fosse fredda o calda, non mi importava, l'importante era che non si sentisse nulla. Silenzio. Credo di essermi sentita felice per la prima volta dopo molto tempo, lontana dal mondo. Nessuno si aspettava niente da me, nessuno mi parlava. Ero assente anche da me stessa, non pensavo, il continuo monologo interiore che mi tocca sempre sopportare era cessato.

Io cominciavo a sentirmi francamente inorridita da quel che Sara mi stava raccontando. Non aveva perso il sorriso mentre parlava, e il tono della sua voce era quello normale di una chiacchierata fra amiche, ma quella storia era raccapricciante, e la dissociazione fra la gravità di quel che diceva e il tono che usava era ancora più orribile. Non potevo fare a meno di sentire i rumori che lei rifuggiva: le grida della bambina in corridoio, i colpi contro la porta, il getto dell'acqua che scorreva dal rubinetto aperto e, al di sopra di tutto, quel canticchiare che mi figuravo meccanico e autoprotettivo, imparentato con la vera follia. Quell'episodio stava mettendo fine alla mia serenità e aveva l'aspetto di una crisi psicotica in piena regola. «Era una situazione così comoda, come non essere nata» diceva Sara, e in quella frase era contenuto tutto l'orrore della storia.

– Quel che è successo da quel momento in poi l'ho saputo dopo. Mia figlia è corsa a chiedere aiuto a una vicina, e la vicina ha chiamato la polizia. Hanno buttato giù la porta del bagno, ci credi? Io completamente nuda e fuori dal mondo, e dei tipi in divisa che giravano come matti per casa mia. Mi hanno portata all'ospedale e lì ho chiesto che telefonassero a Berta o a Ramona. Poi sono rimasta per un po' sotto l'effetto dei sedativi, e quando mi sono svegliata mi hanno lasciata andare. Berta si è presa cura della bambina e Ramona mi ha riaccompagnata a casa. Abbiamo parlato a lungo. Mi ha spiegato che non potevo andare avanti così e mi ha consigliato di andare in terapia.

– Ti ha convinta?

– Ha fatto di tutto perché capissi che psicologicamente avevo bisogno di un aiuto. È la sua specialità, no?

– E ti serve?

– Te l'ho detto all'inizio della cena. Adesso le cose funzionano.

Mi guardò con gli occhi ironici che ricordavo bene, si strinse nelle spalle.

– Senti, perché non usciamo di qui? Andiamo a bere qualcosa da qualche parte, qualcosa di leggero, un bicchiere di vino, magari. Ti va?

Non era nelle mie intenzioni alterare il suo equilibrio, deviare il percorso di quella via di redenzione che a quanto pare funzionava, come diceva lei. Funzionare, un verbo significativo, che si addice a un'azienda, o perfino un elettrodomestico adeguatamente collegato alla rete elettrica. Non intendevo più farle giungere il mio messaggio liberatorio, ma sarebbe stato ridicolo rinunciare a un altro bicchiere di vino. E poi, ero curiosa. Il modo in cui aveva parlato, la nebulosa in cui si agitavano i suoi veri sentimenti mi spingevano ad ascoltarla ancora, a vedere dove cercassero di andare le sue parole. Era evidente che Sara aveva voglia di parlare, ed era strano per una come lei, che aveva fatto del silenzio e della parsimonia verbale una delle sue caratteristiche. La psicanalisi l'aveva addestrata? Non era così fuori luogo pensarlo, tre quarti d'ora di fila sdraiata su un lettino, con la voce come unico vincolo con chi deve curarti, filando frasi su frasi come unica via d'uscita dalla malattia, tutto questo deve forzarti a parlare, forzare il ricordo, forzare la scelta di un'espressione piuttosto che un'altra, o l'abbandono a un flusso interiore, di cui il tuo apparato fonatorio non è che un mezzo materiale. Aveva acquisito un'abitudine, i capitoli della sua esistenza uscivano dalla sua bocca con fluidità, enunciava sentimenti, ossessioni e sogni, tutti ugualmente orribili, con l'impassibilità di chi commenta il telegiornale. Se le cose stavano così, erano abbastanza spaventose, e davano una sensazione irreale ed enigmatica, come quando Sara non parlava mai.

Entrammo in un locale molto vicino al ristorante dove avevamo cenato. Sara pareva posseduta dalla voglia di conversare, di bere... mi domandai se quel suo stato si dovesse specificamente alla mia presenza o se si sarebbe comportata allo stesso modo con chiunque. Credo di no, io ero una persona speciale per lei, ne sono quasi sicura, appartenevo a un altro periodo della sua vita, e poteva sentirmi vicina e amica. L'alcol aveva influito anche su di me, e non ero più preoccupata, non temevo più che Sara mi avvolgesse nel suo velo scuro. Non mi sentivo responsabile di lei, e lei sapeva che io ero estranea a quell'assemblea di consiglieri benevoli che decideva l'evolversi della sua vita. Potevamo tranquillamente bere qualcosa insieme senza che questo costituisse alcun impegno.

– La terapia sta andando bene, mi aiuta, adesso le cose hanno un andamento normale, vado per la mia strada. La biblioteca, le faccende quotidiane, la bambina, tutto bene, regolare, finalizzato a uno scopo, in uno stato di sufficiente serenità. Questo non significa che il tempo sia finito per me. Ho ancora delle speranze, posso rifarmi una vita sentimentale, trovare un uomo con cui andare d'accordo. Un domani mia figlia prenderà il volo e si costruirà il proprio nido.

– Tutto quello che dici sembra imparato a memoria, Sara.

– Lo è. Ma bisogna impararle, le lezioni, no? Io senza lezioni non ero capace di vivere, adesso lo sono.

– Lo pensi davvero?

– Stai scherzando? Anche tu hai visto cosa combinavo. Ogni volta che potevo commettere un errore, lo facevo senza pensarci due volte, e non ero nemmeno consapevole di aver sbagliato.

– Sbagliavi quando seguivi le regole degli altri, però quelle regole...

– Macché! Lo so che cosa vuoi dirmi, che ciascuno deve essere protagonista della propria vita, eccetera, eccetera. Ma le cose non stanno così. Siamo circondati dagli altri, e una volta che hai accettato una sola delle regole degli altri devi andare avanti sulla stessa linea.

– E qual è stata la regola che hai accettato?

– Mia figlia, lo sai.

– Tua figlia.

– Sì, ho avuto una figlia, l'ho voluta, e forse questa è stata la sola cosa che ho deciso di fare da quando sono nata. Poi ho sentito davvero il bisogno di occuparmi di lei, l'ho sentito, capisci? Nessuno ha dovuto convincermi dei miei obblighi.

Rifiutava l'idea che gli altri l'avessero messa nelle condizioni di decidere se avere un figlio oppure no, dopo l'aborto. Se ne era completamente dimenticata, come se non fosse mai successo. Mi domandai che cosa la psicoanalisi facesse affiorare, allora. Ma non volevo interromperla, non potevo chiederglielo; avevo la sensazione che se l'avessi fatto il suo equilibrio avrebbe potuto spezzarsi. Come quando temi lo shock che può subire un sonnambulo svegliandosi all'improvviso in un luogo dove non dovrebbe trovarsi.

Tutto quell'impegno, tutta la convinzione che lei metteva nell'interessarsi a sua figlia, mi pareva più che mai un luogo comune accettato per decreto. Era quello il trionfo delle sedute di psicoterapia? O invece era il frutto del suo senso di colpa, che le sedute dovevano aiutarla a superare? In ogni caso, sentirle dire quelle cose mi metteva molto a disagio. Perché aveva insistito per bere qualcosa dopo cena? Voleva che io fossi testimone del suo nuovo stato di tranquillità e assoluto adattamento alla situazione? Ero la sola amica che ancora dovesse dare il visto buono al suo cambiamento e ai suoi buoni propositi? Giunsi a supporre che vivesse quell'incontro con me come una specie di esame. Stava sottoponendo alla mia approvazione il nuovo corso della sua vita, perché io ero la più difficile delle sue amiche, la più incontentabile, quella che non aveva perso il rimpianto per la sua gioventù di follie.

So che non avrei dovuto neanche provarci, che fu da parte mia un atto irriflessivo e infantile; ma, come ho detto, anch'io cominciavo a sentirmi stordita dall'alcol e, interrompendo il suo bel discorsetto sensato, di colpo le dissi:

– Ti ricordi di quand'eri una magnifica collezionista di falli, Sara?

Un sorriso appena accennato le passò sul volto. Guardò verso il banco del bar, dove qualche coppia beveva whisky chiacchierando tranquillamente. Rimase assorta per qualche minuto, senza un'espressione che potessi decifrare. Poi, si voltò verso di me e disse in tono calmissimo:

– Cosa vuoi dire?

– Non ti ricordi? Ai tempi dell'università, quando studiavamo. Tu agganciavi facilmente gli uomini, ti piaceva il sesso e non davi importanza ai sentimenti, giocavi con la vita, facevi quel che volevi. Non avevi bisogno di alibi morali. Non conoscevi regole, avevi le tue leggi e il tuo modo di vivere. Sembravi così invulnerabile!

– Be', lo vedi, dopo non lo sono stata più.

– Forse, se avessi continuato per quella strada, lasciandoti guidare dalla tua libertà, a modo tuo…

– Se fossi andata avanti per quella strada non so dove sarei adesso. Buttata da qualche parte, in un centro di accoglienza per donne abbandonate, completamente sola…

Mi rivolse uno sguardo lievemente ironico, ma non sono sicura che l'ironia fosse nelle sue intenzioni. Rimaneva ancora qualcosa di lei? Qualcosa che la unisse interiormente alla ragazza che avevo conosciuto anni prima? A quella forza della natura, allegra, strana, viscerale, indifferente a tutto quel che preoccupa in genere le ragazze di vent'anni? C'era da dubitarne. In ogni caso non ero così decisa ad affrontare fino in fondo la pericolosa piega che aveva preso la nostra conversazione. Avrei dovuto domandarle quale fosse secondo lei la differenza fra sentirsi sola in una comunità per donne abbandonate e sentirsi sola, invece, in una casa condivisa con una figlia che la odiava. Almeno, in una struttura di accoglienza qualcuno si sarebbe occupato di lei, e non sarebbe stata soffocata dalle responsabilità. Possono stare sullo stesso piano i stessi ricordi di una vita vissuta in libertà, fra bellissimi uomini dal fallo eretto, e di un'altra piena di scogli, di problemi, di oscure tragedie domestiche?

– Gli uomini, gli uomini... credo non mi interessino più. Troppi errori, ho commesso troppi errori. Ho la sensazione di averli commessi tutti, di aver sbagliato tutto quel che era possibile sbagliare. Perché sono così? Non ho mai pensato a quel che facevo, c'era un'ispirazione strana, in me, quand'ero giovane. Me ne fregavo di tutto, ci credi? Non avevo progetti, non vedevo il futuro, non sentivo la necessità di preparare in un modo o nell'altro il mio avvenire. Ero felice? No, non avevo nessuna consapevolezza della felicità né dell'infelicità. Sono arrivata a dubitare di essere come gli altri, di essere umana. Come se fossi nata su un altro pianeta e fossi caduta qui per caso. Vivevo, e basta. Poi è stato diverso, ho cominciato a vedere che cosa facessi bene a fare e che cosa no, anche se questo non ha cambiato molto le cose, e ho continuato a sbagliare, ho sbagliato così tanto...

– E se non fossero stati errori? Se tu ti fossi paragonata inutilmente agli altri?

– Ma io vivo circondata dagli altri, non posso ignorarli!

– Anche da ragazza vivevi circondata dagli altri.

– Però poi mi sono impegnata in modo diverso. Quel che facevo e quel che non facevo influiva sugli altri, li faceva soffrire, e questo nessuno può permetterselo. Nessuno deve vivere così. Ho forse il diritto di far male agli altri?

– Anche loro ne hanno fatto a te, forse più di quanto tu non pensi.

– No, no, non posso vivere così, separata. Io da una parte, gli altri dall'altra... È una lotta, una vendetta continua, non posso. Ci sono cose terribili dentro di me. Io non ho mai amato nessuno, mai. Non ho odiato, questo no, ma amare... è inutile, non riesco a riconoscere questo sentimento in me. Se tutti sparissero di colpo dalla faccia della terra per me sarebbe lo stesso. Non sento niente, sono come un pezzo di legno, senza affetti né preferenze per nessuno.

– Non vuoi bene a tua figlia?

– No. So solo che non voglio farla soffrire, ma non l'ho mai amata. Non so cosa sia il vincolo che unisce le madri ai loro figli, non lo so. Perché credi che lei mi odi? Lei l'ha sempre saputo, che non le volevo bene, fin da quando era una bestiolina incapace di pensare. Ma mi odiava già, glielo vedevo negli occhi, i suoi occhi mi guardavano con un rifiuto profondo, un disprezzo di tale intensità che sembrava impossibile potesse venire da una bambina così piccola. Non ha altri ricordi che l'odio, questa è l'essenza del nostro rapporto. C'erano volte che piangeva per ore, senza motivo, un pianto esasperato e ossessivo. E il suo sguardo, fra le lacrime, era torvo, fisso su di me. Mi trasmetteva tutto il suo odio, e anche la sua impotenza nei confronti dei suoi sentimenti. Io non la maltrattavo, non la respingevo, anzi, avevo imparato tutte le lezioni che dovevo imparare e le parlavo in tono affettuoso, facevo il possibile per lei, ci perdevo il sonno. Ma lei se ne accorgeva, si accorgeva benissimo che non le volevo bene, era come una reazione chimica che si comunicava a ogni sua cellula. Vibrava contro di me, vibrava, come le cicale d'estate. Piangeva per ore fino a crollare, esausta. Si addormentava, e sai cosa trovava quando riapriva gli occhi? Me. Di nuovo. Da impazzire. Soffriva moltissimo. Suo padre cercava di fare qualcosa per aiutarla, ma non serviva a niente. Questa è una delle ragioni per cui se ne è andato. Un'altra è che non amavo nemmeno lui, certo, e anche se ci ha messo molto a rendersene conto, alla fine l'ha capito. Un disastro. Però la bambina non poteva andare via con lui; e continuava a cercarmi, forse sperando ogni volta che il mio cuore fosse cambiato. Ma il mio cuore è com'è. Nemmeno io volevo separarmi da lei, lei era il mio debito, l'avevo fatta io, era mia figlia, il mio dovere, molto più che il mio dovere.

«Pensai che quando fosse stata più grande tutto sarebbe cambiato, ma non è andata affatto così. Spesso si rifiutava di parlarmi, e quando mi parlava lo faceva sempre in modo sgarbato. Mi insultava. Più tardi, mi ridicolizzava. Il tipo di vita che facevo non contribuiva certo a migliorare la situazione: il mio modo di fare scombinato, gli amanti, quegli orribili amanti di cui immagino tu sappia tutto. Camila aveva cominciato a giudicarmi e mi disprezzava profondamente. Non sopportava più che la toccassi. Quando le davo da mangiare dovevo stare attenta a non sfiorarla. Non mi dava mai un bacio, nemmeno in pubblico. Un giorno che ho insistito per farle una carezza, e lei ha vomitato la colazione. Mi detesta con convinzione, senza attenuanti, senza misura. Adesso ha undici anni, è abbastanza grande per dirmi che non mi sopporta.

Ero paralizzata dallo stupore. Quel piccolo mostro pieno di odio gratuito, di rabbia pura e incontrollata, aveva torturato sua madre giorno per giorno fin dalla nascita. E, colmo dello sproposito, la mia amica credeva di sapere perché: lei non la amava, e la bambina, percepiva quel disamore in tutta chiarezza. Da prima di possedere l'uso della ragione, da sempre. Sentendo di avere vicino sua madre, ancora prima di essere capace di vederla, il suo corpo di neonata si riempiva di avversione. A quanto diceva Sara, la piccola doveva essere in preda al risentimento anche prima di nascere. Me lo spiegava con tranquillità, con assoluta accettazione. Probabilmente la psicanalisi la stava spingendo ad accettare la situazione. Era spaventoso, non le era mai venuto in mente che la bambina non fosse normale, che fosse posseduta da qualche strano male psicologico, o semplicemente che fosse nata con una tara del comportamento e dell'emotività. No, Sara si assumeva tutta la colpa, ne portava il peso come se fosse la croce che le era toccata. Rispettava a tal punto il dovere materno che non si era nemmeno domandata che cosa stesse succedendo in realtà. Non solo non si sottraeva a quell'aggressione aperta, continuata e ossessiva, ma cercava di conservare la calma e la stabilità necessaria per non aggiungere altre colpe alla sua mancanza d'affetto. E non serviva a nulla, Camila inaspriva i suoi attacchi, si accaniva ogni giorno di più su di lei come se quell'odio fosse un indice della sua crescita.

Com'era stata possibile una simile metamorfosi in Sara? Attraverso quali processi estranei alla logica quella musa della vita libera e della rivoluzione sessuale era giunta a essere una vittima permanente? Era bastato un aborto giovanile a segnarla e a risvegliare il suo senso morale? Era tutta colpa delle nostre volonterose amiche, che con la loro influenza avevano cercato di riempire i vuoti della sua esistenza? Non potevo crederci, non riuscivo a immaginare la sofferenza continua di una donna che era parsa al riparo dalle convenzioni, dai costumi, dai danni di una coscienza mediocre. Io l'avevo ammirata, mille volte avevo invidiato la sua capacità di passare al di sopra dei sensi di colpa e degli obblighi stupidamente acquisiti. Lei era l'esempio di una femminilità che tutte noi avremmo dovuto possedere. Era una Eva trionfante su tutti i modelli femminili, dal più tradizionale al più innovatore. Scavalcava con le sue belle gambe tutto quel che era sempre stato ritenuto sacro e giudizioso per le donne. Abbracciava il mondo intero con le sue cosce senza frontiere. E ora, eccola davanti a me, con il sorriso vacuo di un monaco buddista, pronta ad attribuirsi con umiltà tutti gli errori commessi, tutti i difetti, tutti i peccati senza perdono, guardando al grande disastro della sua vita come a una distesa di macerie.

Non avrebbe dovuto essere possibile, ma lo era. Lei non si era mai domandata che cosa volesse fare veramente, quali fossero le sue frustrazioni, gli aneliti non esauditi. Era una vittima sacrificale che non credeva nemmeno al dio per cui si immolava. Come una vestale allevata apposta per diventare una martire. Una vergine senza desideri, senza sentimenti, senz'anima.

In questo si era risolto tutto quanto? Un maggio francese del quale ci era giunta soltanto l'eco, e una somma sacerdotessa tramutata in agnello sanguinante? Dio, che schifo di generazione, la nostra! Che fallimento!

Eppure le cose stavano così, tanti anni dopo. Mi trovavo di fronte a una discreta Penelope che non si aspettava più niente, che non aveva più un solo pretendente, che passava le sue giornate a tessere la sua tela con le umiliazioni inflitte da una bambina di undici anni, disfacendola ogni notte per poi ricominciare. Che cosa avrebbe fatto quando quel mostro fosse stato più grande? Si sarebbe lasciata uccidere, crocifiggere nel corridoio di casa? Perché Adrián si disinteressava di quella tragedia sotterranea, perché l'aveva lasciata sola con quella baby-aguzzina?

– L'altro giorno mi ha sputato in faccia. Non aveva mai fatto una cosa simile. Le stavo dando la cena e lei ha cominciato a lamentarsi, a dire che mangiavamo sempre le stesse cose. Il che, ti assicuro, non è vero. Mi sforzo di preparare sempre piatti diversi, per variare la dieta e il menu. Insomma, quando ha visto che in frigorifero non c'era niente che potesse mangiare oltre a quello che le avevo preparato, si è avvicinata e mi ha sputato in faccia. Senza parlare, senza che io avessi parlato. Poi se ne è andata in camera sua senza dirmi buonanotte, senza una parola di scuse. Di solito non è disubbidiente, fa quello che deve, la sua unica fissazione è dimostrarmi che mi detesta. Potrebbe ribellarsi, rifiutarsi di andare a scuola, di fare i compiti, perfino di mangiare... ma non è questa la sua strategia per farmi capire che non sta bene dove sta.

– Già, la sua strategia è sputarti in faccia. E tu? Non l'hai sgridata, non le hai dato un castigo, non l'hai seguita in camera sua per impedirle di fare altro finché non ti avesse chiesto scusa?

– Non serve a niente.

Sara nei panni di un Gandhi al femminile, colpita dagli sputi colonialisti della sua aristocratica figliola. Entrambe rinchiuse nei centoventi metri quadri di quell'appartamento. La bambina in stato di guerra permanente. La madre in stato di resistenza passiva, senza sentire niente, in teoria, senza scomporsi mai per gli affronti subiti. Entrambe impegnate, però, a fare il possibile perché una casa funzionasse apparentemente secondo le regole. Ognuna a recitare la sua parte nel copione. La madre faceva la spesa, prepara ogni giorno un piatto diverso, si preoccupava dell'ordine e dell'organizzazione quotidiana. La figlia andava a scuola, tiene a posto le sue cose, faceva il bagno e si pettinava, studiava le lezioni. Tutto contenuto e decoroso, tutto nascosto sotto la scorza della normalità. E, di tanto in tanto, quelle esplosioni di odio cieco.

– Indipendentemente dalla sua avversione nei miei confronti, io so di aver commesso molti errori con lei. Nei miei periodi di crisi, di esperienze sentimentali fallite, di continui abbandoni, non mi è venuto in mente niente di meglio che chiedere il suo aiuto, implorare la sua comprensione. Era troppo piccola, ma io avrei voluto che capisse la mia situazione. Volevo vivere con lei la storia fasulla delle due donne sole di fronte al mondo, unite dal loro destino, due amiche di età diverse che si aiutano, si consolano reciprocamente e si fanno compagnia. Niente di tutto questo è stato possibile. Ero sempre io a chiedere aiuto, e lei era quella che doveva comprendere le debolezze di sua madre. Puoi immaginarti il risultato: mi detestava sempre più, mi trattava come uno straccio. E non si limitava a ignorarmi, mi diceva cose tremende, cose che non avrebbero mai dovuto suonare sulla bocca di una bambina della sua età, parole ed espressioni che non sospettavo nemmeno conoscesse. Un giorno mi ha detto: «Lasciami stare e vattene a scopare in giro». È stato terribile, ho pianto tutta la notte in silenzio nel mio letto.

Quanti anni aveva la figlia di Sara quando pronunciava simili anatemi? Non importa, i bambini imparano di tutto a scuola. La cosa impressionante, davvero sbalorditiva, era che una bambina così piccola riuscisse a essere tanto perseverante nel rifiuto di sua madre. «Vattene a scopare in giro». Metteva bene in chiaro che non ignorava la situazione, che capiva perfettamente il problema, che conosceva perfino la natura della crisi che sua madre stava attraversando. Eppure, nemmeno di fronte a questi attacchi diretti e inequivocabili, Sara montava in collera e le mollava un ceffone. Anzi, sceglieva sempre la via pacifica, comprensiva, lontana da ogni violenza e visceralità. Non era mai esplosa? Mai, nemmeno in momenti di particolare nervosismo? Non aveva mai lanciato un rosario di maledizioni, un grido minaccioso, uno schiaffo?

– Mai. Perché cancellare ogni possibilità che mia figlia mi voglia almeno un po' di bene? Non ho perso la speranza che cambi, che crescendo cominci a ragionare diversamente e magari si dica: «Può darsi che mia madre non mi ami, ma si è sempre comportata bene con me, è stata paziente, ha cercato di darmi il meglio». Allora cambierà atteggiamento.

– Ma se tu non provi alcun affetto per lei, che cosa te ne importa?

– Non so come ti venga in mente una cosa simile. Una madre può vivere senza l'amore di sua figlia, ma una figlia che cresce ha bisogno dell'amore di sua madre.

– A quanto mi risulta nemmeno tu hai ricevuto troppo amore da tua madre.

– Proprio per questo non sono capace di provare amore. E il risultato lo vedi. Nessuno mi ha mai amata. Non sono capace di suscitare affetto. Neppure in quello che è stato mio marito, né negli altri uomini, né in mia figlia. In nessuno.

Solo che il problema non avrebbe mai dovuto porsi in questi termini. Se Sara avesse seguito il suo cammino naturale, se fosse vissuta come le dettava la sua natura, secondo i suoi istinti, la sua autentica personalità, allora suscitare amore o non suscitarlo non avrebbe avuto nessuna importanza per lei. Il modello cui aveva cercato di adattarsi, soltanto quello, l'aveva portata a sentire la mancanza di qualcosa di cui lei, per come era fatta, non avrebbe mai dovuto sentire la mancanza. Di nuovo la psicanalisi le aveva indicato con la sua bacchetta a quale tipo di profonde conclusioni dovesse giungere.

Terribile. Quella splendida donna, quella grande speranza che avevo visto come un essere superiore e libero dalla mediocrità, era andata a schiantarsi in pieno contro il problema eterno dell'uomo: l'amore, il disamore, l'affetto verso i figli, il sentirsi o non sentirsi amati. Tutta la spazzatura sentimentale, tutta quanta. Non mancava nemmeno una virgola del vecchio ritornello dell'amore. Il risultato era sempre lo stesso: le donne e l'amore. Nessun problema filosofico, nessuna riflessione sul destino dell'umanità. Lì finiva il fugace tentativo rivoluzionario delle donne della mia generazione. Nessuna allegria del godimento, nessun coraggio collettivo o individuale, niente di niente. E adesso, per di più, in un'imprevista e graziosa piroetta, gli uomini si univano al nostro vortice amoroso. La grande tragedia dell'uomo moderno, la nuova tappa della conoscenza. L'amore, il disamore, il divorzio, il fallimento sentimentale.

Mentre mi parlava, la guardavo. Sì, era ancora molto bella, ma non brillava più. Non solo non le brillavano gli occhi, non le brillavano più i capelli, le unghie, la pelle. La vita infame che aveva fatto, che ancora faceva, aveva spento ogni raggio di luce in lei. Tutto il suo corpo, la sua persona, era stato spogliato di forza, di autenticità. Non era più una donna, non era un animale, non era niente. Eppure, stava per conquistarsi il suo posto nel mondo, o almeno così credevo io.

– E cosa dice la psicanalisi di tutto questo, Sara?

– Be', il mio terapeuta è bravissimo, si sta occupando di me, mi dà degli spunti, delle linee da seguire, mi aiuta a capire in cosa ho sbagliato, in base a quali meccanismi psicologici mi sono relazionata con il mondo. Così posso cercare di correggere quelli che non funzionano.

Usava già il linguaggio del clan, ma senza godere dei suoi vantaggi interni. No, lei era la truppa, non faceva parte dell'élite. Lei era l'isterica dolente distesa sul lettino di Freud.

Ero venuta lì per avvertirla, per esortarla a saltar giù dal carro funebre della sua vita. Un solo salto, coraggioso, poco meditato, senza rete. Un salto nel vuoto. Adesso mi trovavo lì, quasi disperata nell'accorgermi che mi ero illusa di salvare un'immagine generazionale falsa, alterata, inesistente. E dire che lo sapevo, ma a quanto pare era rimasta in me un'inalterabile speranza, una fiducia cieca nel fatto che un giorno Sara sarebbe emersa dalla sua miserabile esistenza ridiventando la dea che era sempre stata. Un'Eva primigenia e autogenerata. Senza genitori né figli, senza morale, senza regole e senza fede. Una Penelope senza marito, senza schiave né amiche, sempre circondata dai falli giocosi dei suoi pretendenti. Un segreta ed enigmatica Penelope che non sapeva tessere nessuna tela.

E così ci provai, fu un tentativo assurdo al quale tuttavia cercai di insufflare un po' di verosimiglianza, un po' di anima:

– Perché non lasci perdere tutto, Sara, perché non te ne vai? Vattene, salta dal treno in marcia, lascia che il treno si schianti o che arrivi a destinazione senza di te. Salta giù e scappa, disinteressati di tutto. Quella bambina è odiosa, ti sta distruggendo, credimi. Non si fermerà finché non ti vedrà a terra, finché non striscerai chiedendole perdono per qualcosa che non hai fatto. Ti punisce perché non la ami? Per Dio, non raccontarmi storie! Chi ti ha messo in testa questa sciocchezza dell'affetto, dell'incapacità di amare? Perché devi pagare per tutta la vita il prezzo del preteso sacrilegio di non amare? Si ama o non si ama, e basta; non è una maledizione biblica, né una stregoneria che ti perseguiterà per i secoli dei secoli. Mandala al diavolo, tua figlia, che vada da suo padre, che viva in un ospizio o in una comunità, chi se ne frega. Ti sta succhiando la vita, la salute, ti ucciderà. Quando meno te lo aspetti ti sveglierai e te la vedrai accanto al letto con un coltello in mano, pronta a piantartelo nel petto. Ma non ti rendi conto? Berta, Ramona, il tuo psicanalista... tutti stanno usando tua figlia per convincerti a non muoverti, a non fiatare, a non ribellarti. Per loro fa lo stesso che sia tua figlia o qualunque altra cosa. Scappa, Sara, per Dio! In nome di cosa si può chiedere a qualcuno che sopporti una cosa simile fino alla fine? Quanto tempo è che ti stanno rovinando? La psicanalisi non è che una fede nei poteri dell'introspezione, della marcia indietro! Gli psicanalisti non sono che dei guaritori ai margini della scienza, tutti membri di un club esclusivo con limitazioni d'accesso. Quelli commentano il tuo caso alle loro riunioni, parlano delle cose che hai detto, che hai strappato da te stessa a forza di dolore e di riflessione. Banalizzano le tue parole, o vi attribuiscono un secondo o un terzo senso che non hanno. Fanno salti mortali da circo con quello che dici. Le riducono a nauseabondi luoghi comuni da infilare in qualche libro o articolo. Segretamente, ti disprezzano. Che scienza può essere mai, dimmelo, una disciplina che sottopone a pubblico controllo le confidenze della gente? Insomma, svegliati! Non ti rendi conto che la tua vita è stata fin dall'inizio sottoposta a una specie di commissione pubblica in cui chiunque poteva decidere cos'era meglio per te? Che ne sanno loro di quel che ti fa bene? Che ne sa chiunque di quel che è bene per qualcun altro? Dicono che il tuo terapeuta ti sta aiutando, che la tua vita comincia ad avere un ordine e funziona. Sono convinta che sia vero, ma di sicuro funziona secondo i criteri che loro ti stanno ficcando in testa, non secondo i tuoi. Ti asfissiano, ti dicono che sei madre e che hai dei doveri di madre, ma se di figli non ne hai, trovano un altro punto debole per farti capitolare. Sara, ritorna in te, vattene. Fa' una pernacchia colossale a tutti quanti, scappa e affronta il tuo vero destino, qualunque esso sia. Rischi di finire in un centro di accoglienza per donne abbandonate? Che cosa importa? Nessuno potrebbe trattarti peggio in un posto simile di quanto già non faccia tua figlia, nessuno ti consiglierà cose più astruse di quelle che ti consiglia quel figlio di puttana del tuo psicanalista. Ti serviranno un caffè al mattino, un pasto caldo due volte al giorno e ti daranno un letto per dormire. Cosa potresti desiderare di più, dopo aver fatto quel che volevi? Sei ancora in tempo, scappa.

Avevamo bevuto un bel po', questa è la verità. Ben più di quel teorico bicchiere di troppo oltre il quale si perde la prudenza e la lucidità. Per questo avevo dimenticato il mio abituale senso della misura e stavo parlando con tanta veemenza. Non avevo previsto di farlo. In condizioni normali non mi sarebbe mai venuto in mente di pronunciare una simile arringa. Non è nelle mie intenzioni dare consigli alla gente su quel che deve fare, intromettermi in modo diretto e inequivocabile nelle vite altrui. Ma non mi aspettavo nessuna particolare reazione da parte di Sara, non le avevo parlato con la speranza che lei balzasse in piedi e piangesse di gioia. Non mi aspettavo che mi dicesse: «Sì, lo farò, mi hai mostrato la luce. Dopo tanto tempo passato nelle tenebre, ora finalmente so che cosa devo fare. Tornerò indietro, ritroverò la visione della vita che avevo in gioventù, la mia allegria, la mia incoscienza. Non vedo l'ora di mettermi all'opera. Appena arriverò a casa farò le valigie. Me ne andrò mentre mia figlia dorme, e quando si sveglierà non mi troverà più. Che si arrangi, che muoia di fame, che chiami i vicini, i pompieri, suo padre, che sappia che i suoi giorni di torturatrice sono finiti, si cerchi pure un'altra vittima, un'altra preda in cui affondare i suoi dentini acuminati. Non l'ho mai amata, e questo non è una colpa. Se si fosse comportata diversamente, forse, se il mondo fosse diverso... ma non lo è, e io sono come sono, e ho il diritto di esserlo. Sì, me ne vado, posso ancora recuperare il tempo perduto.

Ti ringrazio di avermi detto la verità in modo così crudo. La mia vita è stata un disastro, ma ora rimedierò». Non mi aspettavo certo che dicesse qualcosa di simile, non era l'obiettivo che mi ero posta, nemmeno una possibilità che prevedessi.

Quel che fece, però, fu tacere. Guardava il suo bicchiere a metà, poi guardava me. Cominciò a sorridere con una smorfia da idiota di Velázquez, un sorriso indecifrabile, intraducibile, incomprensibile. Poi si rilassò, si lasciò cadere all'indietro sulla poltrona.

– Non sai quello che dici. Se davvero ti preoccupassi per me non mi consiglieresti una cosa simile. È assurdo, capisci? Ho una figlia, una responsabilità e un posto nel mondo, un lavoro. Non vivo alla giornata né mi lascio sbatacchiare qua e là. Può darsi che io sia stata un disastro in passato, per i problemi che ho avuto, ma non credo che dureranno per tutta la vita. Sto facendo un lavoro su me stessa perché tutto si sistemi il prima possibile. Non ho intenzione di fuggire, né di abbandonare mia figlia. Sono sua madre. Lei è la sola cosa sostanziale che io abbia fatto in vita mia, e non voglio rovinare tutto. Collezionista di falli, ma cosa dici? Di che diavolo stai parlando? Sono anni che ho lasciato perdere quella pazzia, milioni di anni. È uno sport che non mi interessa più. Credi forse che col sesso si possa riempire una vita? Berta lo ha sempre detto che sei un'intellettuale, che pensi solo a raccogliere materiale per i tuoi libri. Tu non vivi davvero, e non ti interessa quel che vivono gli altri. Il mondo è quello che è, e io non mi sto perdendo chissà quali possibilità, vi-

viamo tutti allo stesso modo, diamo valore alle stesse cose e abbiamo stili di vita simili. Ma tu osservi gli altri e prendi nota come se fossimo tutti degli animali di laboratorio. Non capisci, non ti lasci coinvolgere. Hai avuto un marito, ti sei separata, ma di questo non abbiamo quasi mai saputo niente. Naturalmente, tu ti tieni fuori dalla scena, tu non hai bisogno di nessuno, tu sei un essere superiore. Credi che non mi sia mai accorta dello sguardo di biasimo che mi gettavi addosso solo perché stavo cercando di vivere come una persona normale? Sì, certo, a te piacevo quando non riuscivo a combinare niente nella vita. Ero una forza della natura, un uragano scatenato, una donna senza alibi morali; me l'avevi detto, qualche volta. E intanto tu stavi a guardare da fuori, prendendo appunti per i tuoi romanzi. Molto interessante, molto nuovo. E ne avevi di cose da annotare: giovane amazzone fallisce nel matrimonio, com'era previsto, come dev'essere. Poi fallisce con quegli amanti tremendi che non si sa come possano piacerle, con cui va a letto solo alla ricerca di umiliazioni. Infine si rivela incapace di trovare un nuovo uomo disposto a condividere la sua vita. Sono scema, ma non tanto, come vedi, lo so cosa hai sempre pensato di me. E, da ultimo, la poveretta fallisce anche con sua figlia, una bambina spaventosa, un mostro. Sono un disastro assoluto, nessuno darebbe un centesimo per me. E quando mi sforzo di risalire a galla con l'aiuto dei miei amici, allora tu pensi che io commetta il peggiore degli errori. Quel che dovrei fare, secondo te, sarebbe perseverare nel fallimento e nel disastro. O tornare indietro, in un appartamento da studenti, a ricevere gli amici come una ragazzina, a scopare, a ridere. No, non sono così incosciente da non sapere che cosa pensi di me. Lo so benissimo. Ma tu, tu non hai mai avuto il coraggio di dirmelo in faccia. Nemmeno io ti ho mai detto quello che penso di te. La maternità, ma perché le neghi ogni valore? Perché ti ostini a considerarla una condizione di schiavitù?

– Io non mi ostino...

– Tu ti ostini, sì, tutte le donne che, come me, cercano di tirar su i loro figli con orgoglio e con gioia, ti sembrano...

– Basta, Sara, per favore, non ne parliamo più.

– E invece voglio parlarne ancora. Quanto basta per domandarti che cosa hai fatto tu della tua vita. Dimmi: è invidiabile quello che hai? Io non lo definirei così. Un matrimonio fallito alle spalle, qualche libro pubblicato senza grande successo, e tanta solitudine. Nessuno ti scoccia, questo sì, hai fatto capire bene a tutti quanti che tu non hai bisogno degli altri. Strano, io sì, io ho sempre avuto bisogno degli altri per farcela. Tu sei autosufficiente. Una volta mi hai detto che non avresti mai preso un cane, anche se morivi dalla voglia di averne uno, perché sarebbe stato un impegno troppo grande per te. Tu vuoi che nessuno dipenda da te. Tu sei indipendente, detesti che chiunque eserciti su di te la minima influenza, ed eviti di esercitare la tua sugli altri. A meno che non sia con i tuoi libri, certo, allora sì, allora fai delle eccezioni, ti mostri attraverso le parole, i personaggi, la storia. Allora non ti dispiace lasciare un'impronta, più forte è meglio è, nella mente dei tuoi lettori. Ma che nessuno si azzardi mai a rivolgersi a te personalmente, a farti delle domande, a voler sapere qualcosa di preciso, per banale che sia. Anni fa, anch'io ho buona memoria, quando eravamo all'università, hai fatto un favore a un compagno di corso. Era un favore importante, decisivo per i suoi interessi. Ebbene, poi l'hai evitato per giorni, solo per non essere ringraziata. Non riuscivi a sopportare che qualcuno ti ringraziasse in modo sincero e commosso; dicevi che non ce la facevi. Potevi aiutare gli altri, ma non accogliere i loro omaggi, il loro affetto, la loro gratitudine. Questo è un tratto patologico, un piccolo indizio di come funziona in realtà la tua mente. Tu ti nascondi molto bene agli occhi degli altri, hai elaborato una perfetta architettura di espedienti perché nessuno possa guardare dentro di te. E il risultato è stato ottimo, dico sul serio. Nessuno sa che cosa sia successo nella tua vita, mentre la mia è di pubblico dominio e commentata come un telegiornale. Anche se non so chi di noi due sia messa peggio. Almeno io ho agito sempre con umiltà, mentre nel tuo occultamento sistematico c'è una componente innegabile di megalomania. Tu non ti sei mai chiesta che cosa ci sia di sbagliato in te.

«No, non me ne vado. Rimango, cercherò di andare avanti e di essere felice. Voglio che ogni giorno sia un passo avanti per me. Rimango, il tuo è un pessimo consiglio, non serve a niente, è mal posto. Io non me ne vado».

Un'invettiva perfettamente elaborata, una catilinaria completa lanciata dal suo maestoso seggio in senato. Come se Cicerone si fosse letto un intero manuale di autoaiuto, come se si fosse sdraiato per anni sul lettino dello psicanalista con la tunica raccolta in un'elegante piega laterale. In realtà non saprei come definire quel suo lungo discorso né la situazione che creò. L'innaffiatore innaffiato, chi la fa l'aspetti, gli abiti nuovi dell'imperatore... qualunque luogo comune sarebbe stato perfetto per l'occasione. Ma quello non era un discorso improvvisato. Sara ci aveva pensato prima. Di sicuro ne aveva parlato con Berta, con Ramona, con Gabriel. Io e i miei misteri, io e il mio ermetismo, io e i principi inamovibili a cui rimanevo aggrappata e che nel corso della vita avrei fatto meglio ad abbandonare. Certo, il mio era un cuore chiuso che, a pensarci bene, non meritava nemmeno di essere sondato. L'orgoglio mi faceva apparire come un essere estraneo, indurito a forza di distanza. Il mio era il ritratto odioso di una donna che si crede superiore. Non avrei mai pensato che i miei amici si fossero fatti un'idea simile di me. Immagino che questa non fosse la sola opinione, e che in margine a quel catalogo di difetti mi fosse pur riconosciuta qualche virtù. Ma la cosa non mi preoccupava granché, né si può dire che le parole di Sara fossero una rivelazione assoluta. Una cosa però mi incuriosiva: perché Sara aveva reagito così? In fin dei conti, era abituata a ricevere consigli. Anzi, sui consigli degli amici si reggeva la colonna portante della sua vita. Allora, che cosa la disturbava tanto del mio tentativo di mediazione? Due erano le risposte possibili a questa domanda. Una, che la sua mente fosse già del tutto condizionata dalle idee che le erano state inculcate. Due, che di fronte alle esortazioni della sola persona che non aveva mai tentato di influenzarla, provasse una fitta al cuore. Ero diventata anch'io come gli altri. A ripensarci ora con più tranquillità, credo che furono entrambe queste ragioni a spingerla contro di me. Da troppo tempo si stava sforzando di mettere in pratica certi valori, e non poteva accettare che di colpo qualcuno tentasse di persuaderla dell'esatto contrario. Anche se in fondo, a farle perdere le staffe, doveva essere stato il mio desiderio di influire su di lei. Proprio quando il momento peggiore era passato, le dimostravo che anch'io mi ritenevo dotata di strumenti migliori dei suoi per indicarle la via della salvezza.

Avevo commesso una sciocchezza. Come tutti gli altri, mi ero creduta depositaria di una responsabilità che nessuno mi aveva conferito. Ma in quel momento, pararmi di fronte a lei e gridarle di fare attenzione mi era parso quasi un dovere, prima che fosse troppo tardi. Fu uno stupido errore. Aveva ragione lei: se avevo passato la vita facendo di tutto per nascondermi agli altri, che senso aveva che ora impartissi consigli come un faro di saggezza? Come potevo avere la minima idea dei suoi problemi e della loro soluzione?

Sara smise di parlare e smise anche di guardarmi. L'effetto dell'alcol non bastava a sciogliere l'atmosfera raggelante che si era creata. Come uscirne disinvoltamente, ora? Questa era la cosa che più mi preoccupava: non sapevo come mettere fine a quel discorso. E tuttavia, era molto importante riuscire a farlo bene. Da quel finale dipendeva il futuro della nostra amicizia. Quel che si era detto poteva avere un'importanza relativa, l'importante era la mia reazione. Se mi fossi mostrata offesa, l'episodio sarebbe parso abbastanza grave da determinare una rottura definitiva. Se le avessi risposto che la sua lettura del mio carattere si avvicinava molto alla realtà, Sara avrebbe potuto pensare che le dessi ragione come si dà ragione ai matti. Eravamo in un vicolo cieco. Mi domandai che cosa desiderassi esattamente, ma non seppi darmi una risposta. Desideravo solo sparire di lì quanto prima. Ma se non volevo che quella serata mandasse all'aria tutto, dovevo riuscire a concluderla in modo elegante ed educato. Detesto le scenate, e questa l'avevo provocata io. Detesto i salvatori della patria, e proprio in questo mi ero trasformata.

Finalmente Sara tornò a guardarmi in faccia. Osservai bene la sua espressione. Era come una bambina soddisfatta perché ha avuto il coraggio di reagire, e al tempo steso timorosa di avere esagerato. Contrasse le labbra e scosse il capo decisa. Sì, pensava di avere fatto bene e si congratulava con se stessa per il proprio coraggio. Me l'ero meritata, quella risposta. Lei non era un disastro né lo sarebbe stata mai più. Il mistero della vita quotidiana le era stato svelato.

Provai pietà nel vederla così. Non una pietà condiscendente, che muove a carità e comprensione, ma la pietà ammirata che si prova di fronte ai pazzi veri, agli artisti scomparsi senza alcun riconoscimento, alle grandi anime sprecate e patetiche. La mia chiaroveggenza in quegli istanti mi parve assoluta. Capii perfettamente che non ce l'avrebbe mai fatta, capii che sarebbe morta troppo presto, vidi l'aura dei disadattati e dei martiri avvolgere la sua figura.

Le dissi che forse era meglio andare, nel modo più normale che potei. L'aria fresca della strada riuscì a tranquillizzarmi un po'. L'addio fu breve e in tono distintamente virile. Sara mi diede una pacca sulla spalla e io alzai la mano come se la stessi salutando da lontano. Ci sorridemmo e ci incamminammo in due direzioni opposte. Avrei dovuto voltarmi a guardarla, ma non lo feci. Me ne pento. Quando la rividi, era morta.

Un mese fa, nella camera ardente, mi avvicinai alla salma. Quasi non la riconoscevo. Era invecchiata da quell'ultima notte, e il terribile colore ceruleo dei morti le tingeva la pelle. L'avevano avvolta in una specie di tunica bianca che la copriva completamente. La famiglia aveva voluto l'incinerazione. Un corpo negato alla scienza.

Gli psicanalisti dicono che se un paziente si uccide, significa che ha seguito il suo vero destino: non aveva un autentico desiderio di guarire. Ma Sara aveva concluso da tempo la terapia quando si uccise. Teoricamente aveva acquisito gli strumenti necessari per affrontare il mondo. Ci stupì tutti con la sua morte. In apparenza stava bene, si era adattata agli usi sociali e ai tempi nuovi, così diversi da quelli della nostra gioventù. Ma nessuno sapeva esattamente come vivesse; perfino Berta aveva smesso di vederla se non di tanto in tanto. Qualunque ipotesi su quel che stava accadendo dentro di lei nell'ultimo periodo sarebbe viziata dall'immaginazione. La sola cosa evidente è che osservò tutte le regole. Il suo comportamento quotidiano non fu tale da attirare l'attenzione, né da infastidire, né da scandalizzare. Tenne in serbo tutto l'esplosivo per il gran finale. Una vera fortuna per i suoi amici: non c'è molto da fare per un morto, lo si seppellisce e basta. Forse fu questa la vera ragione del suicidio: non se l'era sentita di chiedere di nuovo aiuto. Non più.

Ramona mi ha raccontato che la maggior parte dei soggetti che si uccidono ci hanno già provato altre volte. Non è stato il caso di Sara. Lei ci riuscì al primo tentativo. Il fatto che mai prima di allora avesse accennato a togliersi la vita dimostra, secondo Ramona, che la nostra amica non soffriva di nessuna patologia specifica. Detto in altro modo, non era pazza. Poteva soffrire di disturbi dell'emotività, di difficoltà di adattamento o, di tendenza alla depressione, ma non era psicotica né maniaca. Rientrava in quella percentuale di uomini e donne che senza essere degli alienati, decidono di mettere fine alla propria vita.

– Ho sempre detto che Sara era un bel caso per uno psicanalista, e invece, guarda un po'. Tre anni dopo la fine della terapia, era di nuovo a pezzi. Qualcuno penserà che il trattamento non le fosse servito a nulla, ma sarebbe una semplificazione. Non era malata, quindi i suoi colloqui con l'analista possono a malapena considerarsi una terapia.

– E così il suo psicanalista rimane esente da ogni colpa, vero?

Lei rise tranquilla, e mi guardò in faccia, quasi divertita.

– Be', in un certo senso sì, e in un certo senso no. Parlando sul serio, chi potrebbe incolpare uno psicanalista che ha smesso di vedere una paziente da sei anni? No, no, cerchiamo di essere ragionevoli, qui non si tratta di un chirurgo che abbia dimenticato una forbice nella pancia di qualcuno. E nemmeno si può parlare di diagnosi errata o precipitosa. Ci troviamo in un altro ambito, in un altro ordine di idee. E tuttavia devo ammettere che non capirò mai perché Sara si sia uccisa. Di solito chiedeva aiuto prima di naufragare.

– Questa volta avrà deciso di non farlo. L'aiuto che le era stato prestato non le era servito.

– Ti ricordo che è arrivata più o meno bene fino ai cinquant'anni.

– Ed è questo l'importante? Resistere il più possibile?

– Non lo so, non sono in grado di risponderti. Smettiamola di discutere.

In realtà non stavamo discutendo, ma Ramona sentiva in me, intatta, la diffidenza che avevo sempre provato nei confronti della sua professione. Anche se avesse avuto ragione lei, non valeva la pena di insistere ancora su un argomento così delicato. Nessuno di noi conosceva i veri motivi per cui Sara aveva voluto morire. Io ero sicura che avrei continuato a vedere Ramona di tanto in tanto, e mi proposi di non riparlarle mai più di quel suicidio. Era un episodio chiuso.

Pensieri su Ramona

Ramona, il momento che sto attraversando è emotivamente neutro. La morte di Sara non mi ha sconvolta; ma è vero che dal giorno del suo funerale mi capita di pensare molto a lei, e le cose che penso non sono piacevoli. So bene che tu non avevi una buona opinione di Sara. Il tuo collega, lo psicanalista che l'aveva avuta in cura, doveva averti detto che era una donna molto meno interessante di quanto non sembrasse. Un'adulta poco adattata alla realtà poteva essere un caso promettente, ma quel tuo collega probabilmente era rimasto deluso. Forse ti aveva perfino detto che Sara era poco intelligente e senza criterio. Pensavi anche tu qualcosa di simile, non è vero? Per questo l'avevi messa in mano a uno psicanalista. Mi spiace, ma ho sempre avuto questa impressione: nemmeno tu hai troppo rispetto per la psicanalisi. È un giocattolo vecchio, ormai, che non trovi più molto utile. Non mi dirai che, dopo tanti anni, ci credi ancora come nei primi tempi? Non dirmelo, non ti crederei. Ti capita ancora di scoprire qualcosa di nuovo nell'esercizio della tua professione? Di cosa parli con i tuoi pazienti?

Con te la psicanalisi ha funzionato, su questo non ci sono dubbi. Ti ha dato una vita organizzata e un modo di guadagnarti da vivere. Ma come terapia, cara amica... una terapia da consigliare a Sara... Permettimi di non credere alla tua buona fede. Da anni la tua scuola non fa che proporre alla gente l'adattamento. Tu e i tuoi correligionari vi divertite con i casi dei pazienti come in un passatempo intellettuale. Ma lasciamo stare, è assurdo rinfacciarti i vizi e le carenze di un sistema psichiatrico. Fa lo stesso. Eppure, se mai ti venisse in mente di giustificarti pensando che hai dedicato tutta la vita alla cura dei malati di mente, non ti ingannare, per favore. Hai usato la psicanalisi per riempire i vuoti della tua triste vita. Non hai trovato un uomo che potesse soddisfarti e procurarti tutta la considerazione sociale che, a quanto pare, il matrimonio offre. Ma non importa, l'aura del padre Freud ti ha protetta, dandoti una professione, prestigio, amici, colleghi, e forse qualche amante. Molto più di quanto non abbia mai dato a Sara. Sei anche riuscita a influire sulla psiche di qualche disgraziato. Quegli onanisti compulsivi e rituali di cui tanto ti piaceva ridere, dove sono adesso? Immagino tu non perda il sonno pensando a loro. Dal momento in cui si sono chiusi alle spalle la porta del tuo studio, per te sono scomparsi. Di sicuro non resta altro di loro che una scheda nel tuo computer. Qualcuno ha seguito il suo destino e si è autoimmolato sull'altare di Freud? È un dato senza importanza.

Non provo vero e proprio odio per te. Hai collaborato all'impresa comune, facendo sì che Sara rinunciasse alla sua personalità, guadagnandoti una parte di responsabilità per il fatto che abbia passato il resto della sua vita vagando come un fantasma. Tu pensi che se non fosse stata rieducata la sua fine sarebbe stata altrettanto tragica: un centro di accoglienza per donne abbandonate e altri orrori da telefilm. Ma sta' pur sicura che su questo ti sbagli. Nessuno sa come sarebbe finita la nostra cara amica se l'avessimo lasciata in pace. Tu pensi che se non altro così ci ha provato, ha lottato per avere una vita felice, integrata e normale. Ma anche su questo ti sbagli. È stato proprio il suo provarci ad avvilirla, a farne una patetica casalinga fallita a caccia di marito, bisognosa d'amore, ansiosa di dare a sua figlia un altro padre, incapace di trovare un angolo che potesse chiamare «suo». Ma che belle aspirazioni, cara mia! L'universo femminile è uno schifo. A lei, che poteva avere il mondo intero, avete proposto la ciliegina appiccicosa di una torta industriale. A lei, che avrebbe potuto libare il delizioso miele di tutti i falli eretti che collezionava! A lei che avrebbe potuto essere la regina della libertà sterile, che è la sola libertà!

Tu dovresti comprendere meglio di chiunque altro la terribile tragedia che vi è in tutto questo. Anche tu sei scampata all'ospizio femminile, ma, attenzione! anche tu hai fallito. Non sei che un'ombra solitaria in un mondo di sogni reinventati secondo le ricette di Freud. Tu non sei niente, Ramona, come una di quelle patologie che ti piace diagnosticare: per metà invenzione, per l'altra metà interpretazione soggettiva e azzardata. Prova a vivere con questa consapevolezza e vedrai, cara, vedrai quant'è difficile.

5

Ieri Gabriel era da me. Ultimamente viene, si siede sul divano e, quasi subito, si addormenta. Ieri, la stessa cosa. La situazione comincia a essere assurda, ma presto si risolverà. Fra un mese mi trasferirò nella mia casa del mare, e questo interromperà la sequela di visite di Gabriel. È più di un mese ormai che hanno sepolto Sara. Perché continua a venirmi a trovare? Che cosa ci trova nel mio divano? Non abbiamo quasi niente da dirci. Non mi dà fastidio, ma non è piacevole averlo sempre qui. Non mi va di ridare vita alle vecchie amicizie. Ma prima di perderlo di vista, credo che gli chiederò un favore. Ho bisogno che mi accompagni a casa di Camila. Voglio saperne di più sull'ultimo periodo trascorso da sua madre nel mondo. Nessuno ha notizia di come vivesse Sara negli ultimi sette anni. Sette anni sono tanti. Per poco che sappia dirmi la ragazza, mi basterà. Perché desidero farlo? Perché provo questa curiosità che prima non provavo? Non posso escludere che mi attiri morbosamente il fatto stesso della morte. La morte ha il potere di ridestare interesse per la persona morta. Che contraddizione. Non mi sento spinta a compiere una sorta di dovere nei confronti della mia amica morta. Forse sto tentando di completare il quadro dei ricordi che mi hanno assalita in questi giorni, così frammentari e disordinati. Se resta nel buio una parte della vita di Sara, e proprio quella in cui si preparò il suo suicidio, tutta la sua storia rimarrà priva di senso. E non è così. Ricordare la vita di Sara, la sua personalità, mi ha molto toccata, forse più del fatto che sia morta.

Gabriel non ha avuto niente in contrario ad accompagnarmi, anche se ha tenuto a dirmi di non essere minimamente interessato alle possibili rivelazioni di Camila. Si è mostrato del tutto indifferente. Ormai Sara è scomparsa, per lui. Non ci penserà più.

Gabriel non cessa di rappresentare un mistero per me, ma un mistero che non ho nessuna voglia di sondare. Se dovessi definirlo, direi che è un uomo moderno nel senso pieno del termine: sempre alla ricerca dell'amore e della donna ideale. È strano, proprio oggi, quando noi donne abbiamo smesso di stare su un piedistallo, loro ci vogliono come compagne dell'anima. Oggi, che l'amore non è più fra le nostre priorità, gli uomini si ostinano ad amare sopra ogni altra cosa. Non sarebbe meglio se si impegnassero in qualcos'altro? Noi siamo occupate a costruirci la nostra epica, che è ancora tutta da fare. Battaglie sanguinose, continenti devastati, chi può saperlo? Un giorno o l'altro ci saranno. Chissà se allora potremo scrivere un'epopea che valga la pena, qualcosa sul tipo di *Guerra e pace*. Nel frattempo, gli uomini piangeranno sul disamore in qualche posto tranquillo, magari facendo la calza o qualcosa di simile. Non riusciremo mai a coordinarci come si deve, è più facile che riescano a convivere in pace i poveri e i ricchi, i bianchi e i negri, gli atei e i credenti.

Camila non ha fatto obiezioni alla nostra richiesta. Ci ha dato subito un appuntamento. Perché no? In fondo, se eravamo gli odiosi amici di sua madre, lei non c'era più. Niente da temere, dunque.

Ci ha aperto la porta tutta seria, rigida, con quella stessa aria indolente che aveva sempre di fronte a sua madre. Io ero decisa a non lasciarmi irritare da nulla. Non eravamo lì per aggredire la ragazza, ma per chiederle qualche informazione. Qualunque cosa avesse detto contro Sara, gliel'avrei lasciata passare. Avevo pregato Gabriel di fare lo stesso e lui mi aveva sorriso stancamente. Sì, certo, che senso avrebbe avuto difendere la figura di sua madre morta?

La casa stava subendo dei cambiamenti. I mobili erano stati spostati ed erano in corso lavori di ritinteggiatura. Camila si è accorta della mia curiosità e ha reagito subito:

– Se devo rimanere a vivere qui, ho bisogno di rinnovare un po' l'appartamento. Era tutto così trascurato e fuori moda.

Speravo che ci risparmiasse il numero della figlia ribelle che finalmente riesce a liberarsi. Per questo era strategicamente importante interrogarla subito, senza lasciare spazio a istrionismi o giustificazioni.

– Che cosa faceva mia madre negli ultimi anni? Cosa volete? Scrivere un libro su di lei o qualcosa del genere?

– È molto probabile che io lo faccia.

– E così speri che io parli bene di lei, adesso che è morta.

– No, voglio solo sapere come viveva.

Lei si è strofinata un occhio, ha accennato una risata che voleva essere sarcastica. Gabriel ha tirato fuori un pacchetto di sigarette con aria annoiata, come per far capire che si trovava lì solo come accompagnatore.

– Non lo so esattamente. Passava molto tempo in casa. Andava a lavorare, comprava delle riviste che poi lasciava sparse in giro... Mia madre era un disastro, questo lo sapete. Di sicuro vi avrà detto che tutto quel che faceva nella vita lo faceva per me. Be', io non le ho mai chiesto niente. La sola cosa che le chiedevo era di essere lasciata in pace.

– Sì, questo lo sappiamo, ma...

– Guarda, non prendertela, ma il fatto è che non ho molta voglia di parlare di mia madre. Immagino sia comprensibile. E dire che voi due mi siete sempre stati abbastanza simpatici. Di tutta la gente che mia madre frequentava, eravate il meglio, con la vostra aria da ragazzacci. E poi avete dimostrato un certo talento nell'allontanarvi da lei prima degli altri. È stata una buona scelta, la sola possibile. Mia madre era molto distruttiva, finiva per avvolgere tutti nella sua ragnatela. Succhiava energia da chiunque le capitasse a tiro. So che molte donne sono così, anche donne importanti: attrici, pittrici... donne problematiche che succhiano il sangue degli altri. È strano, accanto a loro ti senti come se stessi facendo un corso intensivo in un manicomio, come se per loro fossi il padre, l'amico e l'amante insieme. Sono donne che stanno malissimo, come Marilyn Monroe. Certo che Marilyn scopava con Kennedy, mentre mia madre... be', mia madre scopava con un mucchio di gente, ma erano materiale di scarto, almeno quelli che ho conosciuto io. Mi raccontava che in gioventù era stata una grande seduttrice. Immagino che, vedendosi così bastonata dalla vita, volesse far bella figura almeno con me. Mi raccontava che ai tempi dell'università poteva scegliersi tutti i ragazzi più belli e portarseli a letto. Che successo! Quelli erano i suoi momenti di gloria. Povera mamma! Aveva fatto delle sue imprese da puttanella l'emblema di un passato splendore. Me ne parlava tutta orgogliosa e sportiva, come se fossi una sua amica. Pensate un po', io me ne guardavo dalla peste. Se già era abbastanza drammatico essere sua figlia, essere sua amica sarebbe stato ancora peggio. Secondo lei avrei dovuto aiutarla e cercare di risolvere il suo disordine. No, no, grazie, esserle nemica mi conveniva di più. Non sono mai riuscita a starmene del tutto in pace, ma almeno non mi sentivo responsabile per lei. C'erano altri che la responsabilità se la prendevano più che volentieri. Come la Gran Berta, non c'era un cannone che si chiamava così? Accidenti alla Gran Berta! Ma ditemi voi, da dove salta fuori una così? È un prodotto tipico della vostra generazione? Ma l'avete vista il giorno del funerale? Tutta d'un pezzo come una statua del dolore, ma con la faccia dura, come se dicesse: «Io ho fatto quel che ho potuto, è stata lei a cercarsela». Se aveva figli, un lavoro, perché passava la vita a dire a mia madre quel che doveva fare? Mi pare ancora di sentirla: «Coraggio, Sara, ce la farai, nessuno potrà dirti che non hai fatto il tuo dovere». Maledizione, ma da dove le tirava fuori queste cose? Da un manuale per il reinserimento delle ex prostitute? Patetica, la Berta! E bisognava vederla, quando veniva qui, come si attaccava alla bottiglia del whisky. Prima, consigli e parole di incoraggiamento; poi, cominciava a versarsi da bere e a raccontare i suoi problemi. A quanto pare il primo marito la trattava di merda, le aveva messo un paio di corna fino al soffitto, qualcosa del genere. Li sentivo dal mio letto, i suoi discorsi, sfilze di parole che non finivano più. Mia madre non diceva niente. Stava ad ascoltare la sua maestra di morale, la consigliera che le avrebbe dato le chiavi della felicità. Non era lei quella che per poco il marito non la strangolava? Ma certo! Con una moglie così, uno non aveva molta scelta: poteva solo andarsene a scopare in giro o cercare di assassinarla. E pensare che a una deficiente come quella, mia madre dava retta, era la sua consigliera spirituale, il suo nume tutelare, la guida della sua anima. Le raccontava le sue umiliazioni, le miserie della sua vita assurda. Io mi coprivo la testa col cuscino per non sentire le loro voci. Certe notti, invece, avevo voglia di stare a sentire i loro spropositi e mi nascondevo in corridoio ad ascoltare. Come poteva un essere simile permettersi di dare dei consigli? Quella aveva una gran confusione nella testa, non sapeva nemmeno lei cosa diceva! Io, che ero piccola, lo capivo benissimo. Come faceva mia madre a non rendersene conto? Lei la usava, quella troia usava mia madre per non pensare alle sue frustrazioni. Bella amica! Ma non era l'unica. E la figlia di Freud? Basta vedere come si veste per rendersi conto che non vive nella realtà: tutti quei volant, quei fiorellini, quei colori pastello… come le zitelle dei film! Ma qualcuno se la sarà mai scopata? E parlava come un libro di psicologia per dilettanti! Ramona era come una suora, rideva per niente e si eccitava come una scolaretta in gita appena sentiva parlare di uomini. No, no, io preferivo voi due, almeno avevate un'aria normale. Negli ultimi anni quelle stupide hanno smesso di venire. All'inizio ero contenta. Che sollievo uscire da camera mia e non vedermele lì, sedute in poltrona, come due puttane in attesa di clienti. Che pace non trovarle più al tavolo di cucina, a confabulare, a insinuare il loro veleno negli orecchi di mia madre. Eppure non ho mai pensato che senza i loro consigli la nostra vita potesse migliorare. No, sarebbe dovuta andarsene anche mia madre. Il solo fatto di vederla mi infastidiva, mi metteva di malumore. Capivo che sentiva la mancanza delle sue amiche. Immagino che si vedessero qualche volta fuori casa, ma io non l'ho mai saputo. In ogni caso, il gineceo delle consigliere si era sciolto, e lei, inaspettatamente, sembrava capace di sopportare tutta quella solitudine. Forse lo sforzo di volontà di non chiamare in soccorso le amiche è stata la cosa più meritevole che abbia fatto in vita sua. Ma, come vi dico, non è stata quella gran meraviglia perdere di vista le due streghe, perché mia madre era ancora lì, e a stare da sola il suo carattere si era fatto più introverso, più enigmatico. Da quel momento in poi mi sono sentita in pericolo, non solo psicologicamente, anche fisicamente. Temevo un incidente. La mattina la vedevo scaldare il latte in cucina e avevo paura che lasciasse il gas aperto. Se aveva deciso di farla finita, speravo che almeno avesse la delicatezza di lasciar viva me. Eppure, preferivo rischiare piuttosto che pregarla di fare attenzione. Se la casa fosse saltata in aria, c'era sempre la possibilità che lei rimanesse sotto le macerie mentre io ero fuori. Questa era l'intensità del mio odio. Alla fine non ero più così certa che quel periodo fosse meno spaventoso di quando lei aveva tutta una corte che girava per casa dandole consigli per la sua felicità. Per fortuna io crescevo, e stavo fuori il più possibile. Ma nei momenti più impensati lei veniva ad aspettarmi all'uscita da scuola o aveva l'idea geniale di portarmi al cinema per rompere la monotonia. Si sforzava fino all'estenuazione per dimostrarmi un amore che non sentiva, per coprirmi di premure in modo da assolvere a quello che lei riteneva un sacro dovere. Aveva la sopportazione di una santa, di una martire, di qualcuno che esercita la passività con la segreta fiducia che un giorno questa dia i suoi frutti. Peccato che abbia commesso l'errore irrimediabile di suicidarsi, non entrerà nel Regno dei Cieli, non occuperà il posto che si è guadagnata con il suo stoicismo imbattibile. Ma voi volevate che vi dicessi qualcosa sui suoi ultimi anni. È molto semplice, rassegnata a un lavoro alienante, chiusa in casa per il resto della giornata, a poco a poco perdeva energia. La sua vita si stava trasformando in una forma di esistenza vegetale. Mi lasciava perfino in pace. E poi io cercavo di non litigare per non darle motivo di agitarsi. Siamo vissute in silenzio per qualche anno. Io mi concentravo sulle mie cose e cercavo di non guardarla nemmeno. Da molto tempo non la guardavo più in faccia, ma alla fine riuscivo a non guardarla del tutto. Per me era il solo modo di sopravvivere accanto a lei, nell'attesa di non vederla più, definitivamente. E così è successo. Ma un anno prima di morire era riuscita a spezzare l'equilibrio che avevamo raggiunto. Vi fa piacere, vero? Qualcosa da raccontare, un pettegolezzo in più, per quando uscirete di qui. Un giorno mia madre arriva a casa e mi dice che deve parlarmi seriamente. Potete immaginare il mal di stomaco che mi è venuto, e la voglia di scappare che avevo. Ma l'ho ascoltata, anche perché, a dire il vero, un po' ero curiosa. Che cos'ha quest'isterica, adesso, qualcosa che la psicanalisi non riesce a risolverle? Era come la morbosa voglia di sapere che ti prende sul luogo di un incidente stradale: ti avvicini a vedere anche se sai che non vedrai niente di bello. Bene, io la ascolto e lei mi annuncia che si è innamorata. «Vedi, cara, quando ormai non lo aspettavo più». Le ho subito voltato le spalle. Non potevo credere che cercasse ancora una volta di gettarmi addosso la sua spazzatura amorosa. Si è messa subito a dire che non mi dovevo preoccupare, che quell'amore non avrebbe cambiato la sua vita, che era una storia senza la minima possibilità di avere degli sviluppi. Prima che avessi il tempo di uscire dalla stanza e di sbattere la porta, ha aggiunto: «È un sacerdote». Bella roba. Ci mancava solo questa. Nel circo in cui si era sempre esibita era passata dal ruolo di funambola a quello di clown. Prima aveva camminato sul filo, adesso si prendeva le torte in faccia, fra le risate del pubblico. Anch'io ho riso. Di quale religione sarà, il sant'uomo? Cattolico, buddista, indù? Come andrà in giro vestito? In sottana, in clergyman, in tunica color zafferano, elegantemente sollevata a mostrare il divino polpaccio? Mio Dio, c'era da aspettarsi qualunque cosa da mia madre, ma quella volta aveva superato se stessa. L'ho mandata al diavolo, ma poi, nei giorni successivi, ci ho pensato e ripensato. Dove l'aveva conosciuto, il prete? In quale sacca isolata della civiltà l'aveva incontrato? Non gliel'ho mai chiesto, ma in qualche modo spiavo i suoi movimenti. Ero tornata a guardarla, alla fine, e mi accorgevo che la sua faccia da vittima era diversa da prima. Doveva averla copiata da qualche adattamento cinematografico della triste storia di Marguerite Gautier. Poveretta, aveva trovato l'essenza della sua personalità: il ridicolo! La sua ridicolaggine era perfetta, si era calata nel vuoto dell'anima tormentata da un dramma segreto, senza accorgersi che le si vedeva il culo attraverso uno strappo nei pantaloni. Una cosa grottesca. Pensavo che il dolore la spingesse a chiamarvi tutti quanti, a convocare un nuovo conclave di amici alla ricerca di una soluzione. Ma non l'ha fatto. Dopo un paio di mesi, visto che non succedeva niente, ho cominciato a convincermi che quella storia non fosse vera. Era pazza, la psicanalisi le aveva dato solo una parvenza di normalità. Delirava, si era inventata la figura assurda di un sacerdote per poter credere a un amore impossibile. Eppure un giorno, l'ho visto. Ero rientrata a casa prima del solito ed erano lì tutti e due. Sono passata dal soggiorno e lì c'era mia madre, con un uomo in abito scuro. In una situazione normale me la sarei svignata dicendo buongiorno, ma ero così sbalordita che ho fatto qualche passo verso di loro. Lui era alto, sulla sessantina, robusto, un bell'uomo: capelli bianchi, naso diritto... Portava il collarino da sacerdote e piangeva. Anche mia madre piangeva, aveva gli occhi rossi e la faccia bagnata di lacrime. Sono rimasti lì a guardarmi senza reagire, come se li avessi svegliati da un'estasi. Allora mia madre ha teso una mano verso di me e ha pronunciato il mio nome, come un lamento. Io ho girato i tacchi e me ne sono andata. Non sono tornata fino al mattino dopo. Non avevo mai perdonato a mia madre nulla di quel che aveva fatto dal giorno della mia nascita, ma quella era la goccia che faceva traboccare il vaso. Un uccellaccio del malaugurio che veniva a piangere nel soggiorno di casa, un caso disperato di amore impossibile... la battaglia interiore, il tormento, la fede... Troppa spazzatura per un riciclaggio! Mancava solo che quello si portasse dietro due chierichetti, a intonare cori mentre si sbatteva mia madre sul sofà. E dire che lei se ne era portata a casa di rifiuti umani, gente che metteva paura solo a guardarla... ma quello... quello andava al di là del pensabile, soprattutto per una che aveva deciso di vivere nella normalità, come lei non faceva che ripetere! Un prete di merda come quelli dei romanzi che ci obbligavano a leggere a scuola! Non chiedetemi chi fosse, né da dove diavolo l'avesse tirato fuori. Non so come si chiamasse. E nemmeno perché non gettasse la tonaca alle ortiche e non si decidesse a vivere con mia madre il suo amore eterno. Se vi interessasse, potrei anche cercare qualche informazione, ma non è facile. Il prete non è più ricomparso, e le poche carte che mia madre aveva lasciato le ho bruciate la settimana scorsa. Non avevo certo voglia di mettermi a frugare negli affari suoi per ritrovarmi sotto il naso qualche altra sorpresa. Vi suggerisco di guardare la cronaca nera dei giornali, chissà che qualche prete non si sia suicidato in questi giorni. Anche se mi stupirei se un sacerdote avesse compiuto un gesto così estremo per quella stupida di mia madre. Al massimo avrà detto qualche messa per la sua anima. Io, da parte mia, sono contenta che la vostra amica Sara non sia più fra i vivi. Ma neppure troppo, sono abbastanza grande per capire che non mi libererò tanto facilmente di lei. Il suo ricordo mi perseguiterà e mi tormenterà. Solo se l'avessi uccisa io potrei riposare tranquilla, ma non è stato così. Magari un giorno o l'altro toccherà anche a me andare dallo psicanalista per imparare a sopportare me stessa. Sto addirittura pensando di convocare un'assemblea di amici per chiedere consiglio su cosa fare della mia vita, se dovessi decidere di andare avanti, perché non escludo l'idea di farla finita anch'io. Di una cosa, però, potete star sicuri: io di figli non ne avrò mai. Troverò un medico che mi sterilizzi definitivamente. E se no, farò il possibile per non partorire un essere in cui sopravviva un solo gene di mia madre. Io sono la fine dell'incubo, e questo, almeno, mi dà la forza di vivere.

No, non avevo nessuna intenzione di scoprire l'identità del misterioso sacerdote. E non per la difficoltà della ricerca, ma perché conoscere il suo nome non mi interessava. Perché completare l'ultimo capitolo se il finale mi pareva, in ogni caso, felice? Proprio come aveva detto sua figlia, alla fine Sara si era innamorata. Piangeva d'amore per un uomo, e anche lui piangeva. Non mi sarei permessa di fare congetture. I fatti sono fatti: entrambi versavano lacrime d'amore. In quella vita disastrosa, compendio di tutte le miserie morali che una donna può attraversare, era brillato alla fine un raggio di speranza. Colmo delle meraviglie, quel sacerdote era un bell'uomo, secondo la breve descrizione di Camila. Un finale perfetto per la mia amica. Un amore impossibile secondo la migliore tradizione romantica. L'amato non era un tipo qualunque, il marito di un'altra o un sopravvissuto reclutato in qualche locale notturno, ma un uomo animato da una luce spirituale, capace di vedere il mondo da una prospettiva diversa. Forse solo lui era dotato della sensibilità necessaria per scoprire il tesoro nascosto di Sara, quel cuore libero nato per essere indomito ma non per trionfare.

La tentazione di rintracciarlo fu molto forte, per qualche tempo, ma la lasciai spegnere. Parlare con lui avrebbe potuto essere una bella esperienza, mi avrebbe permesso di sentir dire finalmente che Sara era una don-

unica e affascinante, e che era stata amata. Ma incombeva su di me la paura di subire un'ultima delusione. E se fosse venuto fuori che era un impostore, un poveretto, un prete che approfittava delle donne indifese, un pederasta pentito che cercava il conforto di un'anima angelica? No, meglio non sapere, meglio continuare a pensare che Sara avesse trovato il vero amore in un uomo pieno di virtù, fuori dal gregge, poco convenzionale quanto lei. Ero decisa a credere che solo un problema di fede religiosa avesse reso impossibile la loro unione.

Sono contenta. Era troppo ingiusto che la vita infelice di Sara fosse finita senza infamia e senza lode. Sarebbe stata ingiusta anche una triste fine in un ospizio, dopo una vita vissuta seguendo regole altrui. No, lei aveva vinto la partita. Credo che non fosse amareggiata, né sull'orlo della disperazione, nel momento della sua morte. Dubito che avesse progettato di vivere una vita normale accanto a un prete spretato. Non aveva raccontato a nessuno la sua storia d'amore. Non aveva chiesto aiuto a nessuno. Aveva aspirato fino alla fine la sua vittoria sul mondo come il fumo di una sigaretta. Si era uccisa in silenzio. Aveva smesso di desiderare la normalità, che non è che un compendio di sordidezze non confessate. Era uscita dalla vita come una principessa, come una santa, orgogliosa e sicura, dignitosa e felice.

6

Gabriel è venuto a salutarmi. Per un po' non tornerà più. Dice che non sa ancora cosa farà nei prossimi mesi. Com'era prevedibile, la pittrice thailandese se ne va, lo lascia. Non ne può più della Spagna, che ha finito per apparirle come un paese provinciale dove nessuno si interessa davvero all'arte d'avanguardia. A quanto pare, prima di venire qui, pensava che l'anima dei grandi maestri del passato aleggiasse ancora fra noi. Ma è rimasta delusa. Secondo lei l'ambiente è invaso dalle conventicole e dai gruppi di pressione che si scontrano in miserabili battaglie per il potere. Pura mediocrità. Nessuno si è interessato ai suoi quadri, che sono audaci, dirompenti, ricchi di sfumature che non possono essere colte senza una sensibilità avanzata. «La Spagna è un paese impermeabile al talento» è stata la sua diagnosi. Ovviamente, le è impossibile fermarsi qui un giorno di più. La sua vita dipende in gran parte dalla sua opera. L'amore e le vicende private devono rimanere in secondo piano, per lei. Anche se ci provasse, non potrebbe far nulla per salvare questo matrimonio. Chiaro che Gabriel questo lo sapeva, era un rischio calcolato.

– Sì, certo, avevo accettato le sue condizioni. Se non fosse riuscita ad avere successo qui, se ne sarebbe andata. Questo lei me l'aveva detto subito, e io ero d'accordo, lo ammetto. Ma chi pensa alle condizioni del contratto nella fase iniziale di un amore? Adesso mi rinfaccia di non aver fatto molto per aiutarla, dice che avrei dovuto spingerla di più. Forse ha ragione. Ma dimmi tu se ha senso che uno come me, incapace di aiutare se stesso, si mobiliti e si faccia delle illusioni per un'altra persona, pur amandola tantissimo. Ho paura che il nostro modo di concepire l'amore sia molto diverso. Per lei l'amore è un'entità dinamica, per la quale bisogna lottare, una rivoluzione permanente. A sua volta, quest'amore che corre a tutta velocità genera cambiamento e crescita. Dice che le passioni sono il motore delle grandi opere, delle vite fruttuose, dei progressi dell'umanità. Non c'è posto per il quotidiano, per il caffè insieme a metà pomeriggio. Con un'impostazione simile le cose si fanno difficili. Stavo per dire che, per me, l'amore è qualcosa di più statico, ma questo implicherebbe già una definizione, una teoria che non ho. Mi sono innamorato molte volte, adesso sono stanco, ho ben poco da aggiungere. Forse sarei capace di aderire alla vecchia metafora secondo cui l'amore è una pianta da innaffiare ogni giorno, ma poco di più. Il massimo che sarei disposto a dare è un po' d'acqua di tanto in tanto. Ma lo vedi anche tu che non è questo che la gente cerca: passioni tormentose, grandi opere, rivoluzioni, piante carnivore di origine esotica che bevono l'acqua, e poi si mangiano anche l'innaffiatoio, la mano del giardiniere e il giardiniere stesso, stivali compresi. Sono stanco. La forza di ardere del fuoco di un nuovo amore, chi la trova più ormai?

Ero tentata di dirgli che Sara invece l'aveva trovata, lei era entrata nel fuoco con tutti i suoi crepitii, le sue fiammate e le sue scintille. Pur sapendo che si sarebbe consumata, che non avrebbe lasciato altro che un mucchietto di polvere innamorata, alla Quevedo.

– Visto che non me la sento più di vivere un grande amore, sarà meglio che non ci riprovi. Ho deciso di mettere fine alla mia vita amorosa e coniugale. Basta con le relazioni sentimentali. Dirò addio alla mia ultima compagna e chiuderò le porte. Lei parte domani. Credo che menta quando dice che torna al suo paese. Penso che vada a New York piuttosto, la terra della modernità e del futuro, la terra della gioventù. Certo che New York è piena di pittori d'avanguardia, thailandesi e di ogni provenienza, tutti alla ricerca del successo come se fosse l'aria di cui hanno bisogno per respirare. Non so quali siano veramente i suoi progetti, e dubito che ne saprò mai qualcosa. Quando se ne sarà andata, sarà scomparsa per sempre. Non credo che mi manderà il suo nuovo indirizzo. Eppure lei dice che non ha niente contro di me. Lo dice continuamente, dice che sono stato tenero e affettuoso con lei, come un animale da compagnia. Non è un paragone fortunato, ma lo attribuisco al suo scarso dominio dello spagnolo. Io non mi sento affatto un cagnolino abbandonato sull'autostrada. Continuerò a stare come sempre, come stavo prima che arrivasse lei, come in realtà sono sempre stato:

vagamente addolorato perché la vita è una presa in giro, ma senza alcuna disposizione a cambiare il mondo.

– Non ti suiciderai?

È scoppiato a ridere con una certa amarezza, mi ha guardata negli occhi, divertito. Ha fatto segno di no con la testa, più volte.

– Proprio no. Se non ho mai trovato troppe ragioni, per vivere, come potrei trovare delle ragioni per uccidermi?

– Nemmeno io mi suiciderò.

Abbiamo riso tutti e due per un po', della nostra incapacità di provare una fede che muova le montagne. In fondo lui era tranquillo, senza preoccupazioni per il futuro. Non sapeva cosa fare, ma era sicuro di sopravvivere. Essere dei sopravvissuti, ma non così delusi da farsi invadere dall'amarezza è una delle ultime aspirazioni della mia generazione. Non sembrava un finale così negativo: relativizzare tutto, non cadere nel completo disinganno. Che si realizzino i progetti per i quali abbiamo lottato, non è un gran merito. Sarebbe meraviglioso se si avverassero i nostri sogni, senza che per questo dovessimo sporcarci le mani. Come nelle favole. Ma sarebbe ancora meglio se non avessimo né sogni né progetti, se sapessimo vivere nel presente bevendo fino all'ultima goccia l'esistenza con un'intensità animale. Come Sara, fiera e bella nel suo stato originario, non la segreta Penelope piena di sensi di colpa in cui l'avevamo trasformata.

Com'è logico, non confesserò mai ai miei amici i pensieri d'odio che ho concepito nei loro confronti. Perché farlo? Provocherei una serie di reazioni colleriche, inutili. Di sicuro mi rivolgerebbero l'inevitabile domanda retorica: chi sei tu per ergerti a giudice? Non è facile rispondere, perché, in effetti, chi sono io?

Barcellona, ottobre 2002

Indice

Segreta Penelope

Questo volume è stato stampato
su carta Palatina
delle Cartiere di Fabriano
nel mese di giugno 2013

Stampa: Officine Grafiche soc. coop., Palermo

Legatura: LE.I.MA. s.r.l., Palermo

La memoria

Ultimi volumi pubblicati

601 Augusto De Angelis. La barchetta di cristallo
602 Manuel Puig. Scende la notte tropicale
603 Gian Carlo Fusco. La lunga marcia
604 Ugo Cornia. Roma
605 Lisa Foa. È andata così
606 Vittorio Nisticò. L'Ora dei ricordi
607 Pablo De Santis. Il calligrafo di Voltaire
608 Anthony Trollope. Le torri di Barchester
609 Mario Soldati. La verità sul caso Motta
610 Jorge Ibargüengoitia. Le morte
611 Alicia Giménez-Bartlett. Un bastimento carico di riso
612 Luciano Folgore. La trappola colorata
613 Giorgio Scerbanenco. Rossa
614 Luciano Anselmi. Il palazzaccio
615 Guillaume Prévost. L'assassino e il profeta
616 John Ball. La calda notte dell'ispettore Tibbs
617 Michele Perriera. Finirà questa malìa?
618 Alexandre Dumas. I Cenci
619 Alexandre Dumas. I Borgia
620 Mario Specchio. Morte di un medico
621 Giorgio Frasca Polara. Cose di Sicilia e di siciliani
622 Sergej Dovlatov. Il Parco di Puškin
623 Andrea Camilleri. La pazienza del ragno
624 Pietro Pancrazi. Della tolleranza
625 Edith de la Héronnière. La ballata dei pellegrini
626 Roberto Bassi. Scaramucce sul lago Ladoga
627 Alexandre Dumas. Il grande dizionario di cucina
628 Eduardo Rebulla. Stati di sospensione
629 Roberto Bolaño. La pista di ghiaccio
630 Domenico Seminerio. Senza re né regno
631 Penelope Fitzgerald. Innocenza
632 Margaret Doody. Aristotele e i veleni di Atene

633 Salvo Licata. Il mondo è degli sconosciuti
634 Mario Soldati. Fuga in Italia
635 Alessandra Lavagnino. Via dei Serpenti
636 Roberto Bolaño. Un romanzetto canaglia
637 Emanuele Levi. Il giornale di Emanuele
638 Maj Sjöwall, Per Wahlöö. Roseanna
639 Anthony Trollope. Il Dottor Thorne
640 Studs Terkel. I giganti del jazz
641 Manuel Puig. Il tradimento di Rita Hayworth
642 Andrea Camilleri. Privo di titolo
643 Anonimo. Romanzo di Alessandro
644 Gian Carlo Fusco. A Roma con Bubù
645 Mario Soldati. La giacca verde
646 Luciano Canfora. La sentenza
647 Annie Vivanti. Racconti americani
648 Piero Calamandrei. Ada con gli occhi stellanti. Lettere 1908-1915
649 Budd Schulberg. Perché corre Sammy?
650 Alberto Vigevani. Lettera al signor Alzheryan
651 Isabelle de Charrière. Lettere da Losanna
652 Alexandre Dumas. La marchesa di Ganges
653 Alexandre Dumas. Murat
654 Constantin Photiadès. Le vite del conte di Cagliostro
655 Augusto De Angelis. Il candeliere a sette fiamme
656 Andrea Camilleri. La luna di carta
657 Alicia Giménez-Bartlett. Il caso del lituano
658 Jorge Ibargüengoitia. Ammazzate il leone
659 Thomas Hardy. Una romantica avventura
660 Paul Scarron. Romanzo buffo
661 Mario Soldati. La finestra
662 Roberto Bolaño. Monsieur Pain
663 Louis-Alexandre Andrault de Langeron. La battaglia di Austerlitz
664 William Riley Burnett. Giungla d'asfalto
665 Maj Sjöwall, Per Wahlöö. Un assassino di troppo
666 Guillaume Prévost. Jules Verne e il mistero della camera oscura
667 Honoré de Balzac. Massime e pensieri di Napoleone
668 Jules Michelet, Athénaïs Mialaret. Lettere d'amore
669 Gian Carlo Fusco. Mussolini e le donne
670 Pier Luigi Celli. Un anno nella vita
671 Margaret Doody. Aristotele e i Misteri di Eleusi
672 Mario Soldati. Il padre degli orfani
673 Alessandra Lavagnino. Un inverno. 1943-1944
674 Anthony Trollope. La Canonica di Framley
675 Domenico Seminerio. Il cammello e la corda
676 Annie Vivanti. Marion artista di caffè-concerto
677 Giuseppe Bonaviri. L'incredibile storia di un cranio
678 Andrea Camilleri. La vampa d'agosto
679 Mario Soldati. Cinematografo

680 Pierre Boileau, Thomas Narcejac. I vedovi
681 Honoré de Balzac. Il parroco di Tours
682 Béatrix Saule. La giornata di Luigi XIV. 16 novembre 1700
683 Roberto Bolaño. Il gaucho insostenibile
684 Giorgio Scerbanenco. Uomini ragno
685 William Riley Burnett. Piccolo Cesare
686 Maj Sjöwall, Per Wahlöö. L'uomo al balcone
687 Davide Camarrone. Lorenza e il commissario
688 Sergej Dovlatov. La marcia dei solitari
689 Mario Soldati. Un viaggio a Lourdes
690 Gianrico Carofiglio. Ragionevoli dubbi
691 Tullio Kezich. Una notte terribile e confusa
692 Alexandre Dumas. Maria Stuarda
693 Clemente Manenti. Ungheria 1956. Il cardinale e il suo custode
694 Andrea Camilleri. Le ali della sfinge
695 Gaetano Savatteri. Gli uomini che non si voltano
696 Giuseppe Bonaviri. Il sarto della stradalunga
697 Constant Wairy. Il valletto di Napoleone
698 Gian Carlo Fusco. Papa Giovanni
699 Luigi Capuana. Il Raccontafiabe
700
701 Angelo Morino. Rosso taranta
702 Michele Perriera. La casa
703 Ugo Cornia. Le pratiche del disgusto
704 Luigi Filippo d'Amico. L'uomo delle contraddizioni. Pirandello visto da vicino
705 Giuseppe Scaraffia. Dizionario del dandy
706 Enrico Micheli. Italo
707 Andrea Camilleri. Le pecore e il pastore
708 Maria Attanasio. Il falsario di Caltagirone
709 Roberto Bolaño. Anversa
710 John Mortimer. Nuovi casi per l'avvocato Rumpole
711 Alicia Giménez-Bartlett. Nido vuoto
712 Toni Maraini. La lettera da Benares
713 Maj Sjöwall, Per Wahlöö. Il poliziotto che ride
714 Budd Schulberg. I disincantati
715 Alda Bruno. Germani in bellavista
716 Marco Malvaldi. La briscola in cinque
717 Andrea Camilleri. La pista di sabbia
718 Stefano Vilardo. Tutti dicono Germania Germania
719 Marcello Venturi. L'ultimo veliero
720 Augusto De Angelis. L'impronta del gatto
721 Giorgio Scerbanenco. Annalisa e il passaggio a livello
722 Anthony Trollope. La Casetta ad Allington
723 Marco Santagata. Il salto degli Orlandi
724 Ruggero Cappuccio. La notte dei due silenzi
725 Sergej Dovlatov. Il libro invisibile

726 Giorgio Bassani. I Promessi Sposi. Un esperimento
727 Andrea Camilleri. Maruzza Musumeci
728 Furio Bordon. Il canto dell'orco
729 Francesco Laudadio. Scrivano Ingannamorte
730 Louise de Vilmorin. Coco Chanel
731 Alberto Vigevani. All'ombra di mio padre
732 Alexandre Dumas. Il cavaliere di Sainte-Hermine
733 Adriano Sofri. Chi è il mio prossimo
734 Gianrico Carofiglio. L'arte del dubbio
735 Jacques Boulenger. Il romanzo di Merlino
736 Annie Vivanti. I divoratori
737 Mario Soldati. L'amico gesuita
738 Umberto Domina. La moglie che ha sbagliato cugino
739 Maj Sjöwall, Per Wahlöö. L'autopompa fantasma
740 Alexandre Dumas. Il tulipano nero
741 Giorgio Scerbanenco. Sei giorni di preavviso
742 Domenico Seminerio. Il manoscritto di Shakespeare
743 André Gorz. Lettera a D. Storia di un amore
744 Andrea Camilleri. Il campo del vasaio
745 Adriano Sofri. Contro Giuliano. Noi uomini, le donne e l'aborto
746 Luisa Adorno. Tutti qui con me
747 Carlo Flamigni. Un tranquillo paese di Romagna
748 Teresa Solana. Delitto imperfetto
749 Penelope Fitzgerald. Strategie di fuga
750 Andrea Camilleri. Il casellante
751 Mario Soldati. ah! il Mundial!
752 Giuseppe Bonarivi. La divina foresta
753 Maria Savi-Lopez. Leggende del mare
754 Francisco García Pavón. Il regno di Witiza
755 Augusto De Angelis. Giobbe Tuama & C.
756 Eduardo Rebulla. La misura delle cose
757 Maj Sjöwall, Per Wahlöö. Omicidio al Savoy
758 Gaetano Savatteri. Uno per tutti
759 Eugenio Baroncelli. Libro di candele
760 Bill James. Protezione
761 Marco Malvaldi. Il gioco delle tre carte
762 Giorgio Scerbanenco. La bambola cieca
763 Danilo Dolci. Racconti siciliani
764 Andrea Camilleri. L'età del dubbio
765 Carmelo Samonà. Fratelli
766 Jacques Boulenger. Lancillotto del Lago
767 Hans Fallada. E adesso, pover'uomo?
768 Alda Bruno. Tacchino farcito
769 Gian Carlo Fusco. La Legione straniera
770 Piero Calamandrei. Per la scuola
771 Michèle Lesbre. Il canapé rosso
772 Adriano Sofri. La notte che Pinelli

773 Sergej Dovlatov. Il giornale invisibile
774 Tullio Kezich. Noi che abbiamo fatto La dolce vita
775 Mario Soldati. Corrispondenti di guerra
776 Maj Sjöwall, Per Wahlöö. L'uomo che andò in fumo
777 Andrea Camilleri. Il sonaglio
778 Michele Perriera. I nostri tempi
779 Alberto Vigevani. Il battello per Kew
780 Alicia Giménez-Bartlett. Il silenzio dei chiostri
781 Angelo Morino. Quando internet non c'era
782 Augusto De Angelis. Il banchiere assassinato
783 Michel Maffesoli. Icone d'oggi
784 Mehmet Murat Somer. Scandaloso omicidio a Istanbul
785 Francesco Recami. Il ragazzo che leggeva Maigret
786 Bill James. Confessione
787 Roberto Bolaño. I detective selvaggi
788 Giorgio Scerbanenco. Nessuno è colpevole
789 Andrea Camilleri. La danza del gabbiano
790 Giuseppe Bonaviri. Notti sull'altura
791 Giuseppe Tornatore. Baarìa
792 Alicia Giménez-Bartlett. Una stanza tutta per gli altri
793 Furio Bordon. A gentile richiesta
794 Davide Camarrone. Questo è un uomo
795 Andrea Camilleri. La rizzagliata
796 Jacques Bonnet. I fantasmi delle biblioteche
797 Marek Edelman. C'era l'amore nel ghetto
798 Danilo Dolci. Banditi a Partinico
799 Vicki Baum. Grand Hotel
800
801 Anthony Trollope. Le ultime cronache del Barset
802 Arnoldo Foà. Autobiografia di un artista burbero
803 Herta Müller. Lo sguardo estraneo
804 Gianrico Carofiglio. Le perfezioni provvisorie
805 Gian Mauro Costa. Il libro di legno
806 Carlo Flamigni. Circostanze casuali
807 Maj Sjöwall, Per Wahlöö. L'uomo sul tetto
808 Herta Müller. Cristina e il suo doppio
809 Martin Suter. L'ultimo dei Weynfeldt
810 Andrea Camilleri. Il nipote del Negus
811 Teresa Solana. Scorciatoia per il paradiso
812 Francesco M. Cataluccio. Vado a vedere se di là è meglio
813 Allen S. Weiss. Baudelaire cerca gloria
814 Thornton Wilder. Idi di marzo
815 Esmahan Aykol. Hotel Bosforo
816 Davide Enia. Italia-Brasile 3 a 2
817 Giorgio Scerbanenco. L'antro dei filosofi
818 Pietro Grossi. Martini
819 Budd Schulberg. Fronte del porto

820 Andrea Camilleri. La caccia al tesoro
821 Marco Malvaldi. Il re dei giochi
822 Francisco García Pavón. Le sorelle scarlatte
823 Colin Dexter. L'ultima corsa per Woodstock
824 Augusto De Angelis. Sei donne e un libro
825 Giuseppe Bonaviri. L'enorme tempo
826 Bill James. Club
827 Alicia Giménez-Bartlett. Vita sentimentale di un camionista
828 Maj Sjöwall, Per Wahlöö. La camera chiusa
829 Andrea Molesini. Non tutti i bastardi sono di Vienna
830 Michèle Lesbre. Nina per caso
831 Herta Müller. In trappola
832 Hans Fallada. Ognuno muore solo
833 Andrea Camilleri. Il sorriso di Angelica
834 Eugenio Baroncelli. Mosche d'inverno
835 Margaret Doody. Aristotele e i delitti d'Egitto
836 Sergej Dovlatov. La filiale
837 Anthony Trollope. La vita oggi
838 Martin Suter. Com'è piccolo il mondo!
839 Marco Malvaldi. Odore di chiuso
840 Giorgio Scerbanenco. Il cane che parla
841 Festa per Elsa
842 Paul Léautaud. Amori
843 Claudio Coletta. Viale del Policlinico
844 Luigi Pirandello. Racconti per una sera a teatro
845 Andrea Camilleri. Gran Circo Taddei e altre storie di Vigàta
846 Paolo Di Stefano. La catastròfa. Marcinelle 8 agosto 1956
847 Carlo Flamigni. Senso comune
848 Antonio Tabucchi. Racconti con figure
849 Esmahan Aykol. Appartamento a Istanbul
850 Francesco M. Cataluccio. Chernobyl
851 Colin Dexter. Al momento della scomparsa la ragazza indossava
852 Simonetta Agnello Hornby. Un filo d'olio
853 Lawrence Block. L'Ottavo Passo
854 Carlos María Domínguez. La casa di carta
855 Luciano Canfora. La meravigliosa storia del falso Artemidoro
856 Ben Pastor. Il Signore delle cento ossa
857 Francesco Recami. La casa di ringhiera
858 Andrea Camilleri. Il gioco degli specchi
859 Giorgio Scerbanenco. Lo scandalo dell'osservatorio astronomico
860 Carla Melazzini. Insegnare al principe di Danimarca
861 Bill James. Rose, rose
862 Roberto Bolaño, A. G. Porta. Consigli di un discepolo di Jim Morrison a un fanatico di Joyce
863 Stefano Benni. La traccia dell'angelo
864 Martin Suter. Allmen e le libellule
865 Giorgio Scerbanenco. Nebbia sul Naviglio e altri racconti gialli e neri

866 Danilo Dolci. Processo all'articolo 4
867 Maj Sjöwall, Per Wahlöö. Terroristi
868 Ricardo Romero. La sindrome di Rasputin
869 Alicia Giménez-Bartlett. Giorni d'amore e inganno
870 Andrea Camilleri. La setta degli angeli
871 Guglielmo Petroni. Il nome delle parole
872 Giorgio Fontana. Per legge superiore
873 Anthony Trollope. Lady Anna
874 Gian Mauro Costa, Carlo Flamigni, Alicia Giménez-Bartlett, Marco Malvaldi, Ben Pastor, Santo Piazzese, Francesco Recami. Un Natale in giallo
875 Marco Malvaldi. La carta più alta
876 Franz Zeise. L'Armada
877 Colin Dexter. Il mondo silenzioso di Nicholas Quinn
878 Salvatore Silvano Nigro. Il Principe fulvo
879 Ben Pastor. Lumen
880 Dante Troisi. Diario di un giudice
881 Ginevra Bompiani. La stazione termale
882 Andrea Camilleri. La Regina di Pomerania e altre storie di Vigàta
883 Tom Stoppard. La sponda dell'utopia
884 Bill James. Il detective è morto
885 Margaret Doody. Aristotele e la favola dei due corvi bianchi
886 Hans Fallada. Nel mio paese straniero
887 Esmahan Aykol. Divorzio alla turca
888 Angelo Morino. Il film della sua vita
889 Eugenio Baroncelli. Falene. 237 vite quasi perfette
890 Francesco Recami. Gli scheletri nell'armadio
891 Teresa Solana. Sette casi di sangue e una storia d'amore
892 Daria Galateria. Scritti galeotti
893 Andrea Camilleri. Una lama di luce
894 Martin Suter. Allmen e il diamante rosa
895 Carlo Flamigni. Giallo uovo
896 Maj Sjöwall, Per Wahlöö. Il milionario
897 Gian Mauro Costa. Festa di piazza
898 Gianni Bonina. I sette giorni di Allah
899 Carlo María Domínguez. La costa cieca
900
901 Colin Dexter. Niente vacanze per l'ispettore Morse
902 Francesco M. Cataluccio. L'ambaradan delle quisquiglie
903 Giuseppe Barbera. Conca d'oro
904 Andrea Camilleri. Una voce di notte
905 Giuseppe Scaraffia. I piaceri dei grandi
906 Sergio Valzania. La Bolla d'oro
907 Héctor Abad Faciolince. Trattato di culinaria per donne tristi
908 Mario Giorgianni. La forma della sorte
909 Marco Malvaldi. Milioni di milioni
910 Bill James. Il mattatore

911 Esmahan Aykol, Andrea Camilleri, Gian Mauro Costa, Marco Malvaldi, Antonio Manzini, Francesco Recami. Capodanno in giallo
912 Alicia Giménez-Bartlett. Gli onori di casa
913 Giuseppe Tornatore. La migliore offerta
914 Vincenzo Consolo. Esercizi di cronaca
915 Stanisław Lem. Solaris
916 Antonio Manzini. Pista nera
917 Xiao Bai. Intrigo a Shanghai
918 Ben Pastor. Il cielo di stagno
919 Andrea Camilleri. La rivoluzione della luna
920 Colin Dexter. L'ispettore Morse e le morti di Jericho
921 Paolo Di Stefano. Giallo d'Avola
922 Francesco M. Cataluccio. La memoria degli Uffizi
923 Alan Bradley. Aringhe rosse senza mostarda
924 Davide Enia. maggio '43
925 Andrea Molesini. La primavera del lupo
926 Eugenio Baroncelli. Pagine bianche. 55 libri che non ho scritto
927 Roberto Mazzucco. I sicari di Trastevere
928 Ignazio Buttitta. La peddi nova
929 Andrea Camilleri. Un covo di vipere
930 Lawrence Block. Un'altra notte a Brooklyn
931 Francesco Recami. Il segreto di Angela
932 Andrea Camilleri, Gian Mauro Costa, Alicia Giménez-Bartlett, Marco Malvaldi, Antonio Manzini, Francesco Recami. Ferragosto in giallo